BASTEI
LÜBBE
TASCHENBUCH

Weitere Titel der Autorin:

Sehnsuchtsland
Mittsommerzauber
Sommernachtsklänge
Nordlichtträume
Schärenglück
Wiedersehen im Sehnsuchtsland
Wind über den Schären

Titel in der Regel auch als E-Book erhältlich

Über die Autorin:

Inga Lindström ist verheiratet mit einem Bildhauer und hat eine Tochter. Sie pendelt zwischen Großstadt und Land. Nachdem sie Jura und Anglistik studiert und einige Jahre als Journalistin gearbeitet hatte, wandte sie sich dem Theater zu. Sie arbeitete bald auch als Dramaturgin für verschiedene Fernsehproduktionsgesellschaften und fing schließlich an, selbst Drehbücher zu schreiben.

Inga Lindström

HOCHZEIT IN HARDINGSHOLM

Roman

BASTEI LÜBBE
TASCHENBUCH

BASTEI LÜBBE TASCHENBUCH
Band 16822

1. Auflage: August 2013

Dieser Titel ist auch als E-Book erschienen

MIX
Papier aus verantwortungsvollen Quellen
FSC® C014496

Originalausgabe

Textredaktion: Marion Labonte, Wachtberg
Titelillustration: © shutterstock/mizio70
Umschlaggestaltung: Tanja Østlyngen
Satz: Urban SatzKonzept, Düsseldorf
Gesetzt aus der Garamond
Druck und Verarbeitung: GGP Media GmbH, Pößneck
Printed in Germany
ISBN 978-3-404-16822-4

– 1 –

Es war eine dieser Sommernächte, in denen es in Schweden nie ganz dunkel wird. Der Mann schlich durchs Unterholz. Der Kanister in seiner rechten Hand wog schwer, und er kam nur langsam voran. Kleine Äste schlugen ihm ins Gesicht, Dornen stachen durch seine Hosenbeine. Trotzdem fühlte er sich nicht erleichtert, als er endlich schwitzend und keuchend sein Ziel erreichte: die Baustelle.

Er blieb stehen, atmete schwer. Sein Gewissen machte ihm zu schaffen. Noch konnte er zurück, konnte es sich anders überlegen. Er war schon fast geneigt, den Auftrag abzulehnen, bis er wieder an das Geld dachte, das er vorab dafür erhalten hatte. Geld, das er dringend brauchte, für sich und Ulrika, mit der er ein völlig neues Leben beginnen wollte.

Der Mann presste die Lippen fest aufeinander und schloss die Augen. Ja, er hatte es verdient, dieses neue Leben. Irgendwo anders, wo er nicht mehr so hart arbeiten musste, und mit einer Frau an seiner Seite, die ein bisschen Luxus erwartete.

Zu Recht, wie er fand. Er konnte es immer noch nicht fassen, dass eine Frau wie sie ihn überhaupt eines Blickes würdigte. Mehr noch, dass sie mit ihm zusammen sein wollte.

»Für Ulrika! Für Ulrika! Für Ulrika!« Wie ein Mantra murmelte er die beiden Worte vor sich hin, während er den Vorplatz in Richtung des großen Holzhauses überquerte, in das schon in Kürze die Bewohner einziehen würden. Noch war es nicht ganz fertig, aber die Maschinen und das Material für die letzten Baumaßnahmen standen bereit und schienen ihn durch das Halbdunkel vorwurfsvoll anzublicken. Er beschleunigte seine Schritte. Ja, er ging ein hohes Risiko ein, aber wer außer ihm sollte sich hier draußen mitten in der Nacht aufhalten?

Er hatte den Gedanken kaum zu Ende gebracht, als er ein leises Knacken vernahm. War es hinter ihm? Vor ihm?

Er war stehen geblieben, spürte den Rhythmus seines eigenen Herzens und lauschte angestrengt in die Dunkelheit.

Kein Laut war mehr zu hören. Sein Herzschlag beruhigte sich allmählich, aber die Anspannung in ihm blieb.

Für ihn gab es kein Zurück. Er öffnete den Kanister und hielt den Atem an.

– 2 –

Dem Himmel so nah!

Hellen hätte schreien können vor Glück. Wie lange war es her, dass sie so unbeschwert und frei wie ein Vogel durch die Lüfte geflogen war! Sie spürte jeden Aufwind und jedes Luftloch unmittelbar und fühlte sich in der kleinen Maschine eins mit der Natur um sich herum.

Fliegen in Perfektion. Über ihr der Himmel, unter ihr grüne Wälder, kleine Ansiedlungen, einzelne Gehöfte und hin und wieder das blau schimmernde Wasser kleiner Seen. Und nun sogar das Meer. Endlos schienen sich die Schären in der Ostsee zu verlieren. Grüne Flecken in der blauen See, hingetupft wie Smaragde auf einer schimmernden Oberfläche.

Hellen war ihrer Freundin in doppelter Hinsicht dankbar. Zum einen, weil Lara ihr gleich das Steuer des kleinen Wasserflugzeugs überlassen hatte, zum anderen, weil Lara nun schweigend neben ihr saß und sie die pure Freude dieses Fluges über die vielen Inseln und Inselchen genießen ließ. Allerdings wusste sie auch, dass ihrer Freundin nicht zum Reden zumute war. Ihr trauriges Gesicht sprach Bände. Kurz griff Hellen nach Laras Hand.

Lara lächelte. »Es geht schon«, sagte sie leise, aber in ihrer Stimme schwangen ungeweinte Tränen mit.

Lara hatte es sich nicht nehmen lassen, sie in Nyköping abzuholen. Hellen war dort zu Besuch bei ihren Eltern gewesen, die sie in den letzten Jahren nur selten gesehen hatte. Ihre Ausbildung zur Berufspilotin hatte kaum Zeit für anderes gelassen, und daneben gab es ja auch noch Torsten.

Sie musste unwillkürlich lächeln, als sie an ihren Freund dachte. Seit zwei Jahren teilten sie sich eine Wohnung in Stockholm, aber die würde während ihrer Abwesenheit nun zumeist leer stehen. Im Augenblick flog Torsten ständig die Strecke Stockholm–Toronto, jeweils mit einem zweitägigen Aufenthalt in Kanada. Er führte also genau das Leben, von dem auch sie nach Abschluss ihrer Ausbildung träumte. Aber jetzt, als sie eine von Laras kleinen Maschinen steuerte, da fragte sie sich ernsthaft, ob sie ihre Freundin nicht viel mehr beneiden sollte als ihren Freund. Man will immer das, was man gerade nicht hat, dachte sie amüsiert, flog einen weiten Bogen und begann schließlich mit dem Sinkflug über Norrtälje.

Laras Haus lag einsam direkt am Ufer des Norrtäljeviken. Hier wasserten die Flugzeuge ihres kleinen Unternehmens im Fjord direkt vor dem roten Haus, in dem sie wohnte und in dem auch ihre kleine Firmenzentrale ihren Sitz hatte, nur wenige Meter vom Landungssteg entfernt.

»Ich bin dir so dankbar, Hellen«, seufzte Lara, als Hellen zur Wasserung ansetzte. »Du bist meine Rettung in letzter Sekunde. Würdest du diesen Sommer nicht als Pilotin einspringen, könnte ich meinen Flugdienst an den Nagel hängen.«

Hellen lachte leise auf. »Du hattest schon immer einen Hang zur Dramatik. Ich bin ganz sicher, dass es genug Piloten auf der Welt gibt, die gerne für dich fliegen würden.«

»Ja, aber nicht so kurzfristig. Und es gibt keinen, dem ich meine Maschinen so bedenkenlos anvertrauen würde wie dir. Du warst meine beste Flugschülerin.«

Hellen freute sich über das Kompliment und stellte ihr Können auch jetzt wieder unter Beweis, als sie die Maschine auf dem Wasser landete. Es gab nur einen kurzen Ruck, dann spritzte die Gischt unter den Kufen auf. Hellen ließ die Maschine langsam bis zum Steg gleiten, dicht neben die zweite Maschine, die Lara in ihrem Betrieb einsetzte.

Hellen folgte Lara aus dem Flugzeug und balancierte über die Kufen. Das war gar nicht so leicht, mit der schweren Reisetasche in der Hand. Fast wie ein kleines Abenteuer, dachte Hellen amüsiert, bevor sie den Schritt auf den Steg wagte.

Lara lachte auf. »Herzlich willkommen. Schön, dass du da bist.«

»Danke.« Hellen blieb mitten auf dem Steg stehen, schaute sich um und atmete tief durch.

Das Haus am Ufer, das glasklare Wasser des Fjords, in dem sich das Himmelblau spiegelte, der gepflegte Garten mit den knorrigen alten Obstbäumen. Hellen spürte, wie sich eine tiefe Zufriedenheit in ihr ausbreitete. Damals, kurz nach dem Ende ihrer Schulzeit, hatte sie einige Monate hier gelebt. Jetzt war es ein bisschen, wie nach Hause zu kommen.

»Ich mache uns erst einmal einen Kaffee, danach richten wir dein Logbuch ein«, sagte Lara.

»Kaffee wäre toll.« Hellen nickte und ließ ihren Blick noch einmal über das glitzernde Wasser schweifen. Sie seufzte. »Es macht so großen Spaß, mit diesen Maschinen zu fliegen. Das wird wie Urlaub für mich sein.«

Ihr Blick folgte einem kleinen Motorboot, das rasch näher kam und die Geschwindigkeit jetzt ein wenig drosselte.

Ihr Blick traf den des Fahrers, und Hellen hatte für einen Moment das Gefühl, die Welt stünde still. Wie gebannt starrte sie diesen Mann an, der ihr fremd und gleichzeitig auf eine Art und Weise vertraut war, die sie sich nicht erklären konnte.

Sie konnte ihren Blick nicht von ihm reißen, und auch er ließ sie nicht los, selbst als das Boot leicht abdrehte, schaute er immer noch sie an. Plötzlich hatten Zeit und Raum keine Bedeutung mehr. Es gab nur ihn ... und sie ...

»Hellen!«

Wie durch eine Watteschicht drang Laras Stimme an ihr Ohr, ohne jedoch den Weg in ihr Bewusstsein zu finden.

Lara, die schon auf dem Weg zum Haus gewesen war, drehte sich um und kam zu ihr zurück. »Ist noch etwas?«

Hellen zwang ihren Blick zurück an Land und drehte sich langsam um. »Alles okay. Ich komme.«

Meine Güte, was war das denn? So etwas hatte sie noch nie erlebt.

Fassungslos suchte Hellen nach einer Erklärung. Lag es an den neuen Eindrücken, an dem Glücksgefühl, das sie eben empfunden hatte? Oder an dem großen Stress und dem harten Lernpensum der letzten Wochen? Eigentlich hatte sie geglaubt, sich in der Zeit bei ihren Eltern davon erholt zu haben, doch offensichtlich war das nicht so. Warum sonst sollte der Anblick eines völlig Fremden sie dermaßen aus der Fassung bringen?

Hellen blickte noch einmal in Richtung des Bootes. Es hatte sich inzwischen ein Stück entfernt, war aber doch nahe genug, dass sie erkennen konnte, wie auch der Fahrer den Kopf wandte und zu ihr schaute. Sogar das Lächeln auf seinem Gesicht konnte sie sehen. Sie lächelte zurück.

– 3 –

Was war das denn?«, hielt Erik Selbstgespräche, während er der Versuchung nicht widerstehen konnte, sich noch einmal umzudrehen. Er registrierte erstaunt die große Freude, die er empfand, als er bemerkte, dass die Frau ihm hinterherschaute.

Das gibt es doch nicht! Verständnislos schüttelte er den Kopf. Es konnte, es durfte doch nicht sein, dass ihn der bloße Anblick einer fremden Frau so aus der Fassung brachte. Und das ausgerechnet am Tag vor seiner Hochzeit!

Dann kam ihm ein Gedanke, und er schmunzelte unwillkürlich. Erfasste ihn so kurz vor der Hochzeit etwa eine Art Torschlusspanik? War er getrieben von der unbewussten Angst, etwas zu verpassen?

Nein. So etwas passte gar nicht zu ihm. Und außerdem war er glücklich mit Linn. Er hatte sich immer wohl mit ihr gefühlt, sie hatten eine Menge miteinander durchgemacht, sich gegenseitig in ihrem Leid aufgefangen und dadurch ganz zueinander gefunden. Die Hochzeit würde der krönende und absolut logische Abschluss eines langen Prozesses sein. Er war glücklich, und dieses Glück konnte der Anblick einer Frau, die er nicht kannte, ganz bestimmt nicht zerstören.

Er versuchte, sich auf andere Dinge zu konzentrieren. Der Polterabend heute, die Hochzeit morgen. Trotzdem ging ihm die Fremde nicht aus dem Kopf. Immer wieder war da dieses Gesicht, eingerahmt von dunklen Haaren. Dunkle Augen, geheimnisvoll, die ihn in ihren Bann zogen.

Wer war sie? Ein Fluggast von Lara? Eine ihrer Freundinnen?

Er zwang seine Gedanken zu seiner Arbeit, zu dem Großprojekt, das er betreute. Eine ganze Siedlung baute er, auf dem neu erschlossenen Grundstück direkt am Fjord. Es war sein bisher umfangreichster Auftrag, und Erik konnte nicht umhin, stolz darauf zu sein. Und es würde sein größter Erfolg werden. Der Wirtschaftskrise zum Trotz hatten die Käufer Schlange gestanden, um eines der Holzhäuser zu ergattern, für deren Bau seine Firma ausschließlich natürliche und unbedenkliche Baustoffe verwendete.

Sein Vater war seiner Zeit weit voraus gewesen, denn er hatte schon vor vielen Jahren, als Umweltschutz noch kein großes Thema war, sein Augenmerk vor allem auf ökologische Baustoffe gelegt und damit den hervorragenden Ruf seiner Baufirma begründet, den sie heute noch besaß.

Erik hatte sich bemüht, die Firma im Sinne seines Vaters weiterzuführen, aber oft wünschte er sich, Lars hätte ihn mit der Verantwortung nicht allein gelassen. Immerhin hatten er und sein Bruder die Firma nach dem schrecklichen Unfalltod der Eltern zu gleichen Teilen geerbt.

Wie immer, wenn er an seinen Bruder dachte, erfüllte ihn eine Mischung aus Ärger und Niedergeschlagenheit. Er war traurig darüber, auch seinen Bruder verloren zu haben, selbst wenn dieser noch am Leben war. Letzteres hoffte Erik inständig, aber er hatte schon länger nichts mehr von Lars gehört und wusste nur zu gut, dass der sich oft und gerne in gefährliche Situationen begab.

Stärker als die Trauer war jedoch die Wut. Erik fühlte sich von Lars im Stich gelassen, nicht zuletzt, was die Firma betraf. Oft musste er Entscheidungen treffen, bei denen er seinen Bruder gerne um Rat gefragt hätte. Aber Lars war nicht da, und Erik konnte nicht davon ausgehen, dass sein Bruder sich jemals für die Belange der Firma interessieren würde.

Die Gedanken kreisten in seinem Kopf, während er das Boot nun auf die Anlegestelle des Unternehmens zusteuerte.

Sein Vater hatte die Firma vor den Toren Norrtäljes direkt am Wasser erbaut. Erik hatte ihm im Stillen mehr als einmal für diese weise Entscheidung gedankt, denn durch diese Lage konnten zahlreiche Materialien per Schiff angeliefert werden, und Erik konnte Baustellen, die am Fjord oder weiter draußen auf einer der Inseln lagen, mit seinem eigenen Boot direkt ansteuern. Oder sich von Lara hinfliegen lassen.

Laras Flugbetrieb war nur wenige Kilometer entfernt. Sofort schob sich wieder das Gesicht der Fremden vor sein inneres Auge und erweckte dieses aufregend fremde Gefühl in ihm und den Gedanken, dass er sich gefühlsmäßig auf verbotenem Terrain befand.

Erik war froh, dass er jetzt den Anleger erreichte. Als er das Boot festmachte, sah er Nils, einen seiner Kunden, aus dem Wagen steigen. Nils war mit einer ehemaligen Klassenkameradin von Erik verheiratet, und die beiden hatten vor kurzem Nachwuchs bekommen.

»Hej, Erik!«

»Hej, Nils«, grüßte Erik. »Gut, dass du da bist, ich komme gerade von der Baustelle. Wir liegen voll im Plan, und wie es aussieht, könnt ihr nächsten Monat einziehen.«

»Klasse, deine Männer arbeiten wirklich gut. Aber ich wollte dich noch um eine Sache bitten«, er wedelte mit einer Papierrolle in seiner Hand.

»Oh, du hast den Bauplan dabei. Was ist denn los?«

»Alles okay«, sagte Nils lächelnd. »Ich bin äußerst zufrieden. Ich wollte nur fragen, ob der Erker hier ins Wohnzimmer integriert werden kann.« Er rollte den Bauplan auseinander, legte ihn auf einen Holzstapel am Kai und tippte mit dem Finger auf die Zeichnung. Erik beugte sich darüber und überlegte.

»Doch, das geht«, sagte er schließlich.

Nils war die Erleichterung förmlich anzusehen.

»Viel später hättest du mit diesem Änderungswunsch aber nicht kommen dürfen«, sagte Erik lächelnd. »Ich rufe gleich mal meinen Vorarbeiter an und sage ihm Bescheid.«

In diesem Moment klingelte sein Handy. Auf dem Display war Linns Name zu sehen. Ein warmes Gefühl durchströmte ihn. Linn, sie war ihm so vertraut. Sie war der Mensch, auf den er sich immer verlassen konnte und der ihm keine Überraschungen bescherte, schon gar keine unangenehmen.

»Erik, es ist schrecklich«, hörte er sie aufgeregt in den Hörer rufen, kaum dass er das Gespräch angenommen hatte.

»Was ist denn passiert?« Erik konnte sich ein Lächeln nicht verkneifen. Seine zukünftige Frau war in den letzten Tagen ausschließlich mit den Hochzeitsvorbereitungen beschäftigt gewesen, tatkräftig unterstützt durch ihre Mutter und seine Angestellten, und ständig passierten neue Katastrophen. Zumindest schien Linn es so zu erleben, Erik sah in den meisten Zwischenfällen kleine und lösbare Probleme.

Und richtig. »Das Brautkleid«, stieß Linn jetzt hervor. »Es wurde nicht geliefert.«

Erik zog die Augenbrauen zusammen. Diesmal konnte er Linns Aufregung durchaus nachvollziehen. Für Linn als zukünftige Braut war das Hochzeitskleid nun einmal unverzichtbarer Bestandteil der Feier.

»Es war doch fest abgemacht, dass das Kleid heute geliefert wird.«

»Ja, das weiß ich«, rief Linn, und er hörte die Hilflosigkeit in ihrer Stimme, die in Verzweiflung umzuschlagen drohte, »aber sie finden keinen Kurier, der das Kleid heute noch liefern kann.«

Keinen Kurier? In einer Stadt wie Örebro? Kurz überlegte er, selbst zu fahren, aber das würde viel zu lange dauern, gerade an einem Freitagmittag aus Norrtälje heraus, da fuhren doch alle in ihre Wochenendhäuser aufs Land. Schnell, geschweige denn rechtzeitig zum Polterabend, würde er niemals zurückkommen. Meine Güte, wieso hatte Linn ausgerechnet in Örebro ihr Hochzeitskleid gefunden? Plötzlich kam ihm eine Idee. Und sofort schob sich das Bild der dunkelhaarigen Fremden, die er auf Laras Fluggelände gesehen hatte, vor seine Augen. Und das ausgerechnet bei einem Telefonat mit der Frau, die er morgen heiraten sollte. In einem Gespräch über ihr Brautkleid.

»Reg dich nicht auf«, redete er beschwichtigend auf seine Verlobte ein. »Ich kümmere mich um alles. Du bekommst das Brautkleid heute noch. Versprochen!«

Linn beruhigte sich tatsächlich, als er ihr von der Idee mit Laras Wasserflugzeug erzählte, und legte schließlich auf.

Erik suchte in seinem Adressspeicher nach Laras Nummer. Sie hatte schon oft kleinere Aufträge für ihn übernommen, ab und an sogar Kunden zu ihm geflogen, aber dies hier würde der wichtigste Auftrag sein, den er ihr je erteilt hatte.

»Hier ist Erik Torberg«, sagte er, als sie sich gleich beim zweiten Klingeln meldete.

»Wer war diese Frau, die ich vor einer halben Stunde bei dir gesehen habe? Ist sie ein Fluggast? Woher kommt sie? Wie heißt sie . . .«

»Erik? Bist du noch da?«, drang Laras Stimme an sein Ohr.

Erik lachte verlegen auf. Gut, dass er keine dieser Fragen gestellt hatte, die ihm in Sekundenbruchteilen durch den Kopf geschossen waren!

»Sorry«, entschuldigte er sich. »Ja, ich bin noch da. Ich habe da einen kleinen Notfall und hoffe, dass du mir helfen kannst.« Er schilderte das Problem, und Lara versprach ihm, dafür zu sorgen, dass Linn ihr Brautkleid im Laufe des Nachmittags bekam. Erik bedankte sich und legte erleichtert auf. Als er das Gespräch beendet hatte, sah er in Nils' grinsendes Gesicht.

»Ich sehe«, sagte Nils, »du hast alles im Griff.«

»Klar«, sagte Erik. Wenn du wüsstest, dachte er. Was er so gar nicht im Griff hatte, war seine augenblickliche Gefühlslage. Es war verrückt, dass er den Anblick einer Fremden überhaupt nicht aus seinen Gedanken verbannen konnte. Je mehr er es versuchte, umso stärker wurde der Wunsch, sie wiederzusehen.

– 4 –

Linn hatte sich auf einen der Stühle fallen lassen, die ebenso wie zahlreiche Tische in dem weitläufigen Park aufgestellt worden waren, und starrte deprimiert vor sich hin. »Am liebsten würde ich die ganze Hochzeit absagen. Es kann doch nur ein schlechtes Omen sein, dass sie es nicht schaffen, das Hochzeitskleid zu liefern!«

Edda, ihre Mutter, die gerade einen der Tische deckte, hielt inne und schaute ihre Tochter erschrocken an.

»Seit wann bist du denn so abergläubisch?«, fragte sie. »Die besten Hochzeiten sind doch die, die mit einer Katastrophe anfangen«, prophezeite sie. »Du wirst noch deinen Enkelkindern davon erzählen.«

Linn sah ihre Mutter ärgerlich an. »Ich habe kein Kleid«, sagte sie und betonte dabei jedes Wort.

Edda strich das Tischtuch glatt. »Erik wird schon dafür sorgen, dass du nicht nackt vor dem Altar stehst«, sagte sie leichthin.

»Hoffentlich!«, erwiderte Linn dumpf. Sie wusste selbst nicht, warum ihre Laune immer noch auf dem Tiefpunkt war. Eigentlich war sie schon vor dem Anruf des Brautladens nicht besonders fröhlich gewesen, und die Nachricht, dass das Kleid nicht mehr rechtzeitig geliefert werden konnte, hatte ihr lediglich den Rest gegeben.

Sollte eine Braut sich nicht ganz anders fühlen? Sollte sie nicht in Hochstimmung sein, weil sie am nächsten Tag für alle Zeiten mit dem Mann verbunden wurde, den sie liebte, der sie liebte?

Ja, sie liebte Erik. Er war für sie da gewesen, als es ihr sehr schlecht ging – und das, obwohl er selbst damals in einer schlimmen Verfassung gewesen war und der Verlust, den er mit dem Tod seiner Eltern erlitten hatte, sogar weitaus schlimmer wog als das, was ihr passiert war. Linn hatte sogar ansatzweise nachempfinden können, was Erik damals durchgemacht hatte. Ihre Mutter lebte zwar und erfreute sich glücklicherweise bester Gesundheit, aber ihr Vater war vor einigen Jahren nach langer und schwerer Krankheit gestorben. Für Linn, damals noch ein Teenager, war das eine beklemmende Zeit gewesen. Ihre Mutter hatte ihren Vater bis zuletzt liebevoll gepflegt, und so schmerzhaft sein Weggang gewesen war, so war er für ihn selbst und für alle, die ihm nahestanden, doch auch eine Erlösung gewesen.

Linn hatte viel darüber nachgedacht, was schlimmer war: ein langsamer, schleichender Tod oder ein schnelles, unvermitteltes Ende, so wie bei Eriks Eltern. Sie waren fröhlich und gut gelaunt zu einer Geburtstagsfeier aufgebrochen – und nie wieder zurückgekehrt. Ein Lastwagenfahrer hatte ein Stoppschild übersehen und war frontal in den PKW gerast. Anita und Björn Torberg waren auf der Stelle tot, so hatte die Polizei es Erik versichert.

Linn bekam immer noch Gänsehaut bei diesen schrecklichen Erinnerungen. Drei Tage später hatte die Beerdigung stattgefunden, aber zu diesem Zeitpunkt war Lars schon weg gewesen. Niemand wusste, wohin oder warum er verschwunden war, ohne ein Wort, aber nicht wenige vermuteten, dass er den Tod der Eltern nicht verkraftet hatte.

Linn hatte seitdem nichts mehr von ihm gehört. Manchmal war es so, als hätte es Lars nie gegeben. Dann war er nicht mehr als eine ferne Erinnerung. Und im nächsten Moment war wieder alles ganz nah, so als wäre es gestern erst passiert. Erik hatte in den letzten Jahren hin und wieder eine Karte von Lars bekommen. In sehr unregelmäßigen und vor allem langen Zeitabständen. Immer wieder aus einem anderen Land, von anderen Kontinenten. Also lebte er. Immerhin.

Linn zuckte zusammen, als ihre Mutter eine Hand auf ihre Hand legte und sich dann zu ihr setzte. »Du wirst eine wunderschöne Braut sein«, sagte sie liebevoll.

Linn befiel sofort ein Schuldgefühl ob ihrer Gedanken. Sie war ihrer Mutter dankbar für ihre Anteilnahme und hoffte inständig, dass Edda nicht ahnte, wohin ihre Gedanken gerade unterwegs gewesen waren.

»Es wird ein wunderschönes Fest werden«, fuhr Edda unbeirrt fort. »Genau so, wie du es dir gewünscht hast.«

Ja, so hatte sie es sich gewünscht. Vor Jahren schon. Damals hatte sie genau gewusst, wie ihre Hochzeit sein sollte. Welches Kleid sie tragen wollte und welche Schuhe, welches Essen serviert werden würde, all das hatte sie geplant. Wie sie auch ihr ganzes weiteres Leben geplant hatte. Nun geschah alles mit ein wenig Verspätung, und auch wenn es so verlief, wie sie es sich erträumt hatte, so war es doch ganz anders. Weil sie eine andere geworden war, weil sie sich weiterentwickelt hatte und weil Erik und nicht ...

»Alles wird gut, Liebes«, unterbrach ihre Mutter ihre Gedanken. »Du wirst mit Erik sehr, sehr glücklich werden.«

»Ja!« Linn nickte entschlossen. Genau das wollte sie hören. »Das werde ich!«

Sie hatten es verdient. Beide, sie und Erik, dass sie glücklich wurden.

Zuversicht erfüllte sie, bis ihr aufging, dass ihr Verstand ihr diese Zuversicht eingab, ihr Gefühl dem aber nicht folgte. Sie öffnete den Mund, schloss ihn aber gleich darauf wieder. Sie konnte nicht darüber reden. Mit niemandem, am allerwenigsten mit ihrer Mutter. Edda würde sie nicht verstehen. Sie spürte tiefe Hilflosigkeit und zwang sich gleichzeitig zu einem Lächeln.

Edda strich ihr zärtlich über die Wange, bevor sie resolut aufstand und die Tischdecke glatt zog. »Dann sollten wir uns jetzt aber ranhalten. Es gibt noch eine Menge zu tun.«

Linn gab sich einen Ruck und stand auf. Ihre Mutter hatte recht, es gab noch eine Menge zu tun. Heute Abend fand der Polterabend statt, morgen die Hochzeit. Einige Gäste waren bereits angereist und hatten im Gästehaus auf dem Grundstück nebenan Quartier bezogen. Normalerweise wurden die Zimmer im Sommer an Touristen vermietet, aber in diesem Jahr hatte Erik wegen der Hochzeitsfeier keine Reservierungen angenommen.

Linn betrachtete nachdenklich die Szenerie um sich herum. Die Sonne schien vom blauen Himmel, die Tische auf dem Rasen, der sanft zum Wasser abfiel, wirkten wie weiße Flocken inmitten der grünen Fläche. Bunte Lampions hingen in den Bäumen ringsum, sogar eine hölzerne Tanzfläche war aufgebaut worden. Genau so, wie sie es sich immer vorgestellt hatte. Aber warum fühlte sie sich dann trotzdem so antriebslos? Ganz so, als ginge es hier nicht um ihre Hochzeit, als wäre sie nur Zuschauerin in einem Stück, in dem der Regisseur einen markanten Fehler durchgehen ließ, ohne einzugreifen.

»Linn?«, hörte sie die zweifelnde Stimme ihrer Mutter neben sich.

Reiß dich endlich zusammen, ermahnte Linn sich. »Ich komme ja schon«, sagte sie matt.

– 5 –

»Du hast also keine Sekunde gezögert, einen Ersatz zu besorgen.«

Lara, die gerade an dem kleinen weißen Tisch im Garten Zeitung las, fuhr herum, als sie die ärgerliche Stimme hinter sich vernahm. Sie seufzte. Magnus. Offensichtlich hatte er gesehen, dass Hellen mit genau der Maschine weggeflogen war, die er vor ihr gesteuert hatte.

»Was willst du, Magnus?«, fragte sie kalt.

Er kam einen Schritt näher, der ärgerliche Zug verschwand aus seinem Gesicht. »Ich will *dich*, Lara. Ich habe immer nur dich gewollt.«

Sie spürte den Kloß in ihrem Hals, riss sich aber zusammen. Die Blöße würde sie sich nicht geben, vor ihm zu weinen.

»Dann hast du also nur vergessen, dass es zu Hause noch eine Ehefrau gibt, als du mit dieser schwarzhaarigen Schlampe ins Bett gestiegen bist.« Sie rettete sich in beißende Ironie.

Magnus hob beide Hände in einer hilflosen Geste. »Meine Güte, Lara, es war ein Ausrutscher und ...«

»Einer von vielen«, fiel Lara ihm hart ins Wort. »Geh jetzt bitte. Ich kann dich im Moment einfach nicht ertragen.«

»Verdammt, Lara!« Er ließ die Maske des Bittstellers fallen. Stattdessen stand blanke Wut in seinem Gesicht. »Was soll ich denn jetzt machen? Du schmeißt mich raus, ich habe keinen Job, kein Zuhause und keinen Öre mehr. Ich weiß nicht, wie es weitergehen soll.«

Lara wunderte sich nicht einmal, dass sie in diesem Moment

nichts als Genugtuung empfand. Er hatte ihr so wehgetan, und sie hatte so viel geweint in den vergangenen Wochen, war so verzweifelt gewesen, als sie erkannt hatte, dass Magnus sie immer wieder betrügen würde. Wahrscheinlich gehörte er zu der Sorte Mann, die einfach nicht treu sein konnte. Und nun stand er doch tatsächlich vor ihr und buhlte um ihr Mitleid.

»Es ist mir ziemlich egal, wie es mit dir weitergeht«, sagte sie von oben herab. »Ich kümmere mich jetzt erst einmal ausschließlich um mich.«

Er kniff die Augen zusammen. »Und was ist mit dem Flugbetrieb? Du kannst mich nicht einfach durch einen anderen Piloten ersetzen.«

»Eine Pilotin«, verbesserte Lara. »Du siehst doch, dass ich es kann.«

Er trat näher, bis er ganz dicht vor ihr stand. Lara war groß, fast so groß wie er, sodass sie ihm direkt in die Augen blicken konnte.

»Ich lasse mir das nicht gefallen«, sagte er gefährlich ruhig.

Bildete er sich wirklich ein, dass er sie zurückgewinnen konnte, indem er sie einschüchterte? Lara spürte heftige Wut in sich aufsteigen, aber es gelang ihr, nach außen ruhig zu bleiben. Sie wich keinen Schritt zurück. »So? Was willst du denn machen?«, forderte sie ihn heraus.

Schließlich war er es, der ihrem Blick zuerst auswich und einen Schritt zurücktrat. Er hob drohend den Zeigefinger. »Du wirst schon sehen«, wiederholte er seine Drohung. »Ich lasse mir das nicht bieten.«

Er drehte sich um und ging. Lara schaute ihm nach, spürte den Schmerz, der immer noch in ihr wühlte. Sie hatte diesen Mann zu sehr geliebt, um seinen Abgang mit Gleichgültigkeit aufzunehmen. Seine Drohung nahm sie nicht ernst. Trotz allem, was er ihr angetan hatte, gewalttätig war Magnus nicht. Er war einfach nur verzweifelt, aber nicht, weil er *sie* verloren hatte, sondern seinen Job. Er liebte die Fliegerei ebenso wie sie, dazu das bequeme Leben an ihrer Seite und die Annehmlichkeiten, die sie ihm geboten hatte. Für die Abwechslung in seinem Leben hatte er selbst gesorgt. Dummerweise in ihrem Haus und zu einem Zeitpunkt, als er sie eigentlich in Uppsala wähnte.

Lara schüttelte den Kopf, versuchte die Bilder zu verdrängen, aber das war nicht so einfach. Immer wieder sah sie die Situation vor sich. Wie sie nach Hause kam, voller Vorfreude, obwohl gerade ein lukrativer Auftrag ausgefallen war. Sie hatte alles für ein romantisches Essen zu zweit eingekauft, dazu Champagner. Genau zwei Jahre waren sie und Magnus an diesem Tag verheiratet gewesen. Ein Grund, diesen Jahrestag zu feiern.

Sie hatte das Haus betreten, hatte die Geräusche aus dem Schlafzimmer vernommen und, als sie die Tür aufstieß, ihn dort mit der anderen Frau im Bett liegen sehen. In ihrem gemeinsamen Bett, das sie mit Erinnerungen an ihre Liebe und Leidenschaft verband.

Lara hatte die Champagnerflasche fallen lassen. Sie war auf dem Boden zerschellt, während die beiden Personen im Bett erschrocken auseinanderfuhren.

Magnus war ehrlich entsetzt gewesen, während sich die Lippen der dunkelhaarigen Frau zu einem hämischen Lächeln verzogen hatten.

»Raus!«, hatte Lara nur geschrien. »Alle beide raus hier.«

In aller Seelenruhe war die Dunkelhaarige aus dem Bett gestiegen und hatte begonnen, sich anzuziehen, während Magnus auf Lara eingeredet hatte. Sie hatte ihn reden gehört, aber kein Wort wahrgenommen und wusste bis heute nicht, was er eigentlich gesagt hatte.

Es war ihr egal, damals wie heute.

Es war nicht das erste Mal, dass er sie betrogen hatte, aber es war das erste Mal, dass sie ihn in flagranti erwischt hatte, und das setzte den endgültigen Schlusspunkt unter ihre Beziehung. Je eher sie das begriff, umso schneller würde es nicht mehr wehtun.

– 6 –

Hast du es erledigt?«

Sofort wanderten seine Gedanken zur vergangenen Nacht, spürte er den scharfen Geruch der Dämpfe in der Nase, und mit ihm schlugen die Wellen schlechten Gewissens über ihm zusammen und drohten, ihn umzustoßen.

»Ja«, murmelte er.

»Gut«, sagte sein Auftraggeber am anderen Ende der Leitung. »Ich habe gehört, dass in den nächsten Tagen eine Lieferung zu dem großen Bauplatz gebracht werden soll. Ich lasse dir neue Kanister in die Hütte bringen.«

Er traute seinen Ohren nicht. »Moment«, rief er empört. »Das war nicht abgemacht.«

»Heißt das, du brauchst jetzt kein Geld mehr?«, kam es spöttisch zurück.

Er schwieg, dachte an das bevorstehende Treffen mit Ulrika. Er hatte ihr eine Kette gekauft. Die, die sie bei ihrem letzten Besuch in Stockholm gesehen und sich so sehr gewünscht hatte. Er wusste, dass sie sich darüber freuen würde, und noch mehr freute er sich darauf, dass sie ihm ihre Dankbarkeit zeigen würde.

Aber ob diese Kette ausreichte, um eine Frau wie Ulrika zu halten? Er brauchte mehr Geld, viel mehr Geld, und wie sonst könnte er in kurzer Zeit so viel verdienen? Immer und ewig würde es nicht so weitergehen können. Wenn sein Auftraggeber erreicht hatte, was er wollte, war diese Geldquelle versiegt.

»Und?«, vernahm er die drängende Stimme an seinem Ohr.

»Ich weiß nicht«, sagte er zögernd.

»Hast du Skrupel? Dafür dürfte es jetzt zu spät sein!«

Okay, er hatte es einmal gemacht, aber war es wirklich zu spät, jetzt auf die Stimme seines Gewissens zu hören? Er war doch kein schlechter Mensch und bisher immer rechtschaffen gewesen. Er hatte sich einfach nur verliebt und wollte der Frau, die er liebte, etwas bieten.

»Denk darüber nach«, sagte sein Auftraggeber. »Aber wenn du es nicht machst, finde ich jemand anderen, der mein Geld gerne nimmt.«

Er schluckte schwer. »Vielleicht will ich gar nicht, dass du deine schmutzigen Geschäfte weiterführst«, sagte er und bemerkte selbst, dass seine Stimme eher unsicher als hart und zumindest herausfordernd klang. Allerdings meinte er das, was er sagte. Er konnte diese Sache stoppen, er konnte es ein und für alle Mal beenden ...

Doch sein Auftraggeber lachte nur in den Hörer. »Willst du mir etwa drohen? Du vergisst, dass du bereits auf meiner Gehaltsliste stehst und für deine Arbeit kassiert hast.«

»Was du erst noch beweisen müsstest.«

Auch diesmal blieb sein Auftraggeber ihm die Antwort nicht schuldig. »Wir haben die leeren Kanister abgeholt. Rate mal, wessen Fingerabdrücke sich darauf befinden.«

Verflixt, daran hätte er denken müssen! Er spürte Panik in sich aufsteigen, hatte das Gefühl, in einer Falle zu sitzen, deren Tür er selbst zugeschlagen hatte.

»Und zwar nur deine Fingerabdrücke«, fuhr sein Auftraggeber eiskalt fort. »Ich rate dir also, vorsichtig mit solchen Drohungen zu sein. Mir kannst du nichts, aber ich kann dich jederzeit auffliegen lassen, und statt mit deiner schönen Braut im Bett, kannst du es dir dann in einer Gefängniszelle gemütlich machen.«

Die Erkenntnis brach mit voller Wucht über ihm zusammen. Er hatte immer nur an Ulrika gedacht und dabei jeden Gedanken an die Konsequenzen seines Handelns ausgeschlossen. Für ihn und andere. Er schloss die Augen und atmete tief durch. Worauf hatte er sich da nur eingelassen?

»Was ist? Kann ich auf dich zählen?« Sein Auftraggeber klang ärgerlich.

»Ich weiß es nicht«, sagte er lahm.

»Du hast vierundzwanzig Stunden Zeit, darüber nachzudenken«, lautete die barsche Antwort. »Aber egal, was passiert, du hältst dich raus. Ist das klar? Du weißt, was sonst passiert.«

Dann war das Gespräch beendet. Nachdenklich legte er den Hörer auf und starrte vor sich hin. Er wusste einfach nicht, was er tun sollte.

– 7 –

Einen Direktflug von Kathmandu gab es nicht. Lars musste in Maskat, der Hauptstadt von Oman, in die Maschine nach Stockholm umsteigen.

Er vertrieb sich einen Teil der langen Flugzeit damit, auf seiner Digitalkamera die Fotos der letzten Expedition zu betrachten. Es war eine spannende Tour gewesen, durch die tiefste Schlucht der Erde am Kali Gandaki bis zum Panoramaberg Poon Hill. Die sengende Sonne, die bunten Felder und die kleinen Ansiedlungen mit weiß-ockerfarben gestrichenen Häusern faszinierten ihn selbst jetzt auf den Bildern noch.

Als das Foto des Sonnenaufgangs am Poon Hill auf dem Display erschien, tauchte er ab in die Erinnerung. Dieses Erlebnis war etwas ganz Besonderes gewesen. Den Augenblick, als die Sonne aufging und die Silhouette von Machapuchare freigab, würde er nie vergessen. Die Gipfel lagen dunkel in der Dämmerung, und dann, von einem Moment zum nächsten, stieg die Sonne zwischen den Bergen auf und tauchte alles in ein goldenes Licht.

Nach dieser Expedition hatte es für ihn einfach kein neues Ziel gegeben. Dabei hatte er in den vergangenen Jahren eigentlich immer irgendetwas gefunden, seit er sich durch die Welt treiben ließ, auf der Suche nach einer neuen Herausforderung, einem neuen Abenteuer.

Dieses Mal aber hatte er erstaunt bemerkt, dass er immer öfter an Schweden dachte, und schließlich war ihm der Gedanke gekommen, einen Abstecher dorthin zu machen. Das war ungewöhnlich, er hatte in den vergangenen Jahren nie ansatzweise diesen Wunsch verspürt, geschweige denn das Verlangen, dorthin zurückzukehren. Warum dieses Gefühl jetzt da war, und zwar so stark, dass er mit all seiner Abenteuerlust nicht dagegen ankam, war ihm ein Rätsel.

Etwas in ihm zog und zerrte plötzlich, aber er weigerte sich, dieses Gefühl Heimweh zu nennen. Er hatte beschlossen, dass es Neugierde war. Einmal nachsehen, wie es zu Hause aussah, was sein Bruder machte, wie er klargekommen war nach jener Nacht …

Das war der Punkt, an dem er seinen Gedankengang regelmäßig unterbrach. Es war der Punkt, der ihn damals endgültig dazu gebracht hatte, das Land zu verlassen. Dabei hatte er schon vor dem Tod seiner Eltern mit dem Gedanken gespielt, alles hinter sich zu lassen. Dieses ganze vorgeplante, geordnete Leben, das keine Überraschungen bot und ihn irgendwann schrecklich gelangweilt hatte. Beruf, Heirat, Familie – und das sollte es gewesen sein?

Plötzlich überkam ihn eine tiefe Müdigkeit. Ein Blick auf die Uhr verriet ihm, dass noch ausreichend Zeit für ein Nickerchen blieb, und so verstaute er die Kamera und machte es sich dann auf seinem Sitz so gut es ging bequem. Er schmunzelte. In den vergangenen Jahren hatte er wahrlich gelernt, überall und in jeder Lage zu schlafen. Ob im heißen Wüstensand, im Regenwald oder auf der Klippe eines Berges. Dagegen war der Flugzeugsitz fast schon Luxus.

Lars erwachte erst, als die Maschine zum Landeanflug auf Stockholm ansetzte und die Stewardess ihn vorsichtig antippte, weil er sich anschnallen musste.

Lars lächelte die junge Frau an und erhielt ein strahlendes Lächeln zurück. Das war er gewohnt. Ein attraktiver Abenteurer mit Dreitagebart, strahlend weißen Zähnen im tiefbraun gebrannten Gesicht und mit verstrubbelten, dunklen Haaren kam bei Frauen gut an, die Erfahrung hatte er immer wieder gemacht.

Er hatte sein Aussehen in den vergangenen Jahren reichlich eingesetzt, dabei aber darauf geachtet, den Frauen keine falschen Hoffnungen zu machen. Er hatte immer betont, dass es keine feste Beziehung geben würde, dass er nicht dazu in der Lage war, sein Herz vollständig zu vergeben. Nur der Moment zählte, mehr nicht!

Die Stewardess ging weiter, und Lars ließ seinen Blick durch das kleine, runde Bullauge gleiten.

Morgennebel hüllte die Landschaft unter ihm ein. Stellenweise brach der Nebel und gab den Blick frei auf Wälder, kleine Seen und Ansiedlungen. Wie verzaubert lag die Welt unter ihm, und er spürte plötzlich ein Gefühl des Nachhausekommens, das ihn selbst überraschte. Er sah sich als Weltbürger. Gefühle wie Heimweh oder in seinen Augen spießige Begriffe wie Heimat hatte er für sich stets abgelehnt.

So auch jetzt, er schob seinen emotionalen Aufruhr, der sich nach der Landung verstärkte, auf die Müdigkeit, die ihn immer noch umfangen hielt.

Lars blieb sitzen, nachdem die Maschine ihren Standort erreicht hatte, bis die meisten Fluggäste ausgestiegen waren und das Gedränge auf dem schmalen Gang zwischen den Sitzreihen nachließ.

»Wir hoffen, Sie hatten einen guten Flug«, verabschiedete sich die hübsche Stewardess am Ausgang von ihm und schenkte ihm auch jetzt wieder ein verheißungsvolles Lächeln.

»Perfekt!« Lars zwinkerte ihr zu und verließ die Maschine.

Am Gepäckband wartete er auf seinen Rucksack, passierte ohne Kontrolle die Zollabfertigung, und dann war er draußen, vor dem Gebäude des Flughafens Arlanda.

Lars blieb stehen. Asphalt, Straßenlärm, Autos auf der Suche nach Parkplätzen, Menschen, die umherhasteten, versetzten ihn sofort in einen Stresszustand. Plötzlich sehnte er sich zurück nach der Stille des Himalaya, nach der Eintönigkeit der Wüsten, nach den Eingeborenen in tiefen Wäldern, die von einem Tag zum nächsten lebten, ständig damit rechnen mussten, dass die Natur, die sie ernährte, ihnen jederzeit das Leben nehmen konnte, und trotzdem eine beeindruckende Gelassenheit ausstrahlten.

Lars hatte das Gefühl, nicht hierher zu gehören. In den Jahren, in denen ihm die Welt zu einem Zuhause geworden war, war ihm die eigene Heimat offensichtlich fremd geworden. Oder lag das nur am Flughafenvorplatz? In großen Städten hatte er sich noch nie heimisch gefühlt, egal in welchem Teil der Erde. Er horchte in sich hinein. Wollte er wirklich nach Hardingsholm oder nicht doch lieber wieder hineingehen und irgendeinen Flug nehmen, egal, wohin?

Als sein Blick auf eine Reklametafel fiel, in der ein schwedischer Süßwarenhersteller in schwedischer Sprache für ein neues Produkt warb, spürte er es plötzlich wieder, dieses Gefühl, das ihn nach Schweden gelockt hatte. Es wurde stärker in ihm und zog ihn mit aller Macht nach Hause. Langsam setzte er sich in Bewegung.

– 8 –

Es war fast wie damals, als sie während ihrer Ausbildung zeitweise bei Lara gewohnt hatte. Sogar das gleiche Zimmer hatte Lara ihr gegeben. Der Raum mit den weißen Wänden, hellen Möbeln und einer pastellfarbenen Bettdecke war zweckmäßig und trotzdem gemütlich eingerichtet. Hellen war sich sicher, dass sie sich in den nächsten Wochen hier wohlfühlen würde.

Schnell packte sie ihre Reisetasche aus und ging dann zu Lara nach unten. Sie fand ihre Freundin im Garten über eine Karte gebeugt.

»Bist du sehr müde von der langen Reise?«, wollte Lara wissen.

Hellen schüttelte den Kopf. »Ich bin topfit«, sagte sie. »Am liebsten würde ich mich gleich wieder in deine Maschine setzen und losfliegen.«

»Wunderbar«, erwiderte Lara trocken. »Das kannst du haben. Dein erster Auftrag wartet bereits auf dich.«

»Super!« Hellen freute sich. »Wo soll es denn hingehen?«

Lara reichte ihr das Logbuch.

»Zuerst nach Örebro, da musst du dringend etwas abholen und es dann sofort nach Hardingsholm bringen. Das ist eine Halbinsel am Ende des Fjords.«

Lara zeigte ihr den kleinen Punkt auf der Karte. »Du kannst dort gut wassern, und zwar direkt beim Haus des Empfängers.«

Hellen nickte. »Und was ist an diesem Auftrag so dringend?«

Laras Gesicht verzog sich zu einem Grinsen. »Auf Hardingsholm findet morgen eine Hochzeit statt, aber der Braut fehlt das Kleid, weil der Laden in Örebro es nicht rechtzeitig liefern kann.

Glücklicherweise kam der Bräutigam auf die Idee, uns den Auftrag zu erteilen, und jetzt holst du das Kleid ab und bringst es der verzweifelten Braut.« Sie hielt inne. »Immerhin scheint es ja noch Leute zu geben, die an die ewige Liebe glauben«, fügte sie leise hinzu.

Hellen bemerkte den Stimmungsumschwung sofort und betrachtete ihre Freundin besorgt. »Willst du darüber reden?«

Lara schüttelte den Kopf. »Jetzt nicht«, sagte sie. »Ich komme damit klar.«

Hellen blieb unschlüssig stehen.

»Ganz bestimmt!«, erwiderte Lara und brachte sogar ein halbwegs fröhliches Lächeln zustande. »Dieser Auftrag ist wichtiger, als über einen verdammten Mistkerl zu reden. Also, los geht's!«

Hellen erwiderte das Lächeln ihrer Freundin. »Okay, Boss, das ist ja auch ein wirklich netter Auftrag. Der Kaffee muss warten.«

Sie machte sich vergnügt auf den Weg zum Steg. Als sie hierhergekommen war, hatte Lara an ihrer Seite gesessen, nun würde sie alleine fliegen. Und sie freute sich darauf.

Gerade als sie ins Flugzeug einsteigen wollte, klingelte ihr Handy. Torsten!

»Ich dachte, du bist in Toronto«, wunderte sich Hellen.

»Ich mache mich gleich auf den Weg dorthin«, erwiderte Torsten. n»Es gab eine Änderung in der Zusammenstellung der Crew, und da dachte ich, ich verkürze mir die Wartezeit, um mal nachzufragen, wie du dich in der kleinen Nuckelpinne fühlst.«

Es klang herablassend, und Hellen ärgerte sich ein wenig darüber. Sie wusste, dass er kleinen Flugzeugen nichts abgewinnen konnte, er war fasziniert von mächtigen Passagiermaschinen, je größer, desto besser. Aber er wusste auch, wie gerne sie diese Nuckelpinnen, wie er es nannte, flog, und sie mochte es nicht, wenn er abfällig darüber sprach.

»In deinen dicken Verkehrsbrummern wirst du dich nie so nahe am Himmel fühlen wie ich in der kleinen Maschine«, sagte sie.

Torstens Stimme klang plötzlich besorgt. »Du wirst doch nicht rückfällig werden und die Bewerbung bei ScanAm zurückziehen?«

»Natürlich nicht«, versicherte Hellen. »Was für ein abwegiger Gedanke. Ich mache doch nicht erst die Ausbildung zur Verkehrspilotin, um dann doch nicht zu fliegen.«

Hellen betrachtete nachdenklich das kleine Flugzeug vor ihr. Sie suchte in Gedanken nach Worten, um ihrem Freund zu erklären, was sie empfand.

»Es ist wie nach Hause kommen. Einfach nur schön«, sagte sie langsam.

»Klingt nett«, sagte Torsten, und die Fröhlichkeit in seiner Stimme stimmte sie versöhnlich, »aber leider nicht so, als würdest du mich sonderlich vermissen.«

Hellen musste lachen. Typisch Torsten. »Vermisst du mich denn?«, fragte sie lachend.

»Immer!«, beteuerte er ernsthaft. »Und wir sind durch die Fliegerei wirklich oft und lange getrennt. Da möchte ich wenigstens meine Freizeit mit dir verbringen.«

»Besuch mich doch einfach am Wochenende«, schlug Hellen vor. »Dann machen wir einen romantischen Rundflug über die Inseln.«

Sein dunkles, warmes Lachen war zu hören. »Wenn du bei mir bist, kann ich mir einiges vorstellen, das romantischer ist, als mit dir in einer lärmenden Blechbüchse zu sitzen. Aber mal abgesehen davon habe ich in den nächsten vier Wochen keinen einzigen Tag frei.«

Seine Stimme klang plötzlich ernst. »Ich muss zugeben, dass ich ein bisschen eifersüchtig auf Lara bin. Nach deinem ganzen Prüfungsstress habe ich mich darauf gefreut, wieder ein bisschen mehr

Zeit mit dir zu verbringen, zumindest wenn ich in Stockholm bin. Stattdessen spielst du lieber Postbotin in Norrtälje.«

»Ich bin gerade mal siebzig Kilometer von dir entfernt.« Hellen lachte. »Sei nicht so enttäuscht. Ich konnte Lara einfach nicht im Stich lassen.«

Hellen verschwieg, dass sie es auch gar nicht wollte. Wahrscheinlich würde es Torsten noch mehr treffen, wenn sie zugab, wie sehr sie sich auf die Zeit hier freute.

»Lara ist meine beste Freundin«, fuhr sie fort und fügte ein bisschen lahm hinzu: »Außerdem bleibe ich ja nicht ewig.«

»Das ist der einzige Trost, der mir bleibt«, sagte Torsten. »Ich wünsche dir eine schöne Zeit in Norrtälje.« Er machte eine kurze Pause, bevor er schloss: »Und guten Flug in deiner Blechbüchse.«

Wieder spürte Hellen diesen Stich. »Ich wünsche dir auch einen guten Flug«, sagte sie nüchtern und war plötzlich froh, das Gespräch beenden zu können.

»Auf nach Örebro!«, sagte sie, als sie über die Kufen ins Flugzeug stieg. »Ein Hochzeitskleid abholen.«

– 9 –

Erik hatte Nils verabschiedet und noch einige Dinge mit seiner Sekretärin geklärt, nun musste er nur noch mit seinem Vorarbeiter reden. Eilig machte er sich auf die Suche nach Kalle. Erik lief die Zeit davon, er musste so schnell wie möglich zurück nach Hardingsholm. In wenigen Stunden war Polterabend, sein Polterabend.

Das Problem mit dem Hochzeitskleid war zum Glück gelöst. Erik wusste, dass er sich auf Lara verlassen konnte.

Sofort schob sich das Bild der Fremden, die er am Anleger gesehen hatte, vor sein inneres Auge, begleitet von einem Gefühl, das er nicht zulassen wollte … nicht zulassen durfte!

Er war dankbar, in diesem Moment Kalle zu erblicken, der vor dem Holzlager in ein Gespräch mit einigen Bauarbeitern vertieft war.

Erik und Kalle kannten sich bereits seit ihrer gemeinsamen Schulzeit, sie waren schon damals unzertrennlich und auch heute noch gute Freunde. Erik war froh, dass er sich auf seinen Vorarbeiter hundertprozentig verlassen konnte.

»… die drei Häuser am See müssen noch bestückt werden und …«, Kalle brach ab, als Erik neben ihn trat und ihm freundschaftlich auf die Schulter klopfte.

»Hej Kalle. Nils war eben hier, ich habe ihm zugesagt, dass wir den Erker in das Wohnzimmer integrieren können. Kümmerst du dich darum? Auch um das Material?«

Kalle nickte kurz, dann fuhr Erik fort: »Und ich war heute Morgen bei Persson«, sagte er. »Die Dachstühle sind fast alle fertig. Am fünfzehnten können wir mit dem Innenausbau beginnen. Schaffen wir das?«

»Am fünfzehnten?« Kalle schien skeptisch, er schüttelte leicht den Kopf. »Das könnte ziemlich eng werden. Neunundzwanzig Häuser auf einmal, da steht uns viel Arbeit bevor.«

»Ich kümmere mich um zusätzliche Arbeiter«, schlug Erik vor.

Kalle grinste unvermittelt über das ganze Gesicht. »Du machst jetzt erst mal gar nichts, Erik. Ich habe irgendwie dunkel in Erinnerung, dass du morgen heiraten willst.«

Die beiden Männer brachen in lautes Gelächter aus. Denn Kalle hatte den Termin nicht nur in dunkler Erinnerung, er würde morgen auch Eriks Trauzeuge sein.

Erik hatte bei der Wahl seines Trauzeugen nicht lange überlegen müssen. Natürlich hätte er gerne seinen Bruder gefragt, aber er wusste nicht einmal, wo sich Lars zurzeit aufhielt. Was noch viel deprimierender war: Er konnte sich auch jetzt nicht einmal sicher sein, ob sein Bruder überhaupt noch lebte. Bei den Exkursionen, die Lars in seinem neuen Leben liebte, konnte schließlich alles Mögliche passieren. Ein Absturz irgendwo in einer einsamen, unwegsamen Bergwelt, ein Überfall an einem entlegenen Ort ...

Immer wenn eine der seltenen Karten seines Bruders kam, atmete Erik erleichtert auf, eine grundsätzliche Sorge um seinen Bruder aber blieb.

Plötzlich war da wieder diese Wut in ihm, das Gefühl, von seinem Bruder im Stich gelassen zu werden. Sowohl im Schmerz um den Verlust der Eltern als auch anschließend in der Verantwortung für die Baufirma. Es gab so viele Entscheidungen zu treffen, immer wieder und gerade jetzt, die im Grunde der Zustimmung des anderen Mitinhabers, also der seines Bruders, bedurften.

Aber es war nicht nur das! Ihm fehlte der Bruder, der Vertraute, der Lars schon in Kindertagen gewesen war. Sie hatten sich immer gut verstanden und waren trotz mancher Streitigkeiten auch immer so etwas wie gute Freunde gewesen, die zusammenhielten, gemeinsam durch dick und dünn gingen.

»Fahr nach Hause, Erik«, durchdrang Kalles Stimme seine Gedanken. »Ich kümmere mich hier um alles.«

Erik lächelte seinen Freund dankbar an. »Okay, vielen Dank, Kalle.«

Kalle begleitete ihn zu seinem Boot, löste das Tau und warf es ihm zu. Er grinste. »Bis heute Abend, Boss. Hier wollen wir dich heute jedenfalls nicht mehr sehen.«

– 10 –

Laras Flugzeuge besaßen zusätzliche Fahrwerke, sodass sie nicht nur auf dem Wasser, sondern auch an Land starten und landen konnten.

Die Geschäftsinhaberin des Brautmodeladens erwartete Hellen bereits auf dem kleinen Flughafen bei Örebro, auf dem Hellen dank der nachträglich eingebauten Fahrwerke mit dem Flugzeug landen konnte. Offenbar war die Frau unendlich erleichtert, dass dieses Problem so rasch gelöst werden konnte.

»Vielen Dank, Sie haben mir sehr geholfen«, sagte sie mehrfach und drückte Hellen die Hand.

Hellen versicherte ihr, den Karton mit dem Hochzeitskleid sofort auszuliefern, und hob gleich darauf mit ihrer Maschine ab. Sie fragte sich, wer die Kosten für diesen Transport wohl übernehmen musste. Der Bräutigam, der diesen Auftrag erteilt hatte, oder die Geschäftsinhaberin, die ihre Zusage, das Kleid pünktlich zu liefern, nicht eingehalten hatte.

Eigentlich konnte es ihr egal sein. Sie musste diesen Auftrag nur ausführen und konnte sich gleichzeitig an der traumhaften Landschaft erfreuen, die unter ihr lag. Als sie Sigtuna überquerte, musste sie unwillkürlich lächeln. An schönen Sommertagen machten sie und Torsten gerne einen Ausflug in die historische Stadt mit den schönen Holzhäusern direkt am Ufer des Mälarsees. Hier gab es zauberhafte Geschäfte, kleine gemütliche Restaurants und Kneipen.

Hellen flog einen Bogen und weiter Richtung Norrtälje. Schließlich lag der breite Fjord, der sich zur Ostsee öffnete, behäbig unter ihr. Kleine weiße Schaumkrönchen bildeten sich auf den Wellen und tauchten wieder unter ins glitzernde Nass.

Weiße Segelboote flitzten über die Wellen, ein behäbiger Ausflugsdampfer steuerte eine der größeren Inseln an.

Hellen konnte sich nicht sattsehen. Wie schön das alles war! Sie bedauerte schließlich fast, Hardingsholm zu erreichen. Ihr Ziel war eine kleine Ansiedlung aus wenigen Häusern. Ein wenig abseits, wie von Lara beschrieben direkt am Wasser, lag das Anwesen der Torbergs.

Sie konzentrierte sich auf den Landeanflug und setzte ruhig auf dem Wasser auf. Noch während sie in einem Bogen auf den Steg zufuhr, sah Hellen das Motorboot, das ebenfalls den Landungssteg ansteuerte und schließlich dort festmachte. Sie parkte das Flugzeug längs des Steges und kletterte mit dem Karton hinaus.

Als sie sich umwandte, stockte ihr der Atem. Der Fahrer des Bootes war der faszinierende Fremde, den sie vor wenigen Stunden im Boot gesehen hatte! Jetzt, wo er direkt vor ihr stand, hatte er nichts von seiner Ausstrahlung verloren. Ganz im Gegenteil!

So wie er sie anstarrte, war er ebenso entgeistert wie sie. »Also, Lara sind Sie nicht«, kam nach einer Weile über seine Lippen.

»Gut beobachtet«, sagte Hellen lächelnd, wobei ihr das Herz bis zum Hals schlug. Sie war wie versunken in seine blauen Augen, für einen Moment gab es nur ihn und sie auf der Welt. Nach einer gefühlten Ewigkeit gelang es ihr schließlich, ihre Sinne zu sammeln.

»Also, ich ... ich bin Hellen Reslow, und ich arbeite in den Sommermonaten für Lara. Ich bringe das Hochzeitskleid.«

»Ja, das kommt ja dann in letzter Minute.«

Seine Stimme klang so atemlos, wie sie sich fühlte. »Ich bin übrigens Erik Torberg«, stellte er sich vor.

»Ich habe noch nie ein Hochzeitskleid geflogen«, sagte Hellen und reichte ihm den Karton. »Ich hoffe, das bringt Glück.« Wieder blieb ihr Blick an seinen Augen hängen. Noch nie zuvor hatte sie jemand so intensiv angesehen. Spürte er auch diese Spannung, die in der Luft lag?

»Sicher!« Er schaute sie unverwandt an, während er ihr das Paket abnahm.

»Ich bin überzeugt, dass es Glück bringt«, sagte er stockend. »Ich bringe es auch gleich zu meiner ...«

Er brach ab, aber Hellen wusste genau, was er eigentlich hatte sagen wollen. Allein der Gedanke versetzte ihr zu ihrem Entsetzen einen Stich, auch wenn er das Wort »Braut« nicht aussprach.

Er schien sich einen Ruck zu geben. »Also, ich muss es gleich zu Linn bringen«, sagte er mit fester Stimme. »Sie ist schon ganz aufgeregt.«

»Ja, das wäre ich an ihrer Stelle auch«, nickte Hellen und dachte, dass selbst die Braut kaum aufgeregter sein konnte, als sie es gerade war. Meine Güte, was war nur los mit ihr? Dieser Mann brachte sie vollständig durcheinander. Dabei kannte sie ihn nicht einmal, und trotzdem stand sie hier mit klopfendem Herzen auf dem Steg, unsicher und dennoch mit dem Gefühl, am richtigen Ort zu sein. Er stand vor ihr, mit diesem riesigen, weißen Paket in den Händen, und war ebenso unbeholfen wie sie. Oder kam es ihr nur so vor, und er wartete einfach ungeduldig darauf, dass sie endlich verschwand? Du benimmst dich wie ein schwärmerischer Teenager, schalt sie sich in Gedanken. Sie musste weg von hier.

»Ich fliege dann mal wieder zurück«, sie bemühte sich um einen gelassenen Tonfall. Und ich hoffe, fügte sie in Gedanken hinzu, dass wir beide uns in den nächsten Wochen nicht wieder begegnen. Sie würde jedenfalls alles dafür tun, das zu vermeiden. Sollte es ihr nicht gelingen, würde er bei ihrem nächsten Aufeinandertreffen verheiratet sein, schoss es ihr durch den Kopf. Und sofort stellte sich wieder dieses komische Gefühl ein, ein Kribbeln, irgendwo tief in ihr, verdächtig nahe der Herzgegend.

»Erik! Was ist mit dem Kleid?«

Hellen zuckte zusammen und bemerkte, dass Erik Torberg ebenso erschrak. Sie wandte den Kopf in Richtung Bootshaus, neben dem wenige Meter entfernt eine Holztreppe auf eine Veranda führte, an deren Geländer eine junge, sehr hübsche Frau stand. Ihre blonden Haare flatterten im Wind, und sie lächelte. Die glückliche Braut. Jung und zauberhaft. Sie war Hellen vom ersten Moment an sympathisch. Sie passte zu Erik Torberg, die beiden waren ein schönes Paar.

Erik hob den Karton. »Hier ist es.« Er wies zu Hellen. »Das ist Frau Reslow, sie hat es gebracht.«

Linn eilte die Treppe hinunter und reichte Hellen strahlend die Hand.

»Vielen Dank«, sagte sie herzlich. »Ich bin Linn.«

»Hellen«, stellte Hellen sich ebenfalls vor und erklärte noch einmal, dass sie die Sommermonate für Lara flog.

»Ich dachte schon, die Hochzeit müsste ausfallen.« Linn lachte, und die Erleichterung war ihr deutlich anzumerken. Sie nahm Erik das Paket aus den Händen. »Ich schau dann gleich mal nach, ob mit dem Kleid alles in Ordnung ist. Erik, bietest du Hellen etwas zu trinken an?«

Ohne eine Antwort abzuwarten, eilte sie die Treppe hinauf. Erik und Hellen schauten ihr nach. Mit Linn verschwand die Unbefangenheit, kehrte die Unsicherheit zurück, die Hellen in seiner Gegenwart empfand. Ob es ihm genauso erging?

Er zwinkerte ihr zu. »Sie möchten doch bestimmt etwas trinken? Vielleicht auch etwas essen?«

Dieses Lächeln. Diese Augen. Sie sollte wirklich zusehen, schleunigst von hier zu verschwinden. »Ich bin überhaupt nicht hungrig«, lehnte Hellen hastig ab.

Warum blieb sie dann trotzdem wie angewurzelt auf dem Steg stehen, schaute ihn an, als müsse sie sich jeden Zug seines Gesichts einprägen? Was war das überhaupt für ein sonderbarer Moment? Was waren das für dumme Gefühle, die sich da in ihrem Inneren ausbreiteten? Hellen rief sich zur Räson.

Sie war Hellen Reslow, eine junge erfolgreiche Frau, auf dem Weg zur Verkehrspilotin. Und sie lebte mit einem sehr netten Mann zusammen. Das hier war nur ein Zwischenstopp. Und dieser Erik Torberg, der hier vor ihr stand und sie aus seinen tiefblauen Augen anlächelte, war außerdem morgen um diese Zeit mit der zauberhaften Linn verheiratet. Es wurde allerhöchste Zeit, dass sie sich aus diesem komischen Wirrwarr ihrer Gefühle befreite. Oder besser noch, dass sie endlich von hier verschwand.

»Ich lasse Sie auf keinen Fall fliegen, bevor Sie nicht wenigstens etwas getrunken haben«, machte Erik Torberg ihren Vorsatz zunichte. »Ich werde nicht riskieren, dass Linn mir Vorwürfe macht, weil ich mich nicht genug um Sie gekümmert habe.« Er lachte und ließ in Hellen erneut die Frage keimen, ob er diese Faszination zwischen ihnen ebenfalls empfand. Oder ob sie sich das eingebildet hatte. Egal wie, es war ein Grund mehr, endlich von hier zu verschwinden.

»Okay«, hörte sie sich selbst sagen, »einen Kaffee nehme ich gerne.«

Erik lachte und bedeutete ihr mit einem Nicken, die Treppe zum Bootshaus zu nehmen.

Hellen ging voraus, spürte ihn ganz dicht hinter sich, und hatte für einen Moment das Gefühl, ihre Knie würden weich. Sie hielt sich am Geländer fest und betrat tapfer die nächste Stufe, als sie stolperte. Sie stieß einen kurzen Schrei aus, als sie den Halt verlor, da umfassten sie auch schon seine Arme. Sie spürte seinen Atem dicht an ihrem Ohr.

Hellen hielt ganz still, lehnte sich an ihn und schloss die Augen.

»Vorsicht«, vernahm sie seine Stimme leise an ihrem Ohr. Es

war wie ein Weckruf. Sie öffnete die Augen, befreite sich aus seinem Griff und lachte gezwungen auf.

»Ja«, sagte sie, ohne sich zu ihm umzudrehen. »Ich werde vorsichtig sein.«

– 11 –

Allmählich gewöhnte Lars sich an das Treiben, an den Verkehr, den Lärm. Er hatte schließlich auch schon eine ganze Weile hier gestanden und es auf sich wirken lassen.

Lars grinste. Er war eben ein anpassungsfähiger Mensch. Ob große Hitze in der Wüste oder die Schwüle des Regenwaldes – er war mit den Verhältnissen klargekommen. Da würde er es ja wohl auch im Stadtdschungel aushalten. Selbst wenn das hier nur die Vorboten waren.

Arlanda lag etwa vierzig Kilometer von Uppsala entfernt, das war die Richtung, in die er fahren wollte.

Er hatte vorgehabt, mit öffentlichen Verkehrsmitteln nach Hause zu fahren, aber jetzt überlegte er es sich anders. Er wollte nicht von Verkehrsplänen oder festgelegten Strecken abhängig sein. Er wollte sich nicht in ein solches System, egal welcher Art, einfügen, zumindest jetzt noch nicht, wenn überhaupt jemals wieder.

Jetzt musste er fast lachen. Hatte er sich nicht eben noch bestätigt, dass er ein anpassungsfähiges Wesen war? So ganz schien das doch nicht zu stimmen. Oder traf es nur in der Fremde zu, und war er hier, in der Heimat, ein ganz anderer Mensch?

Er würde es feststellen. In den nächsten Tagen, in den nächsten Wochen, Monaten ...

Es schien ihm durchaus denkbar, dass er bereits in den nächsten Stunden schon wieder in einem Flugzeug saß, auf dem Weg irgendwohin. Alles war möglich!

Lars machte auf dem Absatz kehrt und steuerte die nächstbeste Autovermietung an. Eine halbe Stunde später saß er in einem blauen Cabrio und stellte erleichtert fest, dass er nichts verlernt hatte. Fünf Jahre war es her, seit er das letzte Mal hinter einem Lenkrad gesessen hatte. Im Verkehr um den Flughafen herum musste er sich stark konzentrieren, aber als er den Trubel hinter sich ließ, war es fast, als wäre er nie weggewesen.

Die Straße wand sich durch tiefe Wälder, weite Felder, blühende Wiesen und sanfte Hügel.

Der kleine See rechts, der so winzig war, dass er auf keiner Landkarte verzeichnet war, erweckte in ihm Erinnerungen an Zeiten, die zu einem anderen Menschen, zu einem anderen Leben zu gehören schienen. Vor seinem inneren Auge erschien das Bild des jungen Paares, dass da eng umschlungen am Ufer stand. Er sah die gemeinsame Zukunft, das Glück, ihre Pläne. Aber er wusste auch um die innere Unzufriedenheit des jungen Mannes. Das Gefühl, das diesen jungen Mann gequält hatte, weil er sich immer wieder die Frage stellte, ob das alles sein sollte, was er vom Leben erwarten konnte. Alles vorgeplant, vorbestimmt!

Dann kamen die Erinnerungen an diesen einen Tag, der alles verändert hatte. Ein Schicksalsschlag, der ihm zeigte, dass das Leben vergänglich war, dass nur das Hier und Jetzt zählte. Dass Pläne hinfällig waren, er seinen Gefühlen folgen musste und nicht weiter an einem Leben festhalten durfte, in dem er sich fremdbestimmt fühlte.

Lars wusste, dass er damals viele Menschen verletzt hatte – nicht zuletzt die, die ihm am nächsten standen. Vor allem einen. Gleichzeitig wusste er, dass er immer wieder so handeln würde.

Nachdenklich lenkte er den Wagen durch die Landschaft und spürte mit jedem Meter in Richtung Ziel die Vorfreude wachsen. Jetzt hatte er es fast erreicht, das behäbige Herrenhaus am Ufer des Fjords, rot gestrichen, mit weiß abgesetzten Türen und Fensterrahmen, wie die meisten Häuser in dieser Gegend. Ein wenig abseits davon die Pferdeställe. Er sah einige der Tiere auf den Wiesen hinter den Ställen grasen und spürte, wie ihn eine Welle von Wehmut überkam.

Die Pferde, das war die Leidenschaft seiner Mutter gewesen, so wie sein Vater in der Baufirma aufgegangen war.

Lars erinnerte sich an die Zeit, als er zusammen mit seinem Bruder über die Wiesen geritten war. Es waren glückliche, unbeschwerte Zeiten gewesen, und er war froh, dass es solche Erinnerungen waren, die jetzt auf ihn einstürmten, und weniger die dunklen schweren Stunden. Davor hatte er ganz besonders Angst gehabt vor seiner Heimreise.

Lars brachte den Wagen auf dem Kiesweg vor der Villa zum Stehen und blieb einen Moment still darin sitzen, um sich zu sammeln.

Er dachte daran, dass er sich am Flughafen in die Stille zurückgesehnt hatte. Jetzt hatte er diese Stille, spürte aber plötzlich eine ihm unvertraute Unruhe. Es sah hier so aus wie früher, aber war das noch derselbe Ort, den er vor fünf Jahren verlassen hatte?

Nun, das würde sich gleich zeigen. Er gab sich einen Ruck, verließ den Wagen und musste unwillkürlich lächeln, als die Tür aufsprang, sobald er die Klinke herunterdrückte. Er trat in die Eingangsdiele, und sofort überkam in ein tiefes Gefühl von Vertrautheit.

Lars verharrte einen Moment und ließ das Gefühl auf sich wirken. Dann ging er in die angrenzende Stube mit den gelben Wänden und den weißen Möbeln. Er ließ seinen Rucksack fallen, stemmte die Hände in die Seiten und schaute sich um. Er lächelte. »Alles wie immer«, sagte er und spürte eine tiefe Erleichterung.

– 12 –

Hellen liebte Pferde. Sie hatte als Kind Reitunterricht gehabt und jeden Urlaub dazu genutzt, wenigstens hin und wieder auszureiten.

In letzter Zeit war ihr neben dem Lernen für die Prüfung nur wenig Zeit geblieben, und so genoss sie es jetzt, die schwarze Stute zu streicheln. Dem Tier schien das ebenfalls zu gefallen, es drückte seine weichen Nüstern gegen ihre Hand. Hellen freute sich und sprach ruhig und leise mit dem Tier.

»Entschuldigung, dass es so lange gedauert hat«, hörte sie plötzlich Erik Torberg sagen, der mit einem Tablett neben dem Tisch unter einem Baum ein paar Meter neben ihr stand. »Ich habe extra frischen Kaffee kochen lassen.« Er bot ihr einen Platz an, wartete, bis sie sich gesetzt hatte, bevor er eine der dampfenden Tassen vor sie hinstellte.

»Zucker und Milch?«

»Nur ein bisschen Milch«, erwiderte Hellen und ließ ihre Blicke umherschweifen. »Es ist wunderschön hier.«

»Das hat meine Mutter auch immer gesagt.« Erik lachte laut auf. »Mein Vater hat sie aufgezogen, indem er behauptete, sie hätte ihn nur wegen der schönen Landschaft geheiratet.«

»Vielleicht kein schlechter Grund«, entfuhr es Hellen unbedacht. »Die Landschaft bleibt einem und vielleicht noch die Erinnerung an ein schönes Hochzeitsfest.«

Mein Gott, was rede ich da für einen Blödsinn, schoss es ihr im nächsten Moment durch den Kopf. Eriks Miene war nicht anzusehen, was er dachte.

»Entschuldigen Sie bitte«, sagte Hellen leise. »Ich wollte nichts gegen die Ehe Ihrer Eltern sagen. Es war nicht mehr als eine dumme, unüberlegte Bemerkung. Ich bin sicher, Ihre Eltern waren sehr glücklich.«

»Das waren sie.« Erik nickte und wirkte kein bisschen verletzt oder verärgert. Sie registrierte es mit Erleichterung.

»Das lag aber nicht nur daran, dass meine Mutter sich auf Hardingsholm sehr wohlgefühlt hat. Es lag vor allem daran, dass die beiden sich aufrichtig geliebt haben.«

Er sprach in der Vergangenheit. Hellen traute sich nicht, danach zu fragen, ob seine Eltern noch lebten.

»Das ist beneidenswert«, sagte sie, und diesmal war es nicht einfach so dahingesagt. »Was war denn das Geheimnis Ihrer Eltern?«

»Gute Frage.« Erik schaute an ihr vorbei, seine Gedanken schienen sich in der Erinnerung zu verlieren. »Sie waren eigentlich ganz unterschiedlich«, sagte er schließlich, »aber trotzdem schienen sie eine Einheit zu sein, wenn sie zusammen waren. Manchmal denke ich, es war ganz gut, dass sie zur gleichen Zeit gestorben sind ...« Er brach ab, seine Augen wurden dunkel vor Schmerz.

Hellen widerstand der Versuchung, aufzustehen und ihn zu berühren. Das Gefühl, ihn trösten zu müssen, wurde übermächtig in ihr. Schnell senkte sie den Kopf. Ihn nicht ansehen, seinen Schmerz nicht annehmen, nur das war jetzt wichtig. Es tat ihr so leid, aber es war nicht ihre Sache, ihn zu trösten. Dafür war Linn da, seine zukünftige Frau.

Erst als Erik wieder zu sprechen begann, sah sie auf.

»Meine Mutter hat mir einmal erzählt, dass sie vom ersten Moment an gewusst hat, dass mein Vater der Mann ihres Lebens war. Es gab gewiss auch schwierige Phasen, wie in jeder Ehe, aber an dieser Tatsache, dass er der Mann war, der für sie bestimmt war, hat sie nie gezweifelt.«

Hellen war tief beeindruckt. »Es muss toll sein, eine Liebe so bedingungslos zu leben und nie den Glauben daran zu verlieren. Das ist mutig.«

Ob es das wirklich gab? Jemanden kennenzulernen und zu wissen: Das ist der Mensch, der mir bestimmt ist, mit dem ich mein ganzes Leben verbringen möchte? Der ein Teil von mir wird und ich ein Teil von ihm?

Sie sah Erik an, er erwiderte ihren Blick, und plötzlich war sie wieder da, diese ganz besondere Magie zwischen ihnen.

Diesmal war Hellen sich sicher, dass es nicht nur ihr, sondern auch ihm so erging. Aber das durfte nicht sein. Sie durfte es nicht zulassen.

Hastig sprang sie auf, obwohl sie noch keinen Schluck von ihrem Kaffee getrunken hatte.

»Ich wünsche Ihnen einen wunderschönen Tag morgen«, stieß sie hervor. »Alles Gute für Sie und Ihre Braut, und ich wünsche Ihnen, dass Ihre Ehe genauso glücklich wird wie die Ihrer Eltern.«

Erik war ebenfalls aufgestanden. Er machte keine Anstalten, sie aufzuhalten.

»Ich werde mich bemühen«, sagte er stockend. »Vielen Dank.«

»Auf Wiedersehen!« Hellen wandte sich um und eilte in Richtung Bootshaus, als er ihren Namen rief.

»Hellen!«

Sie zögerte kurz, drehte sich dann aber um. Er stand immer noch am Tisch, kam einen Schritt näher, blieb wieder stehen.

»Es war schön, Sie kennenzulernen«, sagte er warm.

»Ja!« Sie nickte. Es war schön, und doch wäre es ihr lieber, es wäre nie passiert. »Leben Sie wohl!« Sie drehte sich um, musste sich zusammenreißen, um nicht zu laufen. Das hätte dann doch zu sehr nach Flucht ausgesehen, aber genau so fühlte sie sich.

– 13 –

Das Kleid war ein Traum!

Linn zog den Schleier über, drehte sich nach rechts und links. Prüfend musterte sie sich im Spiegel. Das Kleid war perfekt, fehlte nur noch der Schmuck.

Linn öffnete ihre Schmuckschatulle und nahm die weißen Perlenohrringe heraus. Sie steckte sie in die Ohrlöcher und hob den Blick. In diesem Moment wurde ihr klar, wann sie diesen Schmuck bekommen hatte. Und wer ihn ihr geschenkt hatte.

Perlen! Perlen bedeuten Tränen, hatte sie einmal irgendwo gelesen, und in ihrem Fall hatte das gestimmt.

Anfangs hatte sie die Ohrringe nicht mehr tragen können. Sie hatte sie nicht einmal sehen wollen und ganz hinten in einer Schublade verstaut.

Linn hatte geglaubt, diesen Schmerz nie überwinden zu können, aber sie hatte die Erfahrung gemacht, dass die Phrase der Zeit, die alle Wunden heilt, auch auf sie zutraf. Die Erinnerung verblasste, die anfangs offene Wunde schloss sich und vernarbte, und der Schmerz verebbte. Was blieb, war ein feiner heller Streifen von Wehmut. Die Frage, was gewesen wäre, wenn …?

Aber selbst diese Frage, die sie sich so oft in ihrem Leben gestellt hatte, würde ab morgen hinfällig sein. Ihr Leben würde nicht so sein, wie sie es sich damals erträumt hatte, aber das hieß nicht gleichzeitig, dass es schlechter war.

Vielleicht sogar genau das Gegenteil. Vielleicht hatte alles so kommen müssen, damit sie wirklich ihr Glück fand. Und sie war glücklich.

Oder?

Linn starrte ihr eigenes Spiegelbild an. Warum stellte sie sich diese Frage ausgerechnet heute? Einen Tag bevor sie mit Erik vor den Traualtar trat? Sie beide hatten diese Entscheidung doch nicht leichtfertig getroffen. Ihre Gefühle füreinander waren in den vergangenen Jahren gewachsen, und, das war ihnen beiden wichtig, sie vertrauten einander.

Eine Welle von Zärtlichkeit durchfuhr sie, als sie an Erik dachte. Sie liebte ihn. Auf eine ganz besondere, zärtliche Weise, und das lag nicht nur daran, dass er im entscheidenden Moment für sie da gewesen war. Es lag an ihm. Weil er so war, wie er war. Treu, zuverlässig, fürsorglich.

In diesem Moment klopfte jemand an die Tür. Linn fuhr erschrocken herum. »Nein, Erik, nicht hereinkommen!«

Er sollte sie nicht sehen. Es brachte Unglück, wenn der Bräutigam die Braut vor der Hochzeit im Brautkleid sah. Linn behauptete zwar von sich selbst, nicht besonders abergläubisch zu sein, aber man musste das Schicksal ja auch nicht unbedingt herausfordern.

Es war aber nicht Erik, der sich in der Türöffnung zeigte. Fassungslos starrte Linn den Mann an, der ebenfalls ziemlich entgeistert wirkte.

»Lars!«

Sekunden oder gar Minuten verstrichen, in denen sie voreinander standen, sich anschauten, als versuchten sie beide zu begreifen, was sie gerade sahen. Linn hatte keine Ahnung, wie ihr geschah, in ihr herrschte ein ausnahmsloses Durcheinander an Gefühlen.

»Was machst du hier?«, fragte sie schließlich.

»Das wollte ich dich auch fragen.« Lars' Blick glitt an ihr herunter und dann wieder rauf. Fragend schaute er ihr ins Gesicht. »Du siehst nicht so aus, als hättest du auf mich gewartet.«

Linn war sprachlos. Was bildete er sich ein? Hatte er wirklich geglaubt, sie würde auf ihn warten? Bis er irgendwann, zu einem ihm beliebigen Zeitpunkt, zurückkehrte? Ohne vorher mit ihr darüber gesprochen zu haben? Nachdem er ohne ein Wort plötzlich einfach verschwunden war und sie in Angst und Ungewissheit zurückgelassen hatte? Und sich kein einziges Mal bei ihr gemeldet hatte? Das konnte doch nicht sein Ernst sein!

»Wo warst du?«, brachte sie spröde hervor.

»Mal hier, mal da«, erwiderte er ausweichend. »Zuletzt im Himalaya.« Wieder betrachtete er sie von Kopf bis Fuß, zeigte auf das Hochzeitskleid.

»Und was hat das zu bedeuten?«

Linn räusperte sich. Warum fühlte sie sich schuldbewusst, obwohl dafür überhaupt kein Grund bestand? Sie war es schließlich nicht, die ohne ein Wort verschwunden war.

»Erik und ich, wir heiraten morgen. Schön, dass du zu unserer Hochzeit kommen konntest.«

»Ich habe nichts davon gewusst.« Er schüttelte den Kopf.

Als ob Linn das nicht wüsste. Erik hatte in den letzten Wochen intensiver als je zuvor versucht, seinen Bruder zu finden.

»Du heiratest also meinen Bruder.«

Es war Lars nicht anzusehen, was er dachte. Seine Miene blieb unbewegt, aber Linn glaubte, aus seiner Stimme herauszuhören, dass er verletzt war. Oder bildete sie sich das nur ein? Weil sie wollte, dass ihm jetzt ein bisschen was von dem widerfuhr, was er ihr angetan hatte?

»Tja«, leichter Spott schwang in seiner Stimme mit, »und ich habe mir eingebildet, du liebst mich.«

»Wie kann ich jemanden lieben, der ständig auf der Flucht ist?« Linn hörte selbst, wie spitz ihre Stimme klang.

Lars starrte sie an. Seine Augen verdunkelten sich, ansonsten blieb seine Miene unbewegt, und auch den spöttischen Ton behielt er bei. »Da hast du recht, jemanden wie mich kann man nicht lieben. Männer wie Erik sind viel besser zum Ehemann geeignet.«

»Was willst du eigentlich von mir, Lars?«, fuhr sie ihn an. »Du bist vor fünf Jahren verschwunden, hast dich nie bei mir gemeldet. Ich wusste nicht, warum du gegangen bist, und ich wusste nicht, wo du bist. Hast du erwartet, dass alles so bleibt, wie du es verlassen hast? Dass ich auf dich warte, ohne zu wissen, ob du überhaupt jemals wiederkommst?«

Lars setzte zu einer Antwort an, überlegte es sich dann aber anders. »Okay«, sagte er schließlich gedehnt. »Und was machen wir jetzt?«

»Keine Ahnung.« Linn zuckte mit den Schultern. Sie wusste nicht, was sie erwartet hatte, aber dass er nicht einmal zu einer Entschuldigung ansetzte, verletzte sie zutiefst. »*Erik* wird sich bestimmt freuen, dich zu sehen«, stieß sie hervor.

Sie hatte es nicht so betonen wollen, dass Erik der Einzige war, der sich über den Besuch seines Bruders freute, aber jetzt, nachdem sie es ausgesprochen hatte, empfand sie es so. Sie spürte, dass dieses Wiedersehen alles durcheinanderbringen würde, und das machte ihr Angst.

»Soso.« Lars brach ab, musterte sie mit einem Blick, der völlig unbeteiligt wirkte. Dann lächelte er. »Du heiratest also meinen Bruder. Und mein altes Zimmer hast du gleich mit übernommen.«

Lars sah sich in dem Raum um, in dem er seine Kindheit und Jugend verbracht hatte. Es war nicht viel übrig geblieben von dem, was sein Leben ausgemacht hatte, dafür trug der Raum jetzt eindeutig feminine Züge.

Linn hatte es neu streichen lassen, andere Vorhänge gewählt und auch die Möbel ausgetauscht.

»Erik hat mir das Zimmer angeboten, als ich hier eingezogen bin«, sagte sie steif, verschwieg aber, dass sie es in seinem ursprünglichen Zustand nicht hatte belassen wollen, weil es sie immer an Lars erinnert hätte. Als sie sah, dass ihre Worte ihn verletzten, fügte sie sanfter hinzu: »Wir haben das Zimmer links neben der Treppe als Gästezimmer eingerichtet. Da kannst du übernachten.«

»Ja, klar.« Lars nickte. Er wandte sich um und öffnete die Tür. »Ich gehe dann mal ins Gästezimmer.«

So aber wollte Linn ihn nicht gehen lassen. »Lars!«

Er wandte sich um, schaute sie fragend an. In seinem Blick lag nichts, was die Nähe und Liebe ausmachte, die er früher einmal für sie empfunden hatte. Alles an ihm wirkte fremd und unnahbar, und plötzlich wusste Linn nicht mehr, was sie eigentlich sagen wollte.

»Erik wird sich wirklich freuen, dass du da bist«, brach es schließlich aus ihr heraus.

Lars schwieg, hob eine Augenbraue und betrachtete sie, als könne er mit dieser Aussage überhaupt nichts anfangen. Als hätte er etwas anderes erwartet.

»Na ja«, sagte sie hilflos, »du bist schließlich sein einziger Verwandter.« Erst als sie die Worte ausgesprochen hatte, wurde ihr klar, wie zynisch das klang. Jetzt konnte sie es nicht mehr zurücknehmen, wusste aber auch nicht, was sie hinzufügen konnte, um das Gesagte abzumildern.

Lars hatte kurz die Augenbrauen zusammengezogen, schaute sie jetzt aber wieder mit einem Blick an, der völlig unbeteiligt wirkte, und so klang seine Stimme auch, als er fragte: »Wann ist eigentlich die Hochzeit?«

»Heute ist Polterabend, morgen heiraten wir«, sagte Linn tonlos.

»Morgen schon«, murmelte er, starrte an ihr vorbei aus dem Fenster. Als er sich ihr wieder zuwandte, lächelte er. »Du siehst toll aus, Linn.«

Seine Augen glitten über ihr Hochzeitskleid, das ihren Körper, das wusste Linn, perfekt modellierte. Sein Blick war wie eine Liebkosung, wie streichelnde Hände. Sie schauderte, spürte die Gänsehaut auf ihrem Körper.

»Du bist wunderschön«, sagte er leise, bevor er sich abrupt umwandte, das Zimmer verließ und die Tür hinter sich schloss.

Linn lief ihm nach, doch an der verschlossenen Tür blieb sie stehen.

Was mache ich denn, schoss es ihr durch den Kopf. Sie wandte sich um, dabei fiel ihr Blick in den Spiegel. Die Ohrringe!

Linn konnte sie nicht mehr ertragen. Schwer wie Blei schienen sie an ihren Ohrläppchen zu hängen. Sie zog sie ungeduldig aus, wollte sie zurück in die kleine Schachtel legen und hielt plötzlich das Briefchen in der Hand, das er damals dazugelegt hatte.

Für immer, Lars!

Für immer? Sein Versprechen hatte er bereits nach wenigen Monaten gebrochen. Er war geflohen vor seinem Leben, vor ihr.

Verdammt, warum war er überhaupt zurückgekommen? Er war nicht gut für sie. Er war es damals nicht gewesen, und jetzt war er es erst recht nicht.

Linn ließ die Hände sinken, starrte hilflos ihr Spiegelbild an. Sie hatte geglaubt, das Richtige zu tun. Sie war sich sicher gewesen, dass sie und Erik perfekt zusammenpassten. Und dann tauchte Lars auf, und plötzlich drängten sich Zweifel an die Oberfläche, die vorher nicht da gewesen waren. Oder hatte sie sie einfach nicht wahrgenommen? Nicht wahrnehmen wollen?

Linn atmete tief durch. Nein, sie wollte solche Gedanken auch jetzt nicht zulassen. Mehr noch, sie würde sie nicht zulassen und mit aller Kraft dagegen ankämpfen. Sie hatte ihre Entscheidung getroffen und würde morgen Erik heiraten. Nichts konnte die Hochzeit verhindern. Nichts!

– 14 –

Das Gästezimmer!

Lars konnte nicht umhin, der Wahrheit ins Gesicht zu schauen. Eben noch hatte er geglaubt, er wäre nach Hause gekommen, aber ausgerechnet Linn hatte ihn auf seinen Platz verwiesen.

Er war hier nur Gast. Und soweit er ihr Verhalten deutete, war er nicht einmal ein willkommener Gast.

Er trat ans Fenster, starrte hinaus. Diese Aussicht hatte er so oft vor seinem inneren Auge gehabt in den vergangenen Jahren, so oft hatte er davon geträumt. Von der Wiese, die sich bis zum Fjord erstreckte. Von der klaren Luft, dem weiten Himmel. All das hatte für ihn in Gedanken sein Zuhause ausgemacht, aber jetzt, wo er hier war, fühlte er sich weniger zu Hause, als er es während seiner Abwesenheit in seinen Gedanken und Bildern gewesen war.

Zuhause, das war nicht einfach nur der Ort, an dem er aufgewachsen war. Komisch, dass ihm das erst jetzt klar wurde. Zuhause, das waren die Menschen, die er zurückgelassen hatte, und es war wohl ziemlich vermessen gewesen zu erwarten, dass er mit offenen Armen empfangen werden würde.

Aber genau das hatte er erwartet! Ein wenig Wut vielleicht, aber dahinter Freude und vor allem Erleichterung, weil er wohlbehalten wieder nach Hause gekommen war. Nicht einen Augenblick hatte er mit dieser kühlen Gleichgültigkeit gerechnet, schon gar nicht von Linn. Und noch weniger damit, dass sie nicht mehr frei war. Dass es jetzt einen anderen Mann in ihrem Leben gab ... ausgerechnet seinen Bruder!

In seinen Gedanken war die Welt in seiner Heimat stehen geblieben, und nun musste er feststellen, dass sie sich auch hier weitergedreht hatte.

»Hast du erwartet, dass alles so bleibt, wie du es verlassen hast? Dass ich auf dich warte, ohne zu wissen, ob du überhaupt jemals wiederkommst?«, erklang ihre Stimme wieder in seinem Ohr.

Hatte er überhaupt jemals den Gedanken zu Ende gedacht, was er den Menschen, die er zurückgelassen hatte, angetan hatte? Hatte er sich in all den Jahren überhaupt ernsthaft Gedanken darüber gemacht, wie es Linn durch seinen Schritt ergangen war? Linn, mit der er einst ein gemeinsames Leben geplant hatte, bis dass der Tod uns scheidet – und dann hatte er sie verlassen, von einem Tag auf den anderen. Dass er Linn verloren hatte, war seine eigene Schuld, und das wog viel schwerer als alles andere.

Er hatte lange versucht sich einzureden, dass der Unfall seiner Eltern die Ursache für seine Flucht gewesen war, dass der Schmerz über ihren Tod leichter würde, wenn er nur wegkam aus dieser Umgebung, aus der sie herausgerissen worden waren. Aber er hatte bald einsehen müssen, dass die Distanz ihm keine Linderung verschaffte. Es war die Zeit, die allmählich die Wunden geheilt hatte. Und dabei war ihm aufgegangen, dass es zum größten Teil das ihm so verhasste vorgeplante, wohl geordnete Leben gewesen war, das er nicht mehr ausgehalten hatte.

Jetzt aber traf ihn die Erkenntnis mit voller Wucht: Er liebte Linn immer noch. Er hatte es all die Jahre nicht wahrhaben wollen und jeden Gedanken daran verdrängt. Das Bild von ihr in ihrem Hochzeitskleid, mit diesen Ohrringen, schob sich vor sein inneres Auge, und in diesem Moment konnte er sich sogar vorstellen, das einst so verhasste Dasein zu führen, wenn sie nur an seiner Seite war. Aber er konnte die Augen nicht vor der Tatsache verschließen, dass es vorbei war. Für immer vorbei. Und das tat sehr weh.

Er ahnte, was in den vergangenen Jahren passiert war. Während er auf der ganzen Welt seinem Glück nachgejagt war, hatten Erik und Linn sich in dem Versuch, sich gegenseitig zu trösten, ineinander verliebt. Er war der Letzte, der den beiden einen Vorwurf machen durfte, trotzdem verspürte er eine tiefe Verbitterung.

Er hatte keine Ahnung, wie er seinem Bruder überhaupt gegenübertreten sollte, geschweige denn, wie er es ertragen sollte, Erik und Linn morgen vor dem Traualtar zu sehen.

Er stellte sich vor, wie Linn Erik das Jawort gab, wie sie ihn anlächelte ... und plötzlich hatte er ein anderes Bild vor Augen: Linn und er am Fjord, im Licht des hellen Vollmondes. Die milde Luft, das stetige Rauschen des Wassers, der leise Wind in den Bäumen. Ihr Lächeln weckte wie damals das übermächtige Gefühl in ihm, diese Frau zu lieben. Er erinnerte sich an das unsagbare Glück, das er empfunden hatte, als er sie an sich gezogen und geküsst hatte ...

Nein, er würde es kaum ertragen, morgen mit anzusehen, wie Linn und Erik den Bund fürs Leben schlossen.

Aber musste er sich das überhaupt antun? Musste er zusehen, wie die Frau, die er mehr geliebt hatte als alles andere auf der Welt, seinen Bruder heiratete?

Lars wanderte unruhig durch das kleine Zimmer. Und dann keimte in ihm eine Idee. Es war mehr ein Instinkt als ein klarer Gedanke. Der ihn wie damals überkam. Alles in ihm drängte danach, von hier zu verschwinden. Er griff nach seinem Rucksack und verließ fluchtartig das Haus. Außer Linn hatte ihn noch niemand gesehen, und wenn sein Bruder und Linn morgen heirateten, würde er schon wieder an einem ganz anderen Ort der Welt sein. Irgendwo in der Stille, in der Einsamkeit würde er dann die Wunden lecken, die er sich selbst zugefügt hatte.

– 15 –

Sie wollte weg von hier! Weg, in der verzweifelten Hoffnung, dass sie Erik Torberg während ihrer restlichen Zeit in Norrtälje nicht mehr über den Weg lief.

Restliche Zeit! Hellen hätte beinahe laut aufgelacht. Heute war ihr erster Tag, es lagen noch viele Wochen vor ihr. In ihr gärte das dumpfe Gefühl, dass diese Zeit all das durcheinanderbrachte, was sie sich in den vergangenen Jahren aufgebaut hatte. Ihre Ziele, ihre Träume ... Nein, nicht nur ihre Ziele und Träume, sondern all das, was sie mit Torsten geplant hatte. Ihr ganzes, gemeinsames Leben. Bisher hatte Hellen das nie in Frage gestellt. Torsten gehörte zu ihr, sie gehörte zu ihm, und alles, was sie sich zusammen aufbauen wollten, entsprach ihren gemeinsamen Wünschen.

Zum ersten Mal in ihrem Leben hatte Hellen Angst, dass das alles ins Wanken geriet. Durch die Begegnung mit einem Mann, von dem sie so gut wie nichts wusste, den sie nicht wirklich kannte ...

»Das ist verrückt«, flüsterte sie vor sich hin. Gleich darauf war da ein anderer Gedanke: Ich hätte nie hierherkommen dürfen!

Sie hatte Lara gerne ihre Hilfe angeboten, aber da hatte sie von diesem ganzen Durcheinander ja auch nichts ahnen können. Und nun konnte sie kaum einen Rückzieher machen. Wie sollte sie das begründen? Wie sollte sie Lara etwas erklären, was ihr selbst völlig unverständlich war?

Hellen versuchte sich selbst zu beruhigen. Das alles war so irrational, dass es schon alleine vorbeigehen würde, wenn sie sich nur nicht so sehr damit beschäftigte. Sie durfte diesen verrückten Gedanken nicht so viel Raum geben, musste sich neben ihrer Arbeit für Lara wieder mehr mit ihren eigenen Zukunftsplänen beschäftigen. Mit Torsten, den sie doch schließlich liebte.

An diesem Punkt ihrer Gedanken horchte sie erneut in sich hinein. Liebte sie Torsten wirklich?

Ja, stellte sie für sich fest. Er war immer noch der Mann, mit dem sie ihr Leben teilen wollte.

In letzter Zeit hatten sie und Torsten sich zwar nicht sehr oft gesehen, und sie würden durch ihren Beruf auch in Zukunft oft getrennt sein, aber die grundlegende Ebene zwischen ihnen stimmte, daran zweifelte Hellen nicht. Wenn sie erst wieder in Stockholm war, würde es auch wieder mehr Gelegenheiten für gemeinsame Aktionen geben. Bis dahin durfte sie sich einfach nicht mehr aus der Fassung bringen lassen. Jedenfalls nicht durch etwas so Unbedeutendes wie die Begegnung mit einem Fremden.

Eigentlich war es ja auch ausgestanden. Das Hochzeitskleid war ausgeliefert, und es gab keinen Grund, Hardingsholm ein weiteres Mal anzufliegen. Sollte es einen weiteren Auftrag von Erik Torberg geben, würde Lara den übernehmen. Ein passendes Argument würde Hellen dann schon einfallen.

Hellen fühlte sich bedeutend besser, nachdem sie diesen Entschluss gefasst hatte. Als sie sich dem Wasserflugzeug näherte, hörte sie Laras Stimme über Funk: »... kommen! Lara zwei, bitte kommen!«

Lara zwei, das war sie. Hellen beschleunigte ihren Schritt, stieg auf die Kufen und bediente noch im Freien das Funkgerät.

»Hier Lara zwei. Was gibt es?«

»Gott sei Dank, dass ich dich erwische«, vernahm sie die Stimme ihrer Freundin. Lautes Krachen und Krächzen verrieten Störungen in der Leitung. »Wo bist du?«, wollte Lara wissen.

»Ich starte gerade von Hardingsholm.«

»Bleib da, Hellen«, rief Lara aus dem Funkgerät. Das Krächzen und Knarren aus dem Lautsprecher wurde stärker. »Wir haben hier ein schweres Gewitter. Sturmböen mit über hundertfünfzig Meilen Geschwindigkeit. Das Wetter zieht Richtung Hardingsholm.«

Hellen traute ihren Ohren nicht. Das konnte doch nicht wahr sein! Allein die Vorstellung, noch länger auf Hardingsholm zu bleiben oder hier sogar übernachten zu müssen, war beunruhigend.

»Hier sieht alles ganz okay aus«, sagte sie mit einem prüfenden Blick in den Himmel.

»Hellen, du bleibst da!«, sagte Lara sehr bestimmt, und Hellen vernahm die ärgerliche Ungeduld in ihrer Stimme. »Such dir was zum Übernachten, und komm morgen früh zurück.«

»Schon gut«, gab Hellen nach. Was blieb ihr auch anderes übrig, obwohl ihr das Gewitter in der Luft weitaus weniger gefährlich schien als der Aufruhr ihrer Gefühle, der wahrscheinlich in den nächsten Stunden noch zunehmen würde. Sie überlegte, ob sie nicht doch aufsteigen und eine der Inseln in der Nähe ansteuern sollte.

Aber wenn das Wetter sie in der Luft überraschte? Diese Gewitter konnten tückisch sein und sowohl sie als auch Laras Maschine in Gefahr bringen.

Hellen schaltete das Funkgerät aus, überzeugte sich davon, dass die Maschine gut festgemacht war, und machte sich auf den Rückweg zum Haus. Es widerstrebte ihr, Erik Torberg um einen Platz zum Übernachten zu bitten.

Auf ihrem Weg über die Wiese kam ihr ein Mann mit einem Rucksack in der Hand entgegen. Er starrte auf den Boden und wirkte irgendwie gehetzt. Er bemerkte sie erst im letzten Moment und blieb stehen.

»Ist das Ihr Flieger da unten?«

»Ja.« Hellen betrachtete den Mann verwundert. Er war sichtlich unruhig, obwohl er jetzt ein schwaches Lächeln zustande brachte. Hellen ertappte sich bei dem Gedanken, dass er verdammt gut aussah. Groß, dunkel und mit seinem Drei-Tage-Bart ziemlich verwegen.

»Können Sie mich mitnehmen?«, fragte er.

Hellen schüttelte den Kopf. »Ich kann heute überhaupt nicht mehr fliegen, weil sich ein Unwetter in Richtung Hardingsholm bewegt.«

»Mist«, fluchte der Mann und ließ seinen Rucksack fallen.

»Lars?«, ertönte in diesem Augenblick Erik Torbergs hörbar überraschte Stimme.

Hellens Herz klopfte schneller, mit jedem Schritt, den Erik auf sie zulief. Er aber achtete nur auf den Mann.

»Lars! Träume ich, oder stehst du wirklich vor mir?«

»Wahr und wahrhaftig«, sagte Lars.

»Mensch, ich freue mich so!«

Eriks Stimme klang erstickt, und er kämpfte sichtlich mit seiner Rührung. Er trat noch einen Schritt näher, und dann umarmte er den anderen Mann. Sekundenlang verharrten sie schweigend so.

»Ich habe tausendmal versucht, dich zu erreichen«, sagte Erik leise.

Lars zuckte kurz zusammen und löste sich aus der Umarmung. »Jetzt bin ich ja da.« Er hielt kurz inne, bevor er hinzufügte: »Pünktlich zu deiner Hochzeit! Perfektes Timing, nicht wahr?«

Täuschte Hellen sich, oder klang seine Stimme eine Spur zu fröhlich?

Nun trat auch Erik einen Schritt zurück. »Du weißt es also schon?« Seine Miene wirkte plötzlich schuldbewusst.

»Ich habe deine reizende Braut bereits in ihrem traumhaften

Brautkleid gesehen«, sagte Lars und bedachte Erik mit einem langen Blick.

Hellen fühlte sich nicht wohl in ihrer Rolle als Zuschauerin. Sie verstand nicht recht, worum es abseits der Hochzeit eigentlich ging, sicher war nur, dass die Situation ungemein emotional und spannungsgeladen war.

Erik hielt seinem Blick stand. »Ich hätte es dir gerne früher mitgeteilt, aber du warst ja nicht aufzufinden.«

Lars zog eine Augenbraue in die Höhe. »Klar, es ist meine Schuld. Das hat mir Linn bereits gesagt.«

Hellen gefiel die Wendung, die das Gespräch nahm, ganz und gar nicht. Sie räusperte sich und zog damit die Aufmerksamkeit beider Männer auf sich.

»Entschuldigung«, sagte Erik jetzt, »ich bin so überrascht, dass ich alles andere darüber vergessen habe.« Er lächelte ihr zu. »Also, das ist Hellen Reslow«, wandte er sich an Lars, »und das«, er deutete auf den Mann, »ist mein Bruder Lars. Er hat die vergangenen Jahre im Ausland gelebt.«

»Ach so«, sagte Hellen irritiert. Erik Torberg hatte also einen Bruder, aber warum lag dann diese unterschwellige Spannung zwischen den beiden in der Luft, gerade bei der doch offenbar überraschenden Rückkehr? Und wo war Lars überhaupt gewesen?

»Wo genau waren Sie?«, fragte sie ihn.

»Mal hier, mal dort«, erwiderte er lächelnd, und mit dieser Antwort schien sich sein ganzer Körper zu entspannen. Er wirkte ruhig und gelassen, und seine Stimme bekam einen warmen Klang. Er betrachtete sie einen Moment neugierig und wandte sich dann an seinen Bruder. »Sag mal, hast du noch Platz für zwei Übernachtungsgäste?«

Erik lachte. »Ja sicher. Herzlich Willkommen!« Er zögerte kurz. »Aber warum denn zwei Gäste?« Er wandte sich an Hellen: »Wollen Sie doch noch bleiben?«

Hellen spürte seinen Blick auf sich und hatte das dringende Bedürfnis, sich zu rechtfertigen. Er musste doch auch wissen, dass es besser war, wenn sie nicht blieb. Oder empfand er gar nicht so wie sie?

»Ja, ich kann noch nicht weg. Über Norrtälje tobt ein Gewitter in Richtung Hardingsholm.« Klang es nicht auch wie eine Rechtfertigung, weil sie sich immer noch an einem Ort befand, an dem sie eigentlich schon längst nicht mehr sein wollte? Weil in ihr das Gefühl wuchs, dass dadurch alles noch schwieriger wurde?

»Ein Unwetter auf dem Weg nach Hardingsholm?« Erik runzelte die Stirn. »Hoffentlich tobt es sich nicht ausgerechnet morgen über uns aus.«

»Bis morgen ist bestimmt alles vorbei«, sagte Hellen und wusste nicht, wen sie damit in erster Linie beruhigen wollte. Sich selbst oder Erik?

Die Vorstellung, noch länger auf Hardingsholm bleiben zu müssen ... Nein, daran wollte sie erst gar nicht denken.

»Kein Wort zu Linn«, bat Erik, »sie ist nach der Sache mit dem Hochzeitskleid nervös genug.« Er schaute zum tiefblauen Himmel, an dem immer noch keine Wolke zu sehen war. »Können wir es riskieren, den Polterabend draußen zu feiern, oder sollen wir ihn gleich ins Haus verlegen?«

Hellen wusste es nicht. Auch wenn das Gewitter Richtung Hardingsholm zog, musste das nicht bedeuten, dass es sich über der Halbinsel austobte, das schien Erik zumindest ein wenig zu beruhigen. Als sie ihm aber im selben Atemzug ihre Überlegung mitteilte, in ein oder zwei Stunden, je nach Wetterlage, vielleicht doch noch abzufliegen, schien er fast enttäuscht.

»Bleiben Sie«, bat er. »Ich würde mich sehr freuen. Es wäre doch unsinnig, wenn Sie heute Abend noch zurückfliegen. Wir haben Platz genug, und Linn freut sich bestimmt auch über einen weiteren Gast zum Polterabend.«

Lars verengte kurz die Augen, dann lächelte er. »Ja, bleiben Sie«, stimmte er seinem Bruder zu. »Dann können wir uns zusammentun. Ich erzähle Ihnen von meinen Reisen und Sie mir von Ihren Abenteuern in Ihrer fliegenden Kiste.« Er wies zum Flugzeug hinunter.

Hellen hatte nicht das Gefühl, eine Wahl zu haben, und so stimmte sie schließlich zu.

– 16 –

Er war wieder da!

Linn hatte sich auf ihr Bett fallen lassen, starrte vor sich hin und versuchte, ihre aufgewühlten Gefühle unter Kontrolle zu bekommen.

Natürlich, Lars war immer da gewesen, in ihrem Kopf, in ihrem Herzen, aber dass eine Begegnung mit ihm sie derart aufwühlen würde, damit hatte sie nach all den Jahren nicht mehr gerechnet.

Es war kaum auszuhalten. Linn sprang auf. Ihr Blick fiel auf den Spiegel, der sie selbst immer noch im Hochzeitskleid zeigte.

Plötzlich hatte sie das Gefühl, die weiße Spitze würde auf ihrer Haut brennen. Sie riss sich das Kleid hektisch vom Körper, und es war fast ein Wunder, dass der feine Stoff der groben Behandlung standhielt. Fast nackt hielt sie inne, zitternd vor Aufregung.

»Was mache ich denn?«, fragte sie sich selbst, und der Klang ihrer Stimme, die die Stille des Zimmers durchschnitt, erschreckte sie. Sie fühlte sich ganz und gar nicht wie eine Braut, die morgen mit dem Mann, den sie liebte und mit dem sie ihr ganzes Leben teilen wollte, vor den Altar trat.

Erik …!

Er wusste doch noch gar nicht, dass sein Bruder wieder zu Hause war. Hastig streifte Linn Jeans und T-Shirt über und eilte nach draußen, um Erik auf Lars' Ankunft vorzubereiten. Aber es war zu spät. Als sie ins Treppenhaus trat, sah sie, wie Erik seinem Bruder im Erdgeschoss gerade freundschaftlich auf die Schulter klopfte

»Edda bringt Hellen Reslow aufs Zimmer«, hörte sie ihn sagen und wunderte sich darüber, dass die Pilotin noch blieb. Viel mehr aber interessierte sie, wie Erik und Lars miteinander umgingen, doch die beiden Brüder verließen das Haus durch die Terrassentür. Nebeneinander, schweigend. Linn wandte sich ab und ging zurück in ihr Zimmer. Sie fühlte sich nicht wohl. Dieser Tag, das Fest morgen, all das hatte im Augenblick jede Bedeutung für sie verloren.

– 17 –

Die Brüder schlenderten nebeneinander über die Wiese hinunter zum Fjord. Erik brach als Erster das Schweigen, das Lars als zunehmend beklemmend empfand: »Können wir reden?«

Lars hatte mit dieser Frage gerechnet und nickte, auch wenn er sich nicht wohl in seiner Haut fühlte. Er spürte, dass sein Bruder ihn von der Seite ansah, erwiderte den Blick aber nicht.

Hinter ihnen waren die Geräusche der Festvorbereitungen zu hören, Besteck klimperte, vereinzelte Rufe erklangen, die Band stimmte ihre Instrumente. Lars konzentrierte sich auf das stetige Rauschen der Wellen vor sich, auf das leichte Plätschern, wenn sie ans Ufer schlugen. Der Himmel über Hardingsholm war immer noch tiefblau, aber draußen über dem Wasser schimmerte er bleiern.

»Sieht so aus, als würde das Unwetter vorbeiziehen«, sagte Erik.

»Du wolltest mit mir über das Wetter reden?«, fragte Lars und hörte selbst, wie spöttisch seine Stimme klang.

»Nein, natürlich nicht.« Erik brach ab, hob nach ein paar Sekunden erneut an. »Es ist nicht so einfach. Du weißt schon, das mit Linn und mir. Weder sie noch ich wollten dich verletzen. Es ist einfach so passiert. Wir waren beide allein, sie war für mich da, ich für sie …« Er brach ab, und Lars war überrascht, dass sein Bruder so hilflos klang.

»Trotz allem habe ich immer das Gefühl gehabt, dass ich dir die Frau wegnehme«, fuhr Erik jetzt stockend fort. »Ich habe mich immer wieder gefragt, ob es dir etwas ausmachen würde. Selbst der Gedanke, dass du Linn nicht verlassen hättest, wenn du sie aufrichtig geliebt hättest, konnte mich nicht von meinen Zweifeln abbringen.«

Lars war zutiefst getroffen. Er hatte ab und an darüber nachgedacht, was sein Verschwinden nicht nur für Linn, sondern auch für Erik bedeutet haben musste, die Gedanken aber immer abgebrochen. Im Gespräch mit diesen beiden Menschen, die ihm die wichtigsten auf der Welt waren, die Folgen seines Handelns zu bemerken, beeindruckte ihn jetzt mehr, als ihm lieb war. »Es tut mit leid«, sagte er mit belegter Stimme. »Ihr habt euch nichts vorzuwerfen, weder du noch Linn, und ich bin der Letzte, der euch etwas vorwerfen würde.« Er zwang sich, den Blick zu heben und seinen Bruder anzusehen. »Ganz im Gegenteil! Ich bin froh, dass ihr euch gefunden habt.«

Es war gelogen! Lars war nicht froh, dass sie sich gefunden hatten. Ganz im Gegenteil, er war tief enttäuscht, und es tat weh. So sehr, dass es kaum auszuhalten war. Kurz überkam ihn das Bedürfnis, Eriks offensichtliche Schuldgefühle für sich zu nutzen, aber, so gestand er sich ein, seinem Bruder Leid zuzufügen würde seinen eigenen Schmerz nicht verringern. Und sein Bruder hatte das einfach nicht verdient, er hatte schließlich nicht gegen Lars gehandelt, sondern für Linn.

Lars atmete tief durch und zwang sich schließlich zu einem Lächeln. »Ich wünsche euch von ganzem Herzen, dass ihr miteinander glücklich werdet.«

»Danke«, sagte Erik, und Lars kannte ihn gut genug, um zu wissen, dass er mit den Tränen kämpfte. »Ich bin froh, dass du noch rechtzeitig gekommen bist.«

Erik schien ehrlich erleichtert, doch in Lars wuchs das Gefühl von Bitterkeit. Rechtzeitig? Wofür? Um seinem Bruder und seiner zukünftigen Schwägerin die Absolution zu erteilen?

»Was hast du jetzt vor?«, unterbrach Erik seine düsteren Gedanken. »Bleibst du?«, fragte er leise.

Ja, was hatte er jetzt vor?

Lars zuckte mit den Schultern, obwohl er genau wusste, dass ihm nur eine Möglichkeit blieb. Er wusste, dass er das Geschehen nicht ändern konnte, und wünschte seinem Bruder und Linn von ganzem Herzen Glück. Aber er wusste gleichzeitig, dass er es nicht ertragen konnte, ihr Glück mit ansehen zu müssen. Das aber würde er nie zugeben. Er hörte in Eriks Stimme, wie sehr sich sein Bruder wünschte, dass er blieb, aber Lars würde ihn enttäuschen müssen, auch wenn er ihm das jetzt nicht sagen würde.

Gleich nach der Hochzeit würde er gehen. Diesmal für immer! Es gab so viele Orte auf der Welt, die er noch nicht gesehen hatte. Er forschte nach dem Gefühl, das ihn damals weggetrieben hatte. Dieses Locken, die Neugier, die Abenteuerlust.

Doch da war nichts in ihm, nur tiefe Leere.

»Keine Ahnung!«, sagte er so gelassen wie möglich.

– 18 –

Das Zimmer, das Erik ihr für die Nacht gegeben hatte, war nicht besonders groß, aber gemütlich. Es gab noch ein weiteres Gästezimmer im Erdgeschoss, und Lars hatte sich sofort bereit erklärt, es ihr zu überlassen, weil es um einiges größer und schöner war, aber davon hatte Hellen nichts wissen wollen.

»Ich bin nur eine Nacht hier«, hatte sie gesagt und damit vorausgesetzt, dass der verschollene Bruder länger blieb.

Es war ein seltsamer Blick gewesen, den Lars ihr daraufhin zugeworfen hatte. Sie hatte das Gefühl, dass Lars überhaupt nicht die Absicht hegte, länger zu bleiben, und sie rechnete damit, dass er sie heute oder spätestens morgen erneut fragen würde, ob sie ihn mitnahm.

Von ihrem Fenster aus konnte sie die Wiese sehen, auf der später der Polterabend und morgen die Hochzeitsfeier stattfinden sollte. Auf den langen Tischen zwischen den Bäumen wurde ein Büfett aufgebaut.

Ein leichter Wind war aufgekommen und ließ die weißen Decken auf den Tischen flattern. Die gefüllten Blumenvasen mit den bunten Wiesenblumen verhinderten, dass sie von den Tischen geweht wurden.

Hellen bemerkte, dass so mancher seinen Blick ängstlich in den Himmel richtete, aber das Wetter schien sich zu halten. Weit draußen über dem Wasser war eine dunkle Wolkenwand zu sehen, die aber vorbeizuziehen schien. Sie beobachtete die beiden Männer, die langsam am Ufer des Fjords entlangschlenderten. Auch wenn sie die Gesichter der beiden aus der Entfernung nicht erkennen konnte, war sie sicher, dass es Erik und Lars Torberg waren.

Was war los mit den beiden Brüdern? Sie schienen sich gut zu verstehen, und trotzdem hatte bei der Begrüßung eine Spannung in der Luft gelegen, die Hellen als sehr unangenehm empfunden hatte.

Hellen setzte sich mit einem tiefen Seufzer auf das schmale Bett, das an der Längswand stand. »Wo bin ich hier nur hineingeraten?«, sagte sie leise.

Heute Morgen, als Lara sie in Nyköping abgeholt hatte, war ihre Welt noch in Ordnung gewesen. Und dann? Sie war einem Mann begegnet, der sie vom ersten Augenblick an fasziniert hatte. Gleich zwei Mal an einem Tag hatten sich ihre Wege gekreuzt, und nun würde sie sogar die Nacht in seinem Haus verbringen. Im Haus eines Mannes, der morgen eine andere Frau heiraten würde.

Sie hatte dessen Bruder kennengelernt, der nach vielen Jahren im Ausland just am Tag der Hochzeit seines Bruders auftauchte. Und der sie gebeten hatte, ihn mitzunehmen, fort von hier, obwohl er offensichtlich gerade erst angekommen war und seinen Bruder noch gar nicht gesehen hatte.

Ein Klopfen an der Tür unterbrach ihre Gedanken.

»Ja, bitte«, sagte Hellen und erhob sich.

Linn betrat das Zimmer und lächelte sie freundlich an. »Erik hat mir erzählt, dass Sie über Nacht bleiben.«

Hellen freute sich über den Besuch. »Wegen des Wetters«, sagte sie. »Es tut mir leid, ich will wirklich keine Umstände machen. Wenn ich mir den Himmel so angucke, kann ich vielleicht später doch noch abfliegen.«

»Kommt überhaupt nicht in Frage«, sagte Linn. »Sie machen keine Umstände. Wir freuen uns, dass Sie da sind, immerhin haben Sie die Hochzeit gerettet! Ich wollte Sie nur fragen, ob Sie sich eines meiner Kleider ausleihen wollen und vielleicht noch etwas für die Nacht. Sie haben ja kein Gepäck dabei.«

Hellen war gerührt. Wie nett und freundlich Linn doch war. Was immer sie in den letzten Stunden zwischen Erik und sich gespürt hatte, war vermutlich sowieso nur einseitig. Wie könnte es auch anders sein: Jeder Mann musste eine Frau wie Linn einfach lieben. Außerdem war sie genau der Typ Frau, den andere Frauen nicht als Rivalin sahen, sondern sich als Freundin wünschten.

»Sie sind sehr nett«, sagte Hellen.

»Quatsch!« Linn lachte und griff nach ihrer Hand. »Ich freue mich, dass Sie hier sind. Wir werden bestimmt viel Spaß haben, während wir etwas Passendes zum Anziehen für Sie heraussuchen.«

Hellen ließ sich von der Freude der jungen Frau anstecken und folgte ihr. Als sie in Linns Zimmer kam, fiel ihr Blick sofort auf das Brautkleid, das auf einem Bügel am Kleiderschrank hin. Langsam trat sie näher.

»Wie schön es ist«, sagte sie und berührte sanft mit der Hand die zarte Spitze. »Erik wird hingerissen sein, wenn er Sie morgen darin sieht.«

»Ich hoffe es«, sagte Linn hinter ihr. Ihre Stimme klang beklommen, doch als Hellen sich umdrehte und sie anschaute, lachte sie bereits wieder und ging an ihr vorbei, um ihren Kleiderschrank zu öffnen.

»Bitte, bedienen Sie sich«, sagte sie mit einer einladenden Handbewegung.

In der folgenden halben Stunde lachten die beiden Frauen tatsächlich viel bei der Kleiderwahl und Anprobe. Alles könnte so schön sein, dachte Hellen später in ihrem Zimmer, wenn das hier eine ganz normale Hochzeit wäre und ich Linn eine Freundin werden könnte, wir kommen doch gut miteinander aus.

Meine Güte, schalt sie sich selbst. Wieso sollte Linn eine Freundin brauchen, sie lebt hier und kennt genug Menschen. Und ich werde ja gar nicht hierbleiben, nach dem Sommer steige ich hoffentlich bei ScanAm ein und jette dann sowieso die ganze Zeit durch die Welt. Alles wird immer verzwickter, dachte Hellen. In ihr wuchs der Wunsch, dem allen zu entfliehen, noch stärker, doch ein Blick aus dem Fenster fiel auf die schwarze Wand, die zwar nicht näher kam, aber bedrohlich über dem Fjord hing.

Hellen ließ den Gedanken an eine Abreise am Abend endgültig fallen. Wenn sie heil durch diese Wand kam, würde Lara ihr hinterher den Kopf abreißen, und das mit Recht.

Hellen seufzte tief auf und begann, sich für den Abend fertig zu machen.

– 19 –

Das ist so lieb von dir.«

»Für eine so schöne Frau wie dich ist das Beste gerade gut genug!« Er war selber überrascht, sich so reden zu hören. Schmeicheleien waren nicht unbedingt seine Stärke. Er hatte sich bisher immer für einen knallharten Burschen gehalten.

Sie lagen aneinandergeschmiegt auf dem Bett. Ulrika trug nichts außer der teuren Halskette, die er ihr geschenkt hatte. Ihre schlanken, manikürten Finger berührten den Anhänger.

Ich habe mich bisher aber auch immer für ehrlich gehalten, schoss es ihm durch den Kopf. Das, was er getan hatte, setzte ihm zu, und er war fest entschlossen, es nie wieder zu tun.

»Fährst du nächste Woche mit mir nach Göteborg?« Ihr nackter Körper schmiegte sich dicht an ihn und brachte ihn fast um den Verstand.

»Klar«, sagte er, obwohl er wusste, was das bedeutete. Luxushotel, teure Restaurants und kostspielige Shoppingtouren. Dafür aber auch unvergleichliche Nächte in Ulrikas Armen, ihre Beteuerungen, dass sie ihn liebte, und die Hoffnung auf eine gemeinsame Zukunft.

»Was machen wir heute Abend?«, hauchte sie in sein Ohr und knabberte an seinem Ohrläppchen.

»Heute Abend muss ich zum Polterabend. Das habe ich dir doch erzählt.«

»Ach ja.« Ihre Lippen verzogen sich zu einem Schmollmund. »Wie langweilig. Dann muss ich mir die Zeit eben ohne dich vertreiben.«

»Warum kommst du nicht einfach mit?«, schlug er vor. »Ich würde mich sehr freuen und könnte dich auch direkt meinen Freunden vorstellen.«

»Ein Polterabend ist mir zu spießig. Nein, mein Lieber, da gehst du mal schön allein hin.« Sie schüttelte lachend den Kopf, ihre langen, schwarzen Haare wogten. Er war enttäuscht. Sie war sein Leben, und er riskierte alles, um ihr jeden Wunsch zu erfüllen. Warum konnte sie ihm nicht wenigstens diesen einen kleinen Wunsch erfüllen?

Als würde sie seine Unzufriedenheit spüren, schmiegte sie sich jetzt wieder ganz fest an ihn. »Ich mache es wieder gut«, sagte sie leise. »Wenn wir in Göteborg sind, werde ich dich so verwöhnen, dass du dieses Wochenende nie vergisst.«

Er war nicht vollends zufrieden, hütete sich aber davor, etwas zu sagen. Er würde nichts tun, was auch nur ansatzweise die Gefahr in sich barg, sie zu verlieren.

»Und ich verwöhne dich«, sagte er. Sein Mund suchte ihre Lippen. Er küsste sie, spürte die sengende Hitze der Leidenschaft, vergaß alles um sich herum …

»Dein Handy klingelt!« Ihre nüchternen Worte rissen ihn aus seiner Erregung. Er hatte es nicht einmal gehört. Genervt griff er nach dem Handy auf dem Nachttisch und meldete sich.

»Ich warte immer noch auf deine Entscheidung«, vernahm er die kühle Stimme seines Auftraggebers.

Er schaute Ulrika an. Sie lag neben ihm, lockend, verlockend. Ihre schwarzen Haare auf ihrer weißen Haut. Ihre Zunge, die über die vollen, roten Lippen fuhr. Es gab nichts, was er nicht tun würde, um sie zu halten. Gleichzeitig wusste er, dass es ihn einiges kosten würde – vor allem Geld. Und Anstand. Ein hoher Preis, aber nicht zu viel.

»Okay«, sagte er entschlossen, »ich mache es!«

– 20 –

Polterabend!

Irgendwie hatte Lars sich das immer lauter, fröhlicher vorgestellt. Er stellte sich mit einem Bier ein wenig abseits und beobachtete das bunte Treiben um ihn herum.

Die Band spielte, und einige Gäste hatten sich auf der Tanzfläche eingefunden. Auch Linn und Erik tanzten ausgelassen miteinander.

Lars spürte den Stachel der Eifersucht, der mit schier unerträglicher Qual in ihm bohrte, und obwohl es so schmerzte, konnte er nicht anders, als die beiden zu beobachten.

Linn und Erik schienen alles um sich herum vergessen zu haben. Sie strahlten, bildeten beim Tanz eine perfekte Einheit, wie ein Paar, das sich gefunden hatte und wusste, dass es zusammengehörte.

Selber schuld, sagte er sich. All das hatte er gehabt, und er hatte es weggeworfen. Leichtfertig, fast schon mit brutaler Gewissenlosigkeit, weil er damals nur an sich selbst gedacht hatte.

Ein später Gast riss ihn aus seinen Gedanken. Der kleine, untersetzte Mann grinste über das ganze Gesicht, als er Lars sah. Paul Warborg. Er nahm ein Glas Champagner von dem Tablett, das eine Kellnerin ihm reichte, und trat zu Lars.

»Lars Torberg, der verlorene Sohn«, sagte er schmunzelnd. Lars hörte den Spott in seiner Stimme, er nahm den süßlichen Parfümgeruch wahr und mühte sich, nicht durch die Nase zu atmen. Er hatte Paul noch nie leiden können.

»Hej, Paul«, erwiderte er wenig enthusiastisch. »Wie geht es dir?«

»Ich kann nicht klagen. Und was ist mit dir? Seit wann bist du wieder hier?«

»Heute angekommen«, murmelte Lars und sah unwillkürlich wieder zu Erik und Linn hinüber. Paul Warborg folgte seinem Blick.

»Das muss eine ordentliche Überraschung für dich sein, dass dein Bruder ausgerechnet Linn heiraten wird, oder?«

Paul machte sich nicht einmal die Mühe, die Freude zu verbergen, die dieser Gedanke ihm offensichtlich bereitete. Nein, Lars mochte ihn nicht, diesen kleinen, miesen Emporkömmling, der zusammen mit seinem Bruder und Kalle in eine Klasse gegangen war. Paul hatte es schon in ihrer Kindheit und erst recht in der Jugend immer verstanden, seinen Vorteil zu nutzen. Er war ein Intrigant gewesen, der die Leute gerne gegeneinander ausspielte.

»Sie sind ein hübsches Paar«, erwiderte Lars betont gleichmütig. »Ich finde, die beiden passen sehr gut zusammen.«

Paul aber lachte nur gemein.

»Was macht das Geschäft?«, wechselte Lars das Thema. Es schien nicht so, als hätte Paul Warborg sich in den vergangenen fünf Jahren geändert, und es gab nichts, was er lieber tat, als mit seinen Erfolgen anzugeben.

Lars' Taktik ging auf. Ein strahlendes Lächeln zog über Pauls feistes Gesicht.

»Es blüht und gedeiht. Ich bin inzwischen der größte Holzhändler in der Gegend. Vor zwei Jahren habe ich das Sägewerk der Franzens aufgekauft, letztes Jahr die Firma der Lindbergs.«

Lars mühte sich um eine beeindruckte Miene. Er nickte, während er aus den Augenwinkeln Erik und Linn beobachtete. Die beiden tanzten immer noch.

»Nicht schlecht«, sagte er zu Paul. »Herzlichen Glückwunsch.«

»Danke!« Paul sonnte sich sichtlich in diesem Lob. Dann bekam sein Blick etwas Lauerndes. »Und du? Ich habe gehört, du reist durch die Weltgeschichte. Wolltest du damals nicht eine eigene Kanzlei aufmachen?«

»Ich bin kein Büromensch«, sagte Lars. »Ich fühle mich nur wohl, wenn ich unterwegs bin.« An sein Jurastudium hatte er die letzten Jahre keinen Gedanken verschwendet. Es gehörte nicht mehr zu ihm und zu seinem Leben.

Es war Paul anzusehen, dass er dafür überhaupt kein Verständnis aufbrachte. Das war von einem erfolgsorientierten Angeber wie ihm wohl auch nicht zu erwarten, dachte Lars.

»Schade um dein Jurastudium«, sagte Paul, und diesmal glaubte Lars ehrliches Bedauern herauszuhören. Wahrscheinlich hatte Paul in Gedanken bereits ausgerechnet, was das Studium gekostet hatte. Verschwendete Zeit, verschwendetes Geld, das musste für ihn eine Katastrophe sein.

Paul runzelte die Stirn. »Du warst damals doch sogar der Beste deines Jahrgangs, wenn ich mich recht erinnere.«

Lars grinste. »Stimmt, aber ich bin eben auch ein spitze Tourenführer. Ich kenne mich in der Wüste Gobi genauso gut aus wie im Dschungel von Malaysia.«

Es war Paul anzusehen, dass er damit überhaupt nichts anfangen konnte. »Nächstes Wochenende bin ich in Västerås«, sagte er, »das ist mir weit genug. Ich hätte überhaupt keine Zeit, mich in der Welt herumzutreiben. Du weißt schon: Zeit ist Geld.«

Nein, Lars wusste es nicht, und er wollte es auch nicht wissen. Er war kein Geschäftsmann, und je länger er Paul zuhören musste, umso sicherer war er sich, dass in dieser Geschäftswelt auch niemals ein Platz für ihn sein würde. Ein Leben als Jurist hätte er sich vorstellen können. Damals, in seinem anderen Leben. Der Gerechtigkeit dienen, anderen Menschen zu ihrem Recht verhelfen.

Aber als sich dann zum Tod der Eltern der Gedanke gesellt hatte, seinen Platz in der ererbten Firma antreten zu sollen, war es ihm zu viel geworden.

»Bleibst du lange?«, riss Paul ihn aus seinen Gedanken.

Wieder wanderte sein Blick zu Linn und Erik.

»Ich glaube nicht«, sagte er langsam. »Hier gibt es nichts, was mich hält.«

»Aber dein Bruder, die Firma ...«

»Ich wünsche dir noch einen schönen Abend«, fiel Lars ihm ins Wort. Er hatte keine Lust, sich Pauls Gerede noch länger anzuhören, und noch weniger wollte er seine Antwort rechtfertigen müssen.

Die Band wechselte vom schnellen Rhythmus zu einem zärtlichen Liebeslied. Er sah, wie Linn sich in die Arme seines Bruders schmiegte. Er stellte sein Glas ab, trat auf die beiden zu und streckte die Arme nach Linn aus. »Darf ich bitten?«

Sie schaute ihn abweisend an, aber Erik ließ sie sofort los und trat einen Schritt zur Seite. »Ja, klar«, sagte er und schenkte ihm einen langen Blick, bevor er sich abwandte und die Tanzfläche verließ.

Lars zog Linn in seine Arme, ignorierte dabei ihren sanften Widerstand und spürte beglückt, dass sie schließlich nachgab, sich an ihn schmiegte und sich von ihm führen ließ. Dieser Moment sollte nur ihnen gehören, denn schon morgen würde alles wieder vorbei sein.

– 21 –

Hellen schwirrte der Kopf von den Namen der vielen Gäste, die ihr vorgestellt worden waren. Die meisten kannten sich, und obwohl alle sehr freundlich zu ihr waren, fühlte Hellen sich fremd.

Zudem fiel es ihr nicht leicht, Linn und Erik zusammen auf der Tanzfläche zu sehen. Die beiden tanzten nun schon seit einer Weile ausgelassen und lächelten unentwegt, sie wirkten sehr glücklich und vertraut miteinander.

Nachdenklich verließ Hellen den Festplatz und schlenderte über die Wiese in Richtung Bootshaus. Sie lehnte sich an das Geländer der Terrasse und blickte über das Wasser. Die dunkle Wolkenwand hing immer noch über dem Fjord, und Hellen schien es, als ob sie sich nun doch näherte.

Plötzlich stand Erik neben ihr. »Tut mir leid, dass ich mich nicht mehr um Sie kümmern kann.«

Hellen schüttelte lächelnd den Kopf. »Das müssen Sie nun wirklich nicht, es ist Ihr Polterabend. Machen Sie sich keine Sorgen, es geht mir gut.«

Er schaute ihr aufmerksam ins Gesicht. »Sie fühlen sich nicht besonders wohl hier«, stellte er leise fest.

Hellen fühlte sich ertappt. Sie wusste nicht, ob sie sich darüber freuen sollte, dass er ihre Stimmung auffing, oder ob es ihr eher unheimlich war.

Aber er hatte recht: Sie fühlte sich nicht wohl. Aber das lag nicht an dem Fest, nicht an ihm ... Oder doch, indirekt schon, aber das konnte sie ihm nicht sagen und noch weniger erklären.

»Deshalb fühle ich mich nicht besonders wohl«, sagte sie schließlich mit einem Nicken in Richtung Wolkenwand. »Ich fürchte, da kommt doch noch was.«

»Ich habe es geahnt.« Er lachte. »Sie würden am liebsten in Ihren Flieger steigen und wegfliegen. Geben Sie es zu.«

»Na ja, im Flugzeug fühle ich mich wirklich wohler als an vielen anderen Orten«, erwiderte sie. Vom Festplatz wurden die sanften Töne des Liebessongs, den die Band spielte, hinübergetragen. Leise, verwehende Töne, die sich mit dem Rauschen der Wellen und dem Vogelgezwitscher in den Bäumen vermischten.

Langsam setzten sie sich in Bewegung, gingen nebeneinander über die Wiese. Als sich ihre Arme kurz berührten, schien es Hellen, als würde sie von einem Stromschlag getroffen. Sie zuckte zurück und ging mit weichen Knien zu der Bank, die ein wenig abseits am Ufer stand. Erik folgte ihr und nahm neben ihr Platz.

Hatte er etwas bemerkt?

»Wie lange fliegen Sie schon?« Seine Stimme klang arglos, als wäre das eine ganz normale Unterhaltung zwischen zwei Menschen, die sich zufällig begegnet waren. Hellen war zugleich erleichtert und enttäuscht.

»Ich habe meinen ersten Flugschein für Segelflieger mit sechzehn gemacht.« Sie war froh, dass ihre Stimme normal und sachlich klang.

»Ich war die Jüngste im Kurs, und seitdem hat mich die Fliegerei nicht mehr losgelassen.«

»Ich glaube, ich verstehe das.« Er wirkte jetzt sehr nachdenklich. »Diese unglaubliche Sehnsucht nach Freiheit ...«, schwärmte er.

Hellen wusste genau, was er meinte. »Ja, sich über alles zu erheben ...«, füllte sie aus, »alles hinter sich zu lassen. Den ganzen Ballast, der einen manchmal erdrückt, einfach zu ignorieren.« Sie sah ihn an. »Fliegen Sie auch?«

Erik schüttelte den Kopf. »Ich habe davon geträumt, schon als kleiner Junge, aber wie das eben so mit Träumen ist, sie können nicht alle in Erfüllung gehen.«

»Warum eigentlich nicht?«, erwiderte Hellen. Sie hatte sich noch nie Gedanken über unerfüllte Träume gemacht. Vielleicht lag es daran, dass sich in ihrem Leben letztendlich immer alles so eingefunden hatte, wie es für sie gut und richtig gewesen war. Bei Erik schien das nicht so zu sein. Er wirkte traurig, und das rührte sie. Es erfüllte sie gleichzeitig mit dem Wunsch, mehr über ihn zu erfahren, auch wenn sie ahnte, dass es nicht gut für sie war. »Warum haben Sie nie versucht, den Flugschein zu machen?«, fragte sie.

»Irgendwie kam immer etwas dazwischen. Der Tod meiner Eltern, die Firma, die ich alleine führen musste, weil mein Bruder es vorzog, sich in der Welt herumzutreiben.«

Bitterkeit schwang in seiner Stimme mit, und allmählich bekam Hellen ein Bild davon, was zwischen den beiden Brüdern nicht stimmte. Neugierig wartete sie auf die Fortsetzung.

»Heute wäre so ein Pilotenleben für mich unvorstellbar«, sagte er schließlich. Er sah Hellen ins Gesicht. Seine Stimme klang fest und überzeugt. »Häuser bauen, das ist jetzt mein Leben. Anfangs erschien es mir wie ein Fluch, dass ich die Firma führen musste. Aber dann habe ich festgestellt, wie befriedigend es ist, etwas Dauerhaftes zu schaffen, das den Menschen Schutz und Geborgenheit bietet.« Er lächelte. »Mein Leben ist hier auf der Erde, und inzwischen weiß ich, dass meine Bodenhaftung zu stark ist, um ein Leben zwischen den Wolken zu führen.«

»Wie schön, dass Sie Ihre Erfüllung gefunden haben und Ihren Traum nicht vermissen«, sagte Hellen aufrichtig.

»Bis ich Sie heute bei dieser Maschine sah«, sagte Erik leise. »Sie sahen so glücklich aus, frei, ungebunden, so wie ich mich immer fühlen wollte.«

Hellen war erschüttert. Sie war vom ersten Augenblick an fasziniert von ihm gewesen, und diese Faszination hatte sie bis jetzt nicht mehr losgelassen. Während sie ihn andersherum offensichtlich nur an seine Träume von früher erinnerte.

Nur? Darüber sollte sie eigentlich froh sein, denn dieser Mann war gebunden. Ebenso wie sie selbst. Sie musste sich das immer wieder und oft genug sagen – oder besser noch, ab morgen jeden Kontakt mit ihm strikt vermeiden.

»Sind Sie verheiratet?«, hörte sie ihn fragen.

Hellen schüttelte den Kopf. »Noch nicht«, sagte sie und wählte ihre Worte bewusst so, als stünde auch sie kurz vor diesem Schritt, obwohl sie und Torsten noch nie von Heirat gesprochen hatten. Sie wusste nicht einmal, ob er das überhaupt in Erwägung zog.

Sie selbst hatte bisher noch nie an Heirat gedacht.

»Ich lebe mit meinem Freund zusammen«, fuhr sie fort. »Er ist auch Pilot.«

In diesem Moment fiel der erste Regentropfen.

»Verdammt«, stieß Erik hervor, »es geht los.«

Eilig machten sie sich auf den Rückweg. Noch fielen nur vereinzelt Tropfen zu Boden, aber der Wind frischte spürbar auf.

Auf dem Festplatz waren alle damit beschäftigt, die Tische abzudecken und ins Haus zu tragen, was vor Regen und Wind geschützt werden musste. Die Stimmung war ungetrübt, alle lachten und riefen durcheinander, das Büfett wurde kurzerhand in der Küche aufgebaut, und die Gäste versammelten sich im gesamten Untergeschoss. In der Küche, im Wohnzimmer, überall standen Leute beieinander, lachten, unterhielten sich, sprachen dem Alkohol zu und bedienten sich am Büfett. Erik wurde von den anderen Gästen in Beschlag genommen. Hin und wieder lächelte er in Hellens Richtung, kam aber nicht mehr zu ihr.

Hellen hatte genug von dem Treiben hier unten. Sie zog sich

unauffällig in ihr Zimmer zurück. Eine ganze Weile stand sie am Fenster und starrte hinaus in das Gewitter, das sich jetzt direkt über Hardingsholm entlud. Sie wusste, dass es keinen Sinn hatte, sich ins Bett zu legen. Schlafen konnte sie sowieso nicht.

– 22 –

Linn war wütend. Auf sich selbst, vor allem aber auf Lars. Was fiel ihm ein, nach fünf Jahren einfach zurückzukommen und alles durcheinanderzubringen!

Nein, verbesserte sie sich, nicht alles, sondern vor allem *sie* durcheinanderzubringen.

Als er sie gerade beim Tanzen an sich gezogen hatte, war ihr das unangenehm gewesen.

Nein, wieder musste sie sich verbessern. Es war ihr nicht unangenehm gewesen, nach all den Jahren wieder in seinen Armen zu liegen und sich wenigstens für die Dauer eines Tanzes einzubilden, es wäre alles wie früher. Ganz so, als lägen keine fünf Jahre zwischen ihnen, die sie nicht nur räumlich voneinander entfernt hatten.

Unangenehm war ihr nur der Gedanke, dass man ihr ansah, was sie empfand. Dass einer der Gäste ahnte, was in ihr vorging. Zumindest ihrer Mutter würde sie nur schwer etwas vormachen können.

Nach dem Tanz blieb Lars nun an ihrer Seite. Und sofort strich auch Edda um sie herum, mit diesem sorgenvollen Blick, den Linn nur allzu gut kannte. Es schien Linn angeraten, einen großen Bogen um ihre Mutter zu machen. Sie wollte mit ihr nicht über Lars reden, sich keine Vorhaltungen machen lassen. Wahrscheinlich hatte Edda jetzt Angst, dass sie es sich im letzten Moment doch noch anders überlegte. Sie war schon damals mit Lars nicht einverstanden gewesen, hatte Erik immer für den Zuverlässigeren der beiden Brüder gehalten – womit sie letztendlich ja auch recht behalten hatte.

Linn schaute sich suchend nach Erik um, aber er war nirgendwo zu sehen. Stattdessen kam Kalle mit großen Augen auf sie und Lars zu.

»Mann, dass du wieder da bist.« Er umarmte Lars, klopfte ihm immer wieder auf die Schulter und schaute ihn an, als traue er seinen eigenen Augen nicht. »Wir haben dich hier alle vermisst.«

Lars lächelte zwar, aber Linn wusste, dass er sich unbehaglich fühlte. Das geschieht ihm eigentlich ganz recht, dachte sie, vielleicht denkt er jetzt mal darüber nach, was er uns hier mit seinem Verschwinden angetan hat. Der Tanz war in ihren Augen ein Zeichen dafür, dass er ihr gegenüber ein schlechtes Gewissen hatte, und auch der Blick, mit dem er sie jetzt ansah, bestätigte das. Aber eigentlich konnte ihr das egal sein. Morgen würde sie Erik heiraten, und das war gut und richtig. Warum aber fühlte sie sich seit dem Tanz so verunsichert, so nervös?

»Ihr beide habt euch bestimmt eine Menge zu erzählen«, sagte sie und nutzte die Gelegenheit, um sich von Lars loszueisen.

Doch schon nahte neues Unheil. Als Linn ihre Mutter auf sich zukommen sah, winkte sie ihr flüchtig zu und wechselte die Richtung. Nicht jetzt, nur nicht jetzt!

Sie kam bis zum Büffet, wo sie auf Pfarrer Munthe traf, der morgen die Trauung vornehmen würde. Er stand vor den Desserts und konnte sich offensichtlich nicht entscheiden.

»Probieren Sie doch das Tiramisu«, schlug Linn vor und warf einen raschen Blick zurück. Ihre Mutter war stehen geblieben und beobachtete sie. Linn seufzte. Aber solange sie mit dem Pfarrer im Gespräch war, würde ihre Mutter kaum versuchen, ihr Vorhaltungen zu machen wegen ...

Ja, weshalb eigentlich? Sie hatte nichts getan, dessen sie sich schämen musste, und Edda konnte ihr kaum vorwerfen, dass sie mit ihrem zukünftigen Schwager getanzt hatte, und das nicht einmal freiwillig.

Pfarrer Munthe lud sich eine große Portion Erdbeeren mit Schlagsahne auf den Teller. »Das mag ich noch ein bisschen lieber«, sagte er zu Linn, die sich ihrerseits eine große Portion Tiramisu nahm. Sie sprachen über die Trauung am nächsten Tag und löffelten ihren Nachtisch. Linn spürte, dass sie allmählich zur Ruhe kam. Als Pfarrer Munthe zu einem Tisch gerufen wurde, füllte sie ihren Teller gleich noch einmal.

»Was machst du da?« Ihre Mutter erwischte sie, als Linn sich mit dem vollen Teller in eine stille Ecke zurückgezogen hatte.

»Tiramisu essen!« Linn streckte den Teller in ihrer Hand demonstrativ vor und tauchte den Löffel hinein.

»Du weißt genau, was ich meine«, zischte Edda. Ihre Stimme klang aufgebracht, wobei sie das Kunststück fertigbrachte, gleichzeitig lächelnd umherzuschauen.

»Nein, das weiß ich nicht.« Linn schüttelte den Kopf und schaffte es ihrerseits, die Mutter arglos anzuschauen.

»Halt dich von Lars fern«, sagte Edda scharf.

Linn holte tief Luft. »Sag das ihm«, gab sie zurück. »Er hat mich zum Tanzen aufgefordert, und im Gegensatz zu dir hatte Erik auch nichts dagegen.«

»Erik hat auch nicht gesehen, was ich gesehen habe«, erwiderte Edda.

»Gar nichts hast du gesehen«, sagte Linn aufgebracht. »Weil es nämlich nichts zu sehen gab. Und jetzt entschuldige mich bitte, ich hole mir noch eine Portion von dem wirklich hervorragenden Dessert. Davon habe ich mehr als von deinen haltlosen Vorwürfen.«

Linn stolzierte davon. Auch wenn sie sich nicht mehr umdrehte, spürte sie die Blicke ihrer Mutter in ihrem Rücken. Trotzig schaufelte sie eine dritte Portion Tiramisu auf ihren Teller, obwohl sie überhaupt keinen Hunger mehr hatte.

Egal, ein oder zwei Löffel passten noch, und wenn ihr Magen

allmählich auch rebellierte, ihre Nerven konnten heute durchaus eine Überdosis Zucker vertragen.

Da setzte der Regen ein, und ihre Mutter und auch sie selbst hatten plötzlich alle Hände voll zu tun. Linn bemerkte, dass auch Erik wieder da war und eilig Dinge ins Haus trug.

Paul Warborg verabschiedete sich als Erster, noch bevor der Regen stärker wurde. Zwei weitere Gäste schlossen sich ihm an, weil er sie im Boot mitnehmen wollte.

Die anderen feierten ausgelassen weiter, nur Hellen Reslow schlich sich bald verstohlen davon. Wahrscheinlich war sie müde nach dem aufregenden Tag.

Schade, Linn hätte sich heute Abend gerne noch ein bisschen mit der jungen Frau unterhalten. Hellen war ihr sehr sympathisch.

– 23 –

Er hatte es geschafft, von Hardingsholm zu verschwinden und sich vom Boot ins Auto zu retten, bevor das Gewitter richtig loslegte. Da saß er jetzt und wartete darauf, dass es endlich aufhörte zu regnen.

Er wusste, dass die Kanister im Kofferraum lagen und sein Auftraggeber erwartete, dass er den Auftrag diese Nacht noch erledigte.

Er lehnte sich zurück, sah hinaus in den strömenden Regen und fragte sich zum wiederholten Male, wie es so weit hatte kommen können. Er war erfolgreich gewesen in dem, was er machte. Er war im Großen und Ganzen zufrieden gewesen mit seinem Privatleben. Bis zu diesem verhängnisvollen Abend. Er hatte wie so oft bei Grit in Norrtälje gesessen, in dem gemütlichen kleinen Bistro, und dort zu Abend gegessen. Nicht nur, weil er nie Lust hatte, sich sein Essen selbst zu kochen. Nein, es war mehr als das, er fühlte sich einsam, hasste die Abende, an denen niemand auf ihn wartete. An denen kein Mensch da war, mit dem er reden und lachen konnte. Er sehnte sich nach der Nähe eines anderen Menschen, nach Liebe und Zärtlichkeit.

Und genau da war Ulrika aufgetaucht. Schön, kapriziös.

Alle hatten aufgesehen, als sie an diesem Abend in Grits Bistro geschritten kam. Elegant, auf High Heels, jede ihrer Bewegungen geschmeidig. Das enge, sicherlich sehr teure Kleid hatte ihre Kurven in aufreizender Weise modelliert, ohne billig zu wirken. Sie passte so gar nicht in Grits Bistro, sondern eher in einen dieser Luxusschuppen am Stockholmer Strandvägen. Kurz hatte er gemeint, auf ihrem Gesicht so etwas wie Abscheu zu bemerken, dann hatte sie ihn angesehen, gelächelt und war zu ihm an den Tisch gekommen mit der Frage, ob sie sich setzen dürfe.

Er war vollkommen perplex gewesen, und obwohl er in Sachen Kommunikation eigentlich recht sicher war, zahlreiche Kundengespräche führte oder Arbeiter anleitete, so hatte er sich an diesem Abend unsicher und linkisch wie ein Schuljunge gefühlt.

Sie behauptete seither, es müsse das Schicksal gewesen sein, dass sie ausgerechnet in dieses Bistro geführt hatte. Sonst hätten sie sich vielleicht nie kennengelernt.

Er konnte immer noch nicht fassen, dass er mit einer Frau wie ihr zusammen war. Er war ihr völlig verfallen, und er wusste, er würde alles tun, um sie zu halten. Die Vorstellung, sie zu verlieren, war unerträglich für ihn. Und deshalb saß er auch heute Abend wieder hier, wartete darauf, dass sich der Regen verzog. Selbst wenn es die ganze Nacht dauerte, er würde hier nicht wegfahren, bevor dieser Auftrag ausgeführt war.

Er verdiente nicht schlecht, hatte sich ein sehr angenehmes Leben leisten können, aber für eine Frau wie Ulrika reichte das nicht. Ihre Wünsche wurden immer kostspieliger, extravaganter.

Manchmal fragte er sich, ob er sie schon verloren hätte, wenn nicht genau zum richtigen Zeitpunkt dieser Auftraggeber aufgetaucht wäre, der ihm Zugang zu den finanziellen Mitteln ermöglichte, die er benötigte.

Diese Zweifel machten ihm zu schaffen, ließen ihn in den Nächten, in denen er allein war, oft nicht schlafen. Liebte Ulrika ihn so, wie er sie liebte? Würde sie bei ihm bleiben, wenn er ihr gestand, dass er nicht ganz so reich war, wie sie glaubte? Wie er sie glauben ließ?

Nachdenklich blickte er aus dem Fenster. Der Regen ließ jetzt nach, immer weniger dicke Tropfen klatschten auf die Scheibe, und das heftige Trommeln auf das Autodach war einem leisen Klappern gewichen.

Er wartete noch ein paar Minuten, bevor er die Tür seines Wagens öffnete. Feuchte, warme Luft schlug ihm entgegen. Der Regen hatte aufgehört, aber es tropfte noch aus dem Laub der Bäume ringsum.

Er lauschte in die Dunkelheit und hob schwerfällig die Beine aus dem Wagen. Er hasste sich selbst für das, was er gleich tun würde, aber er musste es hinter sich bringen. Welche Wahl hatte er?

»Es ist das letzte Mal«, murmelte er vor sich hin, als er den Kanister aus dem Kofferraum nahm. »Ich mache es nie wieder.« Er schloss leise den Kofferraumdeckel und schlich durch die feuchte Nacht davon.

– 24 –

Was für ein seltsamer Abend!

Erik verspürte das dringende Bedürfnis, Linn vor dem Zubettgehen noch einmal zu sehen. Er betrat auf leisen Sohlen ihr Schlafzimmer und mühte sich, die Gedanken, die durch seinen Kopf kreisten, zu verdrängen. Warum war er hier? Wollte er sich überzeugen, dass es richtig war, sie morgen zu heiraten? Hegte er etwa Zweifel?

Die Luft, die durch das geöffnete Fenster in den Raum strömte, war warm und feucht, aber es regnete nicht mehr. Als er an Linns Bett trat, stützte er sich mit beiden Händen auf die hölzerne Strebe am Fußteil, als brauche er Halt. Plötzlich rissen draußen die Wolken auf, und der helle Mond schien ins Zimmer, genau auf ihr Gesicht.

Wie schön sie ist, dachte er, wie anmutig. Da verzerrte sich Linns Gesicht. Träumte sie schwer? Oder quälte sie etwas bis in den Schlaf hinein?

Erik wurde plötzlich bewusst, wie wenig er eigentlich von Linn wusste, obwohl er sie schon fast sein ganzes Leben lang kannte. In Kindertagen waren sie unzertrennlich gewesen, das vierblättrige Kleeblatt: Lars, Kalle, Linn und er selbst. Sie hatten zusammen gespielt, gemeinsam die Schule besucht, und es hatte ihren Zusammenhalt nie gestört, dass Linn und Lars die Klasse unter ihnen besuchten, weil sie beide ein Jahr jünger waren als Erik und Kalle.

Paul Warborg hatte immer wieder versucht, in diese Gemeinschaft einzubrechen, Teil von ihr zu sein, sich durch seine Angeberei und seine Intrigen aber nie Zugang verschaffen können. Enge Freunde waren sie nie geworden. Sie waren gute Geschäftspartner, und das war auch der Grund, weshalb Erik ihn zum Polterabend und auch zur Hochzeit eingeladen hatte.

Damals hatte es niemanden so recht gewundert, dass aus Linn und Lars ein Paar wurde. Im Gegenteil, Erik hatte sich sehr für seinen Bruder gefreut, denn irgendwie schienen die beiden füreinander bestimmt zu sein.

Erik seufzte. Alles war so klar, so einfach gewesen, bis zu diesem schrecklichen Unfall.

Als Lars verschwand, am Tag vor der Beerdigung, war er selbst in seinem Schmerz so gefangen gewesen, dass er das Ausmaß nicht hatte einordnen können. Als Lars nicht wieder auftauchte, hatte Linn sich an ihn geklammert, hatte in ihrer Einsamkeit Trost gesucht und ihm zugleich Trost gegeben. Und er hatte es zugelassen, er, der sonst immer stark gewesen war, war dankbar gewesen für ihre Worte, für ihre Nähe und für ihr Vertrauen.

Ja, und dann war es irgendwann passiert!

Aber was war eigentlich passiert?

Zu welchem Zeitpunkt waren sie nicht mehr nur Freunde gewesen, sondern ein Paar geworden?

War es dieser feuchtfröhliche Abend bei Kalle gewesen? Zwei Jahre nach dem Tod seiner Eltern und Lars' Verschwinden hatte er zum ersten Mal gemeinsam mit Linn eine Party besucht, hatte sich auf die Fröhlichkeit der anderen eingelassen, hatte sich wieder erlaubt, Freude zu empfinden, zu lachen, Spaß zu haben.

Auf dem Rückweg hatten Linn und er sich geküsst – und seither sahen sie sich selbst als Paar, galten sie als Paar. Aber waren sie das wirklich? Erik schluckte. Nachdenklich betrachtete er Linns Gesicht im Mondschein. Sie kannten sich ein Leben lang, waren ihr

Leben lang gute Freunde gewesen, hatten viele schwere Momente gemeinsam überstanden.

Und doch wusste er nicht einmal, was das plötzliche Auftauchen seines Bruders bei ihr ausgelöst hatte.

Er hätte sie fragen können, aber wollte er die Antwort auch hören? Wollte er wirklich wissen, was sie empfunden hatte, als Lars ihr gegenüberstand? Was wäre, wenn sie festgestellt hatte, dass sie Lars immer noch liebte? Was würde es in ihm auslösen, wenn sie ihm ein solches Geständnis machte?

Erik fühlte sich mit einem Mal völlig hilflos. Müsste ihm dieser Gedanke nicht Angst machen? Was war mit seinen eigenen Gefühlen? Liebte er Linn?

Bisher hatte er seine Gefühle für sie nie in Frage gestellt, und auch jetzt war er sich immer noch sicher, dass er sie liebte. Aber war es die Liebe, die ein Mann für eine Frau empfand, oder war es nicht doch ein anderes Gefühl? Eines, dass er nicht benennen konnte?

Auf einmal kam es ihm so vor, als wäre das ein Tabu, an das sie beide nicht zu rühren wagten. Weil es etwas bewegen würde, das sich ihrer Kontrolle entzog.

Linn drehte sich unruhig auf den Rücken und schlug plötzlich die Augen auf. Sie schrie leicht auf.

»Pst«, sagte er leise. »Ich bin es nur.«

Sie setzte sich auf und musterte ihn sichtlich verwundert. »Was machst du da?«

Erik lachte gequält. »Sieht so aus, als wäre ich nervös.« Er trat vor, setzte sich zu ihr auf die Bettkante. Linn rutschte ein bisschen näher, schmiegte sich an ihn.

»Du bist nervös? Das kann ich mir nicht vorstellen«, murmelte sie schlaftrunken. »Du bist doch mein Fels in der Brandung.«

Ja, das war er wohl, und wahrscheinlich war das genau der Grund, weshalb sie zusammen waren. Sie war auch sein Fels in der Brandung gewesen, und sie wussten beide, dass sie sich gegenseitig nie enttäuschen würden …

… weil nur die Menschen, die man liebt, einen wirklich enttäuschen können, schoss es ihm durch den Kopf.

Erik war entsetzt, als ihm klar wurde, dass er seine Gefühle für Linn in Frage stellte. Aber war dieses tiefe Gefühl, das Bestand hatte und sie durch ihr gemeinsames Leben tragen würde, nicht wichtiger als eine himmelsstürmende, leidenschaftliche Liebe?

Erik griff nach ihrer Hand. »Du hast vermutlich recht.« Er umfasste sie ganz fest und küsste sie auf die Stirn. »Es gibt nichts, weshalb ich nervös sein müsste. Das wird ein schöner Tag morgen.«

»Ja«, murmelte sie. Als er schon glaubte, sie wäre in seinen Armen wieder eingeschlafen, hob sie plötzlich den Kopf und schaute ihm ins Gesicht.

»Wir werden doch glücklich?«

Erik war verwirrt. Zweifelte sie etwa? Machte sie sich ähnliche Gedanken wie er? Oder war sie einfach nur nervös? Erik wollte schon zu einer beruhigenden Antwort ansetzen, überlegte es sich aber anders. Wann, wenn nicht jetzt, sollten sie darüber reden? Bevor er jedoch etwas erwidern konnte, stöhnte Linn kurz und leise auf.

»Was ist los?«, fragte er erschrocken.

»Keine Ahnung, mir war vorhin schon einmal irgendwie schlecht.« Linn lachte leise. »Ich habe einfach zu viel gegessen. Hoffentlich passt mein Hochzeitskleid morgen noch.«

Also doch, sie war nervös. Erik strich ihr zärtlich über den Kopf. »Es wird passen, und du wirst die schönste Braut sein, die es in Schweden jemals gegeben hat«, versicherte er. Als er ihren angstvollen Blick bemerkte, zwang er sich doch zu einer beruhigenden Antwort: »Ja, wir werden glücklich. Es gibt keinen Grund, weshalb wir nicht glücklich werden sollten.«

Es gelang ihm nur mit Mühe, die nagenden Zweifel zu übertönen. Aber es war spät, es war die Nacht vor der Hochzeit, und sie brauchten noch ein bisschen Ruhe.

»Schlaf gut«, sagte er leise und küsste sie, diesmal auf den Mund.

Linn schlang die Arme um seinen Hals, erwiderte seinen Kuss mit einer Leidenschaft, die ihn überraschte. Plötzlich stöhnte sie wieder auf und löste sich aus seinem Arm.

»Tut mir leid«, sagte sie. »Ich sollte jetzt wirklich versuchen, zu schlafen, damit ich morgen fit bin. Dieses Tiramisu liegt mir ziemlich schwer im Magen.«

»Bis morgen!« Erik stand auf und ging. An der Tür wandte er sich noch einmal um. Sie schaute ihm nicht nach, ihr Blick war zum Fenster gerichtet. Der Mond beschien ihr Gesicht, und Erik fand, dass sie nicht wie eine glückliche Braut aussah, sondern eher sehr traurig.

Er zögerte kurz, wandte sich dann aber ab und ging hinaus in sein eigenes Zimmer, obwohl er in den letzten beiden Jahren kaum noch dort übernachtet hatte. Es war Eddas Idee gewesen, dass sie in der Nacht vor der Hochzeit in getrennten Zimmern schliefen, und auch wenn Erik das ebenso altmodisch fand wie Linn, so hatten die beiden sich doch gefügt. Und jetzt war Erik sogar froh, allein zu sein …

– 25 –

Die Luft in dem kleinen Zimmer war trotz des geöffneten Fensters so stickig, dass Hellen beschloss, noch einmal nach draußen zu gehen.

Es war inzwischen vollkommen still im Haus, vermutlich schliefen alle anderen bereits.

Hellen verließ das Haus durch die Terrassentür. Die Luft dampfte nach dem Regen, der Mond beschien ihren Weg. Langsam schlenderte sie hinunter zum Bootshaus und schaute auf das Wasser. Es schien aufgewühlt, das Licht des Mondes zerfaserte in den auslaufenden Wellen. Ihr Flugzeug schaukelte hin und her, immer wieder brach sich das Wasser glucksend an den Kufen.

Hellen setzte sich auf die Bank, legte die Hände in den Schoß und hoffte, ihre Gedanken würden bald zur Ruhe kommen. Sie atmete einige Male tief ein und aus und ließ ihren Blick über das Wasser gleiten. Plötzlich bemerkte sie einen dunklen Schatten, der über die Treppe nach oben zum Bootshaus kam. Sie erschrak, bis sie Lars Torberg erkannte.

Er stutzte, trat dann aber lächelnd auf sie zu. Aufmerksam musterte er sie, bevor er sich neben sie auf die Bank setzte.

»Also, mich lässt der Jetlag nicht schlafen. Und was ist mit dir?«

»Keine Ahnung.« Hellen zuckte mit den Schultern, registrierte aber, dass er zum ungezwungenen Du übergegangen war. Ihr sollte es recht sein. »Wahrscheinlich liegt es an der fremden Umgebung.«

Lars aber konnte sie damit nicht überzeugen. »Als Pilotin musst du doch dauernd woanders übernachten.«

Hellen seufzte. »Ach, ich weiß auch nicht, was mit mir los ist. Vielleicht habe ich einfach nur zu viel Kaffee getrunken«, sagte sie und bemerkte selbst, wie lahm das klang. Natürlich wusste sie, was sie so aus der Bahn warf. Sie wollte es nur nicht wahrhaben. Und schon gar nicht laut aussprechen.

Lars lachte sie frech an. »Ja, daran wird es liegen.«

Hellen setzte kurz zu einer Erwiderung an, entschied sich aber dann, das Thema zu wechseln. »Erzähl mir etwas von deinen Reisen«, bat sie.

Lars' Augen leuchteten auf. »Was willst du wissen?«

»Alles«, sagte sie. »Wo warst du, welche Abenteuer hast du erlebt, und was hast du noch vor?«

Hellen bemerkte erleichtert das Strahlen, das über Lars' Gesicht glitt. Er zählte begeistert die Länder auf, in denen er sich in den letzten fünf Jahren aufgehalten hatte, und berichtete ihr, wie er einmal in Afrika einem Löwen Auge in Auge gegenübergestanden hatte.

Hellen zog bei der Vorstellung fröstelnd die Schultern hoch.

»Ich hatte zum ersten Mal in meinem Leben richtig Angst«, gab Lars ehrlich zu. »Aber wahrscheinlich hatte der Bursche gerade keinen Hunger. Vielleicht lag es auch daran, dass ich wie erstarrt vor ihm auf dem Boden saß und mich vor Schreck nicht rühren konnte. Der Löwe fand mich wohl ziemlich langweilig. Er gähnte mich an, er war so nah, dass ich seinen stinkenden Atem wahrnehmen konnte, drehte sich um und trottete davon.«

»Mich hätte der Löwe nicht umbringen müssen«, war sich Hellen sicher. »Ich wäre vor Angst gestorben.«

»Na ja, heute lache ich darüber«, gab Lars ehrlich zu, »aber damals habe ich mir fast in die Hose gemacht vor Angst. Weitere Abenteuer dieser Art sind mir zum Glück erspart geblieben. Das Aufregendste, was ich danach erlebt habe, war eine Fahrt mit der U-Bahn in Tokio.« Lars lachte laut und erzählte ihr von den Menschenmassen in dieser Stadt, die, wie er fand, in der Metro kulminierten. »Die U-Bahnen sind so voll, dass die Schaffner von außen drücken, um die Menschen hineinzupressen.« Er verstummte, schien in seinen Erinnerungen zu verweilen.

»Und was hast du als Nächstes vor?«, wiederholte Hellen den Teil ihrer Frage, den er noch nicht beantwortet hatte.

Sofort bemerkte sie den Stimmungswechsel. Lars wandte den Blick von ihr, schaute über das dunkle Wasser. Er zuckte leicht mit der rechten Schulter. »Wenn ich das mal wüsste«, sagte er leise und mit einem Unterton in der Stimme, den sie nicht deuten konnte.

»Keine neuen Länder, keine weiteren Abenteuer? Die Welt ist so groß. Es gibt doch bestimmt noch viele Orte und Dinge, die du noch nicht gesehen hast«, hakte sie nach.

»Ja, die gibt es.« Er schaute sie wieder an. Hellen fand, dass er traurig wirkte.

»Ich bin mir aber nicht sicher, ob ich dann das finde, wonach ich in den vergangenen fünf Jahren schon vergeblich gesucht habe.«

»Und was genau ist das?«

Lars schaute wieder über das Wasser. »Wenn ich das wüsste, würde es die Suche erheblich vereinfachen.«

Hellen wusste genau, was er meinte. Auf einmal war zwischen ihnen eine Nähe, die keiner weiteren Worte bedurfte. Sie saßen nebeneinander, schauten über den Fjord, und Hellen war sicher, dass er sich in diesem Moment nicht ganz so allein fühlte. Ebenso wie sie.

– 26 –

Es war immer schwüler geworden. Im Haus war es kaum noch auszuhalten. Lara blieb draußen, bis sich die ersten Blitze vor der schwarzen Wolkenwand abzeichneten und ein lautes Grollen über Norrtälje hinwegzog.

Sie hatte Angst vor Gewittern. Schon als Kind hatte nichts ihr mehr Angst eingeflößt. Während andere Kinder in ihren Träumen von Monstern und Dämonen heimgesucht wurden, handelten ihre Albträume von Blitzen, die sie verfolgten.

Am schlimmsten war es, wenn sie ganz allein im Haus war, so wie heute. Lara verkroch sich in ihr Bett, zog die Decke über die Ohren, aber das dumpfe Grollen war immer noch zu hören. Sie versuchte, sich zu entspannen, als sie plötzlich meinte, noch ein anderes Geräusch zu hören. Konzentriert schärfte sie ihre Sinne. Da, da war es wieder. Es hatte nichts mit dem Gewitter zu tun. Der Schreck fuhr ihr in die Glieder, als ihr klar wurde, dass es nicht von draußen kam. Wenn sie es richtig einordnete, kam es direkt aus ihrer Küche.

Siedend heiß fiel ihr ein, dass sie die Küchentür zur Veranda nicht abgeschlossen hatte, so wie meistens. Magnus hatte deswegen oft mit ihr geschimpft, geändert hatte es nichts.

Lara stieß die Bettdecke weg, setzte sich leise auf und lauschte. Ihre Schlafzimmertür stand weit offen, alle Lichter im Haus waren ausgeschaltet.

Da! Sie hörte es wieder, und jetzt vernahm sie das Geräusch von Schritten, die näher kamen.

Hellen!, schoss es ihr plötzlich durch den Kopf. Wahrscheinlich hatte sie sich ihrer Aufforderung widersetzt und war doch noch nach Hause geflogen. Erleichterung und Ärger, weil die Freundin sich in diese gefährliche Situation gebracht hatte, durchfluteten sie gleichermaßen.

»Verdammt, Hellen, ich habe dir doch gesagt, dass du auf Hardingsholm bleiben sollst«, rief sie in die Dunkelheit.

Eine Antwort erhielt sie nicht, stattdessen zeichnete sich im dunklen Türrahmen eine Gestalt ab. Groß und kräftig. Das konnte unmöglich Hellen sein.

Lara spürte, wie sich ihr Atem mit ihrem Herzschlag beschleunigte. »Wer sind Sie? Was haben Sie hier zu suchen?« Während sie sprach, tastete ihre Hand nach dem Knopf der Nachttischlampe.

»Ich habe dir doch immer gesagt, du sollst die Verandatür schließen«, sagte die Gestalt.

In diesem Augenblick fanden ihre Finger den Knopf. Das Licht flackerte kurz, dann fiel es auf Magnus. Der vor ihr stand, eine Rose in der Hand, und sie anlächelte.

Lara sprang auf und hämmerte mit beiden Fäusten gegen seine Brust. »Du verdammter Idiot! Weißt du eigentlich, was für einen Schrecken du mir eingejagt hast?«

Magnus ließ die Rose fallen, griff nach ihren Handgelenken. »Pst«, summte er in ihr Ohr. »Pst! Ist ja schon gut, ich bin ja jetzt bei dir.«

Lara schluchzte trocken auf und ließ sich gegen seine Brust fallen. Er war da! In dem Moment, wo sie sich völlig allein und schutzlos gefühlt hatte, war er zu ihr gekommen.

»Ich wollte dich nicht erschrecken«, sagte Magnus. »Aber ich weiß doch, dass du große Angst vor Gewittern hast, und als ich gesehen habe, dass die zweite Maschine weg ist, war mir klar, dass du ganz allein zu Hause bist.«

Lara hob ihr tränenüberströmtes Gesicht. Als er den Kopf zu ihr hinabbeugte, sie sanft auf die Lippen küsste, wehrte sie sich nicht. Sie schlang ihre Arme um seinen Hals, presste sich fest an ihn.

Seine Lippen wurden fordernder. Seine Hände wanderten über ihren Körper. Hungrig! Leidenschaftlich!

Lara genoss jede seiner Berührungen, seine Küsse. Sie ließ zu, dass er ihr das Nachthemd vom Leib zerrte, half ihm sogar ungeduldig und fiel eng umschlungen mit ihm aufs Bett.

Es war eine Offenbarung. Sie hatte das Gefühl, als würde ihr ganzer Körper brennen, bis er sich in einer Explosion entlud. Danach lagen sie eng aneinandergeschmiegt im Bett.

Magnus stand einmal auf, um das Fenster zu öffnen. Das Gewitter war vorbei, frische Luft zog ins Zimmer und plusterte die Vorhänge bauschig auf.

Er kroch wieder unter ihre Decke, schmiegte seinen nackten Körper an ihren. Haut an Haut blieben sie liegen. Irgendwann hörte sie ihn tief durchatmen. Er war eingeschlafen.

Lara kam kaum zur Ruhe, in ihrem Kopf kreisten die Gedanken. Nein, sie bereute nicht, dass sie sich in dieser Nacht auf ihn eingelassen hatte. Manchmal brauchte es solche Momente, um mit sich selbst ins Reine zu kommen.

Sie hatte Magnus geliebt, und er hatte sie mehr verletzt als irgendein anderer Mann vor ihm. Die ganze Zeit hatte sie nicht gewusst, wie sie damit umgehen konnte. Was sie tun konnte, um sich selbst besser zu fühlen. Ihn einfach auflaufen lassen? Rache?

Jetzt wusste sie, dass sie für sich genau die richtige Möglichkeit zu einem Abschluss gefunden hatte. Lächelnd schlief sie ein.

Als sie wieder erwachte, lag Magnus immer noch neben ihr. Er hatte sich auf die Seite gedreht, den Ellbogen angewinkelt und stützte den Kopf mit der Hand ab. Lächelnd schaute er ihr ins Gesicht.

»Das war der absolute Wahnsinn, letzte Nacht«, sagte er und strich mit dem Zeigefinger sanft über ihre Lippen.

Lara gähnte und streckte sich. »Ja«, war alles, was sie darauf erwiderte.

Er erhob sich. »Soll ich Kaffee kochen?«

Lara schüttelte den Kopf und setzte sich auf. »Ich möchte, dass du jetzt gehst.«

»Wie bitte?« Ungläubig starrte er sie an. »Du schickst mich weg? Nach dieser Nacht?«

»Ich muss jetzt allein sein«, sagte sie nachdrücklich.

Er wollte etwas sagen, aber sie hob die Hand, und er schloss den bereits geöffneten Mund wieder.

»Die letzte Nacht war toll«, sagte sie. »Also mach jetzt bitte nicht alles wieder kaputt.«

Er nickte mit bedrückter Miene, stand auf und zog sich an. An der Tür sah er noch einmal zurück, schien darauf zu hoffen, dass sie ihn doch aufhielt, aber Lara ließ ihn gehen.

Als sie hörte, dass die Verandatür hinter ihm ins Schloss fiel, ließ sie sich zurück in die Laken fallen. Lächelnd schaute sie zur Decke. Sie fühlte sich heute Morgen so gut wie schon lange nicht mehr.

– 27 –

Es hatte ihn große Anstrengung gekostet, den Auftrag auszuführen. Schon der Hinweg war beschwerlich gewesen. Er hatte entschieden, sich durch das Unterholz anzuschleichen und nicht die Zufahrtsstraße zur Baustelle zu wählen, dort war das Risiko zu groß. Wenn ihn nur einer bemerkte, ein Liebespaar vielleicht, das die Abgeschiedenheit suchte, ein später Spaziergänger, der nicht schlafen konnte …

Er war ohnehin kein Abenteuertyp, der die Gefahr suchte.

Und so war er über Baumwurzeln gestolpert, Äste mit feuchtem Laub waren in sein Gesicht und seinen Nacken geklatscht, während er sich nicht einmal sicher gewesen war, ob er sich inzwischen nicht verlaufen hatte. Das Midsommerlicht war kaum durch das dichte, feuchte Laub gedrungen, und er hatte nicht viel mehr erkennen können als die Stämme mächtiger Laubbäume, die wie dunkle, bedrohliche Schatten wirkten.

Warum tue ich mir das an?, hatte er sich zwischendurch gefragt, als er über eine Wurzel gestolpert war und sich in letzter Sekunde hatte abfangen können.

Sofort war Ulrikas Bild vor seinen Augen erschienen.

Kein Geld der Welt, kein Luxus, nichts anderes hätte ihn dazu bringen können, seinen geraden Weg zu verlassen. Er tat es für sie. Weil er sie liebte, weil er sie brauchte …

Plötzlich hatte er einen hellen Lichtstrahl erblickt. Dort vorn, im Licht des Mondes, zwischen den Bäumen, lag die Baustelle. Eine große Baustelle. Das letzte Material war geliefert worden und wartete nun auf die Maschinen, die es verarbeiten würden.

Er hatte erleichtert aufgeatmet, im nächsten Moment aber stöhnen müssen, weil ihn eine Welle der Übelkeit durchflutet hatte.

Seit er von diesem verdammten Polterabend gekommen war, fühlte er sich nicht besonders wohl. Getrunken hatte er nichts, weil er wusste, dass dieser Auftrag noch vor ihm lag, aber wahrscheinlich zu viel gegessen. Vor allem von diesem süßen Zeug, dem Tiramisu.

Er liebte Süßigkeiten, und die Schüssel war eigentlich schon leer gewesen. Aber jemand hatte einen Teller damit gefüllt und ihn auf dem Büfett stehen lassen.

Er hatte sich diesen Teller genommen und ihn leergegessen, der Nachtisch hatte ihm ausgezeichnet geschmeckt. Danach war ihm ziemlich schnell übel geworden. Zuerst hatte er noch geglaubt, es läge an der Aufregung, weil er diese Nacht noch hinausmusste. Inzwischen wusste er, dass mehr dahinterstecken musste, und er hatte den Verdacht, dass es an genau diesem Dessert lag.

Der Rückweg von der Baustelle war eine einzige Qual gewesen. Obwohl der Kanister leer gewesen war, hatte er das Gefühl gehabt, dass er mit jedem Meter schwerer in seiner Hand wog.

Der Schweiß war ihm in Strömen übers Gesicht gelaufen, und zu der Übelkeit waren auch noch quälende Schmerzen in der Magengegend gekommen. Zweimal hatte er stehen bleiben müssen, um sich zu übergeben. Jedes Mal hatte er sich anschließend schwer gegen einen Stamm gelehnt, fest davon überzeugt, keinen Schritt mehr gehen zu können.

Dann hatte ihn die Angst weitergetrieben. Wenn er hier zusammenbrach, den Kanister neben sich, würde jeder wissen, dass er der Täter war. Dieses Risiko konnte er nicht eingehen, und das hatte ihn wieder ein Stück weitergetrieben.

Ewig hatte er gebraucht, bis er endlich seinen Wagen am Waldrand erreicht hatte. Er hatte den Kanister in den Kofferraum geworfen und sich mit letzter Kraft auf den Fahrersitz fallen gelassen. Er hatte die Augen geschlossen, und dann war es plötzlich dunkel um ihn geworden.

Als er aufwachte, dämmerte es bereits. Es ging ihm kein bisschen besser, und noch lag die Heimfahrt vor ihm. Nur zwei Kilometer, wenige Minuten mit dem Auto, trotzdem erschien ihm sein Haus in seinem augenblicklichen Zustand unerreichbar.

Er warf einen Blick in den Rückspiegel und zuckte erschrocken zusammen, als er einen winzigen Punkt erblickte, irgendwo ganz hinten auf dem schmalen Weg zwischen den Baumstämmen. Der Punkt kam näher, und er erkannte schließlich, dass es sich um einen frühen Spaziergänger mit Hund handelte. Wenn der ihn hier sah ... Es musste diesem Menschen doch seltsam vorkommen, dass hier an dieser Stelle zu dieser Zeit ein Auto parkte. Was, wenn er sich seine Autonummer merkte ...

Er tastete nach dem Schlüssel, drehte ihn mit viel Mühe im Zündschloss herum und gab Gas, ohne die Scheinwerfer einzuschalten. Der Wagen machte einen Satz nach vorn, und der Motor stotterte, als er es nicht schaffte, das Gaspedal herunterzudrücken.

Wieder bildete sich Schweiß auf seiner Stirn, ließ ihn die Übelkeit würgen. Sein Magen fühlte sich an, als hätte jemand ein Messer hineingestoßen. Schlimmer aber war die Angst, erwischt zu werden.

Er atmete tief durch, konzentrierte sich darauf, mit mehr Gefühl Gas zu geben, und bemerkte erleichtert, dass der Wagen sich endlich vorwärtsbewegte. Ein Blick zurück in den Rückspiegel. Natürlich, der Hundebesitzer war auf ihn aufmerksam geworden und ebenso wie sein Hund stehen geblieben.

Er konnte das Gesicht des Mannes nicht erkennen, und so blieb ihm wenigstens die Hoffnung, dass es umgekehrt ebenfalls schwer war, das Kennzeichen seines Wagens auszumachen.

– 28 –

Lars war früh aufgestanden. Alle im Haus schliefen noch, als er leise die Haustür öffnete. Über Nacht hatte sich die Luft endlich ein wenig abgekühlt, und nun war es angenehm frisch.

Lars atmete tief ein und schlenderte in Richtung Wasser. Das Wasser schimmerte silbern in der Morgendämmerung. Das Rauschen des Meeres vermischte sich mit dem Gesang einer Amsel irgendwo in den Bäumen.

Lars hatte nicht schlafen können, hatte sich unruhig im Bett herumgewälzt und unentwegt darüber nachdenken müssen, dass sein Bruder und Linn heute heiraten würden.

Er hatte zuerst versucht, den Stachel der Eifersucht zu ignorieren. Aber dann war immer wieder das Bild des vergangenen Abends vor seinem inneren Auge erschienen, er und Linn beim Tanz, das Gefühl ihres Körpers an seinem, ihr Geruch, ihre Leichtigkeit. Das Gefühl, etwas Wertvolles verloren zu haben, hatte sich in ihm festgesetzt, und sofort hatte er auch den Impuls verspürt, aufzustehen und zu gehen. Aber er wusste nur zu genau, dass ihm eine Flucht nichts nützen würde, dass sie nichts verhindern würde. Und verhindern konnte und wollte er die Hochzeit nicht, ihm blieb nur, die Situation zu akzeptieren. Aber wie?

Langsam ging er nun am Wasser entlang, schmeckte die salzige Luft auf den Lippen, ließ das vertraute Gefühl zu, und mit ihm kamen die Erinnerungen.

Trotz des Fernwehs hatte er seine Heimat geliebt, dieses Bild hier immer tief in seinem Herzen getragen. Die Ostsee, an deren

Ufer sich bewaldete Abschnitte mit felsigen abwechselten. Wiesen, die bis ans Wasser reichten, das immerwährende Rauschen der Wellen in den Ohren.

Er dachte an die glücklichen Zeiten seiner Kindheit, als er hier mit seinem Bruder und den Freunden herumgetollt war. An seine Jugend, als aus Freundschaft plötzliche Liebe geworden war.

Vielleicht hatten sie sich zu früh ineinander verliebt, er und Linn. Vielleicht hätten sie beide ihre eigenen Erfahrungen sammeln müssen, um zu wissen, wo sie beide hingehörten.

»Aber genau das haben wir doch gemacht, in den vergangenen fünf Jahren«, murmelte er vor sich hin. »Und es hat uns gezeigt, dass wir offensichtlich nicht zusammengehören.«

Er seufzte tief auf und blieb stehen, widerstand dem Drang, immer weiter zu gehen, so weit wie möglich weg von diesem Ort hier, von der Hochzeit ...

Er konnte es drehen und wenden, wie er wollte: Sein Bruder, den er über alles liebte, würde heute die Frau heiraten, die er selbst über alles liebte!

– 29 –

Wo bleibt Linn?«, fragte Edda unruhig.

Erik betrachtete seine zukünftige Schwiegermutter amüsiert. Edda schien nervöser zu sein als er selbst.

»Vielleicht schläft sie noch. Ihr ging es gestern Abend nicht so gut.«

Alarmiert schaute Edda ihn an. »Wieso? Was war denn? Hattet ihr Streit?«

»Streit? Wie kommst du denn darauf?« Erik schüttelte den Kopf. »Wahrscheinlich war es nur die Aufregung. Umso besser ist es doch, dass sie heute Morgen ausschläft.«

»Sie wäre die erste Frau, die ihre eigene Hochzeit verschläft«, sagte Edda aufgebracht.

Erik legte eine Hand auf ihre Schulter. »Edda, jetzt beruhige dich erst einmal. Wir haben noch massenhaft Zeit.«

Als das Telefon klingelte, blickten sich beide kurz an.

»Du gehst ans Telefon, ich wecke Linn«, schlug Erik vor. Edda nickte kurz und eilte aus dem Raum.

Erik klopfte leise an Linns Zimmertür. Nichts!

Vorsichtig öffnete er die Tür. Das Bett war leer, die Laken zerwühlt. Die Tür zum angrenzenden Bad war nur angelehnt, und er hörte würgende Geräusche. Oh nein, das konnte doch nicht wahr sein!

»Linn!«, rief er besorgt. Als er das Zimmer zur Hälfte durchquert hatte, kam sie aus dem Bad.

»Mein Gott, du siehst schrecklich aus«, stieß er hervor.

»Genau das will eine Braut an ihrem Hochzeitsmorgen hören«,

erwiderte sie ironisch, hielt sich aber sofort die Hand vor den Mund, drehte sich um und stürmte zurück ins Bad.

Erik blieb unschlüssig stehen. »Kann ich etwas für dich tun?«, rief er.

Eine ganze Weile erhielt er keine Antwort, dann kam Linn zurück ins Zimmer und wankte zum Bett. »Ja, kannst du«, sagte sie matt. »Geh raus, und lass mich einfach in Ruhe sterben.«

Bevor Erik etwas erwidern konnte, kam Edda völlig aufgelöst ins Zimmer. »Eine Katastrophe«, stieß sie hervor. »Ihr müsst ...« Sie brach ab, als ihr Blick auf Linn fiel. »Nein«, schrie sie auf. »Du nicht auch noch!«

»Was ist denn los?«, fragte Erik verwirrt.

»Die meisten unserer Gäste liegen krank im Bett. Wahrscheinlich haben sie bei uns gestern etwas Verdorbenes gegessen.« Sie wandte sich an Linn. »Bitte, Linn«, flehte sie. »Reiß dich doch zusammen. Du heiratest schließlich heute.«

Linn legte sich auf die Seite, kauerte sich zusammen und zog die Bettdecke bis ans Kinn. »Ihr könnt machen, was ihr wollt«, brach es dumpf aus ihr heraus, »aber ich heirate heute auf keinen Fall.«

– 30 –

Endlich konnte sie weg! Endlich war es vorbei!

Obwohl Hellen es kaum erwarten konnte, Hardingsholm zu verlassen, blieb sie noch einen Moment liegen, als sie an diesem Morgen aufwachte. Sie streckte sich und sprang dann aus dem Bett. Schnell zog sie sich an, legte die geliehene Kleidung fein säuberlich zusammen und schickte sich an, das Bad aufzusuchen.

Der Gang vor dem Zimmer war leer, aber unten im Haus hörte Hellen aufgeregte Stimmen. Einzelne Worte konnte sie nicht verstehen, aber die Aufregung hing gewiss mit der Hochzeit zusammen. Zeit für sie, hier zu verschwinden.

Hellen hielt kurz inne. Und warum war es ihr so wichtig, dass sie die Hochzeit nicht mitbekam?

Weil ich eine Fremde bin, sagte sie sich selbst, die heute und an diesem Tag hier nichts zu suchen hat.

Hellen verdrängte den Gedanken, die Frage nur unzureichend beantwortet zu haben, und beeilte sich im Bad. Als sie wieder auf den Gang trat, kam Erik Torberg ihr entgegen. Er wirkte vollkommen aufgelöst.

»Ist etwas passiert?«, fragte Hellen ernst.

»Eine Katastrophe!«, stieß er hervor und fuhr sich mit beiden Händen durchs Haar. »Die meisten Gäste, die hier übernachtet haben, liegen krank im Bett. Das Gästehaus gleicht einem Lazarett. Auch Linn geht es total schlecht. Ich brauche Ihre Hilfe.«

Hellen war entsetzt. Und das am Tag der Hochzeit! »Was kann ich tun?«, fragte sie, ohne zu zögern.

Erik bat sie, den Arzt, der bereits über die Krankheitsfälle informiert war, mit dem Flugzeug abzuholen.

Hellen ließ sich von Erik kurz die Koordinaten geben und machte sich sofort auf den Weg. Das hier war ein Notfall, da mussten ihre persönlichen Irrungen und Wirrungen hintanstehen. Sie würde den Arzt holen und konnte Hardingsholm anschließend immer noch verlassen, sofern ihre Unterstützung nicht mehr benötigt wurde. Jetzt ging es erst einmal darum, schnellstmöglich Hilfe für die Betroffenen zu holen. Woran es wohl lag, dass so viele Gäste und sogar die Braut erkrankt waren?

Die Ostsee war noch rau, die Wellen höher als gestern, aber der Himmel war wieder blau und klar. Das Gewitter hatte sich zum Glück vollständig verzogen.

Der Arzt wartete schon auf sie und stieg mit seiner Tasche in der Hand ins Flugzeug. Hellen hob sofort wieder ab. Es war keine halbe Stunde vergangen, da wasserte sie schon wieder vor Hardingsholm. Erik erwartete sie sichtlich verstört am Steg.

»Sieben unserer Gäste hat es erwischt«, informierte er den Arzt gleich nach der Begrüßung. »Und vor allem Linn. Wahrscheinlich lag es am Tiramisu. Wir haben inzwischen herausgefunden, dass nur die erkrankt sind, die davon gegessen haben.«

Der Arzt nickte und ließ sich von Edda, die jetzt hinzutrat, zu den Patienten bringen.

Erik bedankte sich bei Hellen. »Zum Glück haben Sie nichts von dem Tiramisu gegessen.«

»Ich stehe nicht so auf Süßes«, sagte Hellen und war in diesem Moment ganz besonders froh darüber. »Was ist denn mit der Hochzeit?«, wollte sie wissen.

»Heute wird nicht geheiratet.« Erik schüttelte den Kopf. »Linn kann kaum auf den Beinen stehen.«

»Das tut mir sehr leid«, sagte Hellen, und das entsprach der Wahrheit, obwohl noch ein anderes Gefühl in ihr mitschwang. Sie konnte es nicht genau einordnen. War es eine Art ... Erleichterung?

»Mir auch«, sagte Erik, ohne wirklich enttäuscht zu wirken. Oder kam ihr das nur so vor? Weil sie sich das vielleicht wünschte? Sie schämte sich für diese Gedanken.

»Kann ich noch irgendwie helfen?«, fragte sie hastig.

»Danke.« Erik schüttelte den Kopf, schien es sich plötzlich aber anders zu überlegen. »Oder vielleicht doch. Können Sie den Pfarrer mitnehmen? Eigentlich sollte ich ihn mit dem Boot nach Hause bringen, aber in der derzeitigen Situation bleibe ich besser hier und kümmere mich mit Edda um die Kranken und vor allem um Linn.«

»Es trifft sie bestimmt hart, dass die Hochzeit heute ausfällt«, murmelte Hellen.

»Im Moment ist sie nicht in der Verfassung, sich darüber Gedanken zu machen«, sagte Erik.

»Richten Sie ihr meine besten Genesungswünsche aus und meinen Dank, das gilt natürlich auch für Sie, weil Sie beide mich gestern so herzlich aufgenommen haben.« Hellen reichte ihm zum Abschied die Hand.

Er ergriff sie, hielt sie fest, immer länger, und auch Hellen mochte ihre Hand nicht mehr aus der seinen lösen.

»Auf Wiedersehen«, sagte sie leise.

»Wiedersehen, Hellen.«

Sie spürte, dass er ihre Hand wie in Zeitlupe nur sehr zögernd losließ.

»Ich sage dem Pfarrer, dass Sie auf ihn warten.« Seine Stimme klang anders als sonst.

»Ja«, erwiderte sie beklommen. »Ich warte am Flieger auf ihn.«

Sie wandte sich ab und ging die Wiese hinunter zum Steg, er in die andere Richtung zum Haus. Sie widerstand dem Drang, sich noch einmal umzudrehen, einige Schritte lang, gab dann aber dem

Bedürfnis nach und wandte den Kopf. Und in genau diesem Moment schaute auch er noch einmal zurück. Er lächelte, hob grüßend die Hand.

Hellen lächelte zurück, obwohl ihr das Herz schwer war. »Leb wohl«, flüsterte sie. Es fiel ihr schwer, Hardingsholm zu verlassen, und gleichzeitig sehnte sie sich genau danach.

Pfarrer Munthe ließ sich Zeit, bis er endlich mit seiner kleinen Reisetasche auftauchte.

»Danke, dass Sie auf mich gewartet haben. Ich wollte erst noch einmal nach Linn sehen und mich verabschieden.«

Hellen nickte lächelnd, nahm ihm die Reisetasche ab und half dem älteren Herrn in die Maschine. Sie löste das Flugzeug vom Steg und stieg ebenfalls ein. Wenige Minuten später glitt das Flugzeug über die Wasserfläche, nahm Geschwindigkeit auf und zog hoch in die Luft.

Hellen flog einen Bogen, unter ihr lag Hardingsholm, das schließlich aus ihrem Sichtfeld verschwand. Es tat weh, und sie mühte sich, den Kloß in ihrem Hals zu ignorieren.

»Was für ein Glück«, hörte sie Pfarrer Munthe neben sich sagen. »Ich habe nicht damit gerechnet, dass ich mich heute noch in den Himmel erheben darf.«

Hellen lächelte dem Pfarrer zu, sie war ihm dankbar für diese Ablenkung. »Des einen Leid ist des anderen Freud«, sagte sie lachend.

Pfarrer Munthe stimmte in ihr Lachen ein. »Ja, in dieser Hinsicht hatte ich sogar doppeltes Glück«, sagte er. »Ich hatte nämlich schon eine große Portion Tiramisu auf meinem Teller, als ich in ein Gespräch verwickelt wurde und den Teller kurz abstellen musste. Als ich es essen wollte, war der Teller weg, und jetzt geht es wohl jemand anderem ziemlich schlecht. Gestern Abend war ich enttäuscht, aber jetzt bin ich einfach nur froh, dass ich dadurch verschont geblieben bin.« Pfarrer Munthe lächelte schuldbewusst. »Ziemlich egoistisch für einen Pfarrer, finden Sie nicht?«

Hellen grinste. »Ich würde nicht anders denken«, gab sie zu, wurde aber gleich darauf wieder ernst. »Erik und Linn können einem schon leidtun.«

Der Pfarrer schüttelte bedächtig den Kopf. »Es gibt im Leben weitaus schlimmere Dinge als eine verschobene Hochzeit«, sagte er gemütlich. »Es spielt keine Rolle, an welchem Datum zwei Menschen den Bund fürs Leben schließen. Erik und Linn sind sehr glücklich miteinander. Daran wird eine vertagte Hochzeit nichts ändern.«

Und noch weniger eine Pilotin, die ihre Gefühle nicht unter Kontrolle hat und sich von einem Menschen faszinieren lässt, den sie gerade mal vierundzwanzig Stunden kennt, fügte Hellen in Gedanken hinzu.

Pfarrer Munthe hatte recht. Linn und Erik würden an einem anderen Tag heiraten und miteinander sehr glücklich werden. Lara würde sich wieder mit Magnus vertragen und sie selbst zurück nach Stockholm gehen, durch die ganze Welt fliegen und ihre knappe Freizeit gemeinsam mit Torsten verbringen. Die Welt war dann wieder in Ordnung, und irgendwann, hoffentlich in nicht allzu ferner Zukunft, hatte sie Hardingsholm und seine Bewohner vergessen.

– 31 –

Als Lars zurückkam, fand er alle in heller Aufregung vor. Erik stürmte auf ihn zu, umfasste seine Schultern und schaute ihm prüfend ins Gesicht.

»Wie geht es dir?«

Lars war verwundert. »Ausgezeichnet?« Na ja, so ganz stimmte das nicht. Seine körperliche Verfassung war gut, seine seelische ließ zu wünschen übrig. Aber das konnte er ausgerechnet seinem Bruder nicht sagen. »Wieso fragst du?«

»Hast du von dem Tiramisu gegessen?«, antwortete Erik mit einer Gegenfrage.

Lars schüttelte den Kopf. »Du weißt doch, dass ich süße Nachspeisen nicht besonders mag.« Das Gebaren seines Bruders erschien ihm seltsam.

Erik schien erleichtert. »Mit dem Nachtisch stimmte wohl etwas nicht. Ein Großteil unserer Gäste ist krank, und auch Linn liegt flach. Sie hat es besonders schwer erwischt.«

Lars erschrak zutiefst. »Eine Lebensmittelvergiftung?« So etwas konnte schlimm ausgehen, er machte sich große Sorgen um Linn.

Erik nickte. »Sieht ganz so aus.«

»Was ist mit Linn?«, fragte Lars. »War sie schon beim Arzt?«

»Hellen Reslow hat Doktor Lund nach Hardingsholm geholt. Er war bereits bei Linn. Es geht ihr ein bisschen besser, aber immer noch viel zu schlecht, als dass wir heute heiraten könnten.«

»Die Hochzeit fällt aus?«

Lars lauschte seiner eigenen Stimme nach. Spiegelte ihr Tonfall die Freude wider, die er empfand? Aufmerksam musterte er Erik. Wirkte sein Bruder jetzt misstrauisch?

Nein, Erik war nichts anzusehen außer der Besorgnis um Linn und die erkrankten Gäste.

– 32 –

Immerhin, der Wunsch zu sterben war verschwunden. Es ging ihr ein wenig besser, trotzdem wünschte sich Linn, sie hätte ihre Ruhe. Sie wusste, dass ihre Mutter es nur gut meinte, aber sie ging ihr mit ihrer Sorge schrecklich auf die Nerven.

»Ich habe es ja immer gesagt«, regte Edda sich auf, während sie die Bettdecke glatt strich. »Nachspeisen mit rohen Eiern sollten verboten werden.«

»Mina hat es doch nur gut gemeint«, verteidigte Linn die Hausangestellte, die den Nachtisch zubereitet hatte. »Ich liebe ihre Desserts, und es ist nicht ihre Schuld, dass die Eier nicht mehr in Ordnung waren. Wie geht es denn den anderen?«, wechselte sie das Thema.

»Ähnlich wie dir«, sagte Edda. »Mina hat ja zum Glück nur eine Schüssel zubereitet.«

Linn seufzte und zog das Laken bis zum Kinn. »Vielleicht war es ein Zeichen ...«, sagte sie nachdenklich, »ich hätte alles absagen sollen, als das Kleid nicht rechtzeitig geliefert werden konnte.«

Edda war sichtlich entsetzt. »Das ist doch Blödsinn«, rief sie aus. »Das war alles nur ein dummer Zufall, und im Übrigen hast du das Kleid doch rechtzeitig bekommen.«

»Aber es lief trotzdem erst einmal schief.« Linn richtete sich auf. »Ich weiß nicht ... vielleicht soll es ja alles so sein.«

Edda trat einen Schritt an sie heran. »Was genau meinst du damit?«, fragte sie lauernd.

Linn antwortete nicht, schüttelte kaum merklich den Kopf.

Egal, wie sehr sie auch versuchen würde, es in Worte zu fassen, ihre Mutter würde es nicht verstehen. Eigentlich war es ein Wunder, dass Edda noch nicht nachgehakt hatte, weil Lars' Rückkehr sie so sehr aufwühlte. Oder hatte sie einfach nichts weiter gesagt, weil Worte die Dinge bewegen konnten, die nicht sein durften?

Edda setzte sich zu ihr auf die Bettkante. »So, jetzt ist aber Schluss«, sagte sie energisch. »Ich kann ja verstehen, dass es dir gerade nicht besonders gut geht, aber deshalb musst du nicht gleich alles in Frage stellen. In ein paar Tagen bist du wieder gesund, und dann wird ganz schnell geheiratet. Pfarrer Munthe hat in vierzehn Tagen wieder einen Termin frei.«

»In vierzehn Tagen?« Linn schüttelte den Kopf. »Das geht nicht, da feiert Anja ihren dreißigsten Geburtstag.«

»Na und?«, fragte Edda verständnislos.

»Wir haben schon zugesagt«, sagte Linn. »Da kann ich jetzt nicht einfach wieder absagen.«

Ihre Mutter schien ehrlich entsetzt. »Deine Hochzeit wird dir doch wohl wichtiger sein als der Geburtstag deiner Freundin!«

»Anja ist meine *beste* Freundin«, korrigierte Linn. »Ich habe ihr versprochen zu kommen.«

Aufschub!

Hatte sie das gerade wirklich gedacht? Spürte sie tatsächlich Erleichterung, weil die Hochzeit nicht stattfinden konnte und auch nicht mehr unmittelbar bevorstand?

Wenn sie sich nur nicht so elend fühlen würde! Sie konnte kaum einen klaren Gedanken fassen und fühlte sich durch ihre Mutter noch zusätzlich unter Druck gesetzt.

»Okay, dann heiratest du eben in drei Wochen«, sagte Edda mit leicht erhobener Stimme. »Ich rufe den Pfarrer an, spreche mit ihm die Termine durch und ...«

Linn verlor die Geduld. »Bitte, Mama, lass das einfach meine

Sorge sein. Ich kümmere mich selbst darum, sobald es mir wieder gut geht.«

»Aber ich kann das doch für dich erledigen«, sagte Edda sichtlich unzufrieden.

Linn ahnte, was in ihrer Mutter vorging: Edda hatte vermutlich Angst, dass die Hochzeit gar nicht mehr stattfand – jetzt, da Lars wieder da war und sie selber nur noch wenig Begeisterung für die Vermählung zeigte. Dabei hatte das eine nichts mit dem anderen zu tun. Ganz sicher. Denn mit Lars hatte sie abgeschlossen. Ein für alle Mal. Basta!

Es waren nur die vielen Pannen, die sie zunehmend nervös machten, und sie konnte nicht umhin, sie als Wink des Schicksals zu deuten.

»Ich bin schließlich hier, um dir zu helfen«, ließ Edda nicht locker.

»Mama, ich mache das!«, sagte Linn aufgebracht.

Edda stand auf. »Entschuldigung, ich wollte ja nur helfen.« Ihre Stimme klang beleidigt. Sie ging zur Tür, drehte sich aber noch einmal um und sagte ein wenig versöhnlicher: »Schlaf ein bisschen, das wird dir guttun.«

Linn drehte sich im Bett herum und schloss scheinbar gehorsam die Augen. Dabei wollte sie einfach nur allein sein und hoffte, dass ihre Mutter sie jetzt wirklich endlich in Ruhe ließ.

Edda verließ tatsächlich das Zimmer. Zur Ruhe kam Linn deshalb aber nicht. Als sie hörte, wie die Tür hinter ihrer Mutter ins Schloss fiel, öffnete sie sofort die Augen.

»Mir tut gar nichts gut«, murmelte sie leise vor sich hin.

Ihr Blick fiel zum Fenster. Draußen schien die Sonne, es wäre ein herrlicher Tag zum Heiraten gewesen. Linn horchte in sich hinein und stellte erstaunt fest, dass sie Erleichterung verspürte. Müsste sie nicht vielmehr schrecklich enttäuscht sein?

In Linn wuchs das Unbehagen. Sie kannte sich gut genug, um

zu wissen, dass ihre Gefühle nicht auf den wenigen Pannen beruhten. Also lag das Ganze tiefer, aber wo? Doch bei Lars? Und wie ging es Erik wohl mit der Situation?

Was empfinde ich eigentlich für ihn?, fragte sie sich selbst.

Eine schwierige Frage! Oder nein, verbesserte sie sich, es ist eigentlich eine ganz leichte Frage, nur die Antwort darauf ist alles andere als einfach.

Sie mochte Erik, und vor allem im letzten Jahr hatte sie auch geglaubt, ihn zu lieben. Auch wenn es nie dieses große, unbeschreibliche Gefühl gewesen war, das sie einmal für Lars empfunden hatte.

Linn verkroch sich ganz tief in ihre Kissen. Die Erinnerungen, die sie einholten, taten weh. Diese erste Zeit der unbekümmerten Verliebtheit zwischen ihr und Lars, entstanden aus einer tiefen Jugendfreundschaft.

Dann war mehr daraus geworden. Zumindest bei ihr. Sie hatte Lars so sehr geliebt – ein Teil dieses Gefühls war immer noch in ihr und würde wohl nie aufhören, sie zu quälen, sie mit der Frage zu bedrängen, was wäre gewesen, wenn er nicht weggegangen wäre?

Sie hatte nie mit jemandem über diese Frage gesprochen, und nun fürchtete sie sich vor der Antwort, die nur sie selbst geben konnte. Alles war so verwirrend, und sie wusste einfach nicht mehr, was richtig und was falsch war.

Linn schloss die Augen, spürte, wie sich ihr körperlicher Zustand durch Doktor Lunds Injektion allmählich besserte. Leider gab es eine solche Injektion nicht für ihre emotionale Verfassung.

»Was soll ich nur tun?«, flüsterte sie verzweifelt. Und das war die dritte Frage, auf die sie keine Antwort fand.

– 33 –

Lara wirkte nicht sonderlich überrascht, als Hellen ihr von der geplatzten Hochzeit erzählte. Hellen war sich allerdings nicht sicher, ob die Freundin ihrem Bericht überhaupt richtig zugehört hatte. Sie saßen beide mit einer Tasse dampfendem Kaffee vor sich in der Küche, und Lara rührte nun schon seit mehreren Minuten lächelnd und sichtlich gedankenverloren darin herum. Obwohl der Kaffee schwarz war, ohne Milch und Zucker.

»Und als alle krank umkippten, schwamm eine blaugrün gemusterte Kuh durch den Fjord«, sagte Hellen und ließ ihre Freundin dabei nicht aus den Augen.

»Aha!«, erwiderte Lara scheinbar interessiert.

»Danach kam der Zauberer von Oz und verwandelte alle Gäste in kleine Zipfelzwerge. Nur mich hat er verschont, damit ich dir das Flugzeug wiederbringen konnte.«

»Echt?«, staunte Lara.

Als Hellen laut auflachte, schien Lara aus einem tranceähnlichen Zustand zu erwachen.

»Was hast du gesagt?«, fragte sie.

Hellen schüttelte den Kopf. »Das willst du nicht wirklich wissen. Sag du mir lieber, wo du mit deinen Gedanken bist.«

Lara lächelte verlegen. »Ich fürchte, das willst du nicht wissen.«

Hellen schwante Böses. »Magnus?«

Lara lächelte verschämt. »Er war gestern hier.«

»Und du hast ihn nicht sofort wieder rausgeworfen?«, fragte Hellen.

Lara zuckte mit den Schultern. »Ich habe es versucht. Er ging einfach nicht. Und dann ...«, geriet sie ins Stammeln. »Ja, und dann wurde es wunderschön.«

Hellen starrte ihre Freundin lange an, bis Lara den Kopf senkte.

»Du hast dich also wieder auf ihn eingelassen?« Es war mehr eine Feststellung als eine Frage. Verstehen konnte Hellen es nicht. »Was muss dieser Mann dir noch alles antun, bevor du einen endgültigen Schlussstrich ziehst?«

Lara hob abwehrend beide Hände. »Ich weiß das doch alles selber«, sagte sie. Dann blickte sie Hellen tief in die Augen, ihr Blick war klar und selbstsicher. »Aber du musst dir keine Sorgen machen, er wird mich nie wieder verletzen.«

Hellen zog eine Augenbraue in die Höhe. »Wie oft hat er dir das schon versprochen?«

Lara lächelte verhalten. »Vertrau mir einfach«, sagte sie mit fester Stimme.

»Okay«, sagte Hellen gedehnt. »Du bist schließlich alt genug, um deine eigenen Entscheidungen zu treffen, und mir steht es nicht zu, dir Vorschriften zu machen. Ich mache mir einfach nur Sorgen um dich. Du bist meine beste Freundin.«

Lara griff über den Tisch nach Hellens Hand.

»Das weiß ich doch«, sagte sie herzlich. »Ich verspreche dir, du musst dir keine Sorgen machen. Ich brauche nur noch ein wenig Zeit zum Nachdenken. Aber ich weiß bereits jetzt, dass alles gut wird.«

Hellen war sich da nicht ganz so sicher. Lara war eine realistische, klar und vernünftig denkende Frau – solange es nicht um Magnus ging.

Allerdings, machte sie sich jetzt selber klar, bin ich wohl die letzte Person, die sich dazu kritisch äußern kann. Wenn ich an mein eigenes, verkorkstes Gefühlsleben in den letzten vierundzwanzig Stunden denke ...

Aber genau das wollte sie nicht. An Erik Torberg denken, an all das, was in ihr vorgegangen war und was sie so durcheinandergebracht hatte.

»Lassen wir das!« Lara machte eine wegwerfende Handbewegung, und einen Augenblick lang befürchtete Hellen, die Freundin hätte ihr etwas angemerkt.

»Erzähl mir lieber noch einmal ausführlich alles über diese ausgefallene Hochzeit«, bat Lara.

Hellen grinste. »Und diesmal hörst du mir wirklich zu?«

»Ich werde ganz Ohr sein«, versicherte Lara ernsthaft. Ihre Augen leuchteten, und plötzlich spürte Hellen, dass sie sich keine Sorgen mehr um ihre Freundin machen musste.

Das letzte Mal, als Lara nach Magnus' Affäre wieder mit ihm zusammengekommen war, war sie von Selbstzweifeln gequält worden und eigentlich nur damit beschäftigt gewesen, sein Verhalten zu analysieren. Oder ihr eigenes Verhalten, das ihn vielleicht dazu gebracht haben könnte, bei einer anderen Frau etwas zu suchen, was er bei ihr nicht fand. Jedenfalls war sie nie glücklich gewesen.

»He, ich warte«, sagte Lara. »Jetzt bist du es, die mit ihren Gedanken ganz woanders ist. Schlecht geschlafen vergangene Nacht auf Hardingsholm?«

»Nicht besonders gut«, gab Hellen zu. »Irgendwie war es eine komische Veranstaltung. Dass die Hochzeit ausgefallen ist, war eigentlich nur der krönende Abschluss.«

»Was ist denn passiert?«, wollte Lara wissen. Sie schien jetzt wirklich interessiert zu sein.

»Na ja, am Polterabend war eigentlich noch alles in Ordnung. Aber jetzt haben die Braut und einige der Gäste eine Salmonellenvergiftung. Es lag wohl am Nachtisch.«

»Von dem du offensichtlich nichts gegessen hast.« Lara atmete erleichtert auf. Sie wusste, dass Hellen sich nichts aus Süßspeisen machte. »Was für ein Glück.«

»Stell dir vor, *du* wärst geflogen.« Hellen grinste.

Lara schüttelte sich. »Dann läge ich heute flach. Ich liebe alles, was süß ist.«

»Ich weiß.« Hellen nickte, schaute Lara ein paar Sekunden schweigend an, bis sie mit der Frage herausplatzte, die ihr schon die ganze Zeit auf der Zunge brannte. »Wie gut kennst du eigentlich Erik Torberg?«

»Ich bekomme hin und wieder Aufträge von ihm«, sagte Lara. »Dringende Lieferungen. Oder ich fliege seine Kunden zu ihm und anschließend wieder nach Hause. Wieso fragst du?«

»Hat mich nur mal interessiert«, erwiderte Hellen ausweichend. Sie hätte gerne noch ganz viele Fragen über Erik gestellt, aber Lara kannte sie zu gut, um nicht misstrauisch zu werden.

»Jedenfalls ist Erik ganz anders als sein Bruder«, sagte sie.

»Lars Torberg ist zurück?«, rief Lara überrascht. »Ich dachte, der treibt sich irgendwo in der Weltgeschichte herum. Ich kenne ihn nicht besonders gut, aber ich habe gehört, dass er der lebenslustigere der beiden Brüder sein soll.«

Hellen nickte. »Kann sein«, sagte sie. »Jedenfalls wirkt er auf den ersten Blick so. Er ist ziemlich offen und charmant, und er flirtet gerne.«

Und trotzdem gefällt mir Erik besser, dachte sie. Weil er etwas ganz Besonderes hat, etwas, das ich nicht beschreiben kann ...

»Er gefällt dir anscheinend«, sagte Lara.

Hellen war empört. »Eigentlich hätte dieser Mann heute heiraten sollen.«

Hellen hatte es kaum ausgesprochen, da wurde ihr klar, dass sie einen Fehler gemacht hatte. Laras Blick wurde aufmerksam, auch wenn sie immer noch lächelte.

»Ich rede eigentlich von Lars Torberg«, sagte sie langsam, ohne Hellen aus den Augen zu lassen. »Und du?«

Hellen senkte den Blick. »Von niemandem«, behauptete sie mit dem unbehaglichen Gefühl, dass Lara ihr kein Wort glauben würde. »Sie interessieren mich beide nicht. Außerdem bin ich mit Torsten zusammen, wie du ja weißt.«

Lara wollte schon etwas entgegnen, aber das Klingeln ihres Handys verhinderte eine Antwort.

»Hallo, Herr Torberg«, hörte Hellen sie kurz darauf sagen. Ihr Herz schlug plötzlich wie verrückt in ihrer Brust. Sie zwang sich, nicht wie gebannt an den Lippen der Freundin zu hängen, und spielte betont unbeteiligt mit ihrem Kaffeelöffel, während sie innerlich gespannt jedem Wort lauschte.

»Kein Problem«, sagte Lara in den Hörer. »Ja, Hellen ist noch frei.«

Ich will ihn nicht wiedersehen, dachte Hellen. Ich darf ihn einfach nicht wiedersehen. Und gleichzeitig wusste sie, dass sie sofort zu ihm fliegen würde, sobald Lara sie schickte. Und sie begriff noch mehr: Es war nicht nur Faszination, was sie für Erik empfand. Da war mehr, viel mehr. Zu viel, als dass sie ernsthaft darüber nachdenken durfte ...

»Wie wäre es morgen früh um neun?«, fragte Lara ins Handy.

Erst morgen früh? Hellen stand auf und trat ans Fenster. Sie blickte hinüber zu den beiden Flugzeugen, die auf dem Wasser dümpelten.

»Ja, sie wird pünktlich sein«, versicherte Lara jetzt und bedankte sich für den Auftrag. Endlich beendete sie das Gespräch.

»Lars Torberg möchte auf eine der Inseln geflogen werden«, wandte sie sich an Hellen.

Die Enttäuschung schlug wie eine Welle über Hellen zusammen. Lars war der Anrufer, nicht Erik!

»Du fliegst ihn doch, oder?«, hörte sie Lara hinter sich fragen. Das Misstrauen, das Hellen die ganze Zeit vermeiden wollte, lag nun deutlich hörbar in Laras Stimme. Langsam drehte sie sich um und zwang sich zu einem Lächeln.

»Natürlich fliege ich«, sagte sie. »Ich freue mich darauf. Lars Torberg ist ein interessanter und sehr attraktiver Mann.«

Lara entspannte sich sichtlich. »Dann ist es ja gut«, sagte sie.

Gar nichts ist gut, dachte Hellen. Überhaupt gar nichts …

– 34 –

Er hatte kaum eine Erinnerung daran, wie er es nach Hause und ins Bett geschafft hatte. Irgendwann war er in einen unruhigen Schlaf gefallen, aus dem er jetzt erwachte. Sein Körper war schweißgebadet, die Zunge in seinem trockenen Mund schien um das Doppelte angeschwollen zu sein. Er musste etwas trinken.

Sein Haus war nicht besonders groß, es bestand aus Wohnzimmer, Schlafzimmer, Küche und Bad im Erdgeschoss und oben noch einer Art Studio, in dem er sein Büro eingerichtet hatte.

Die wenigen Meter zur Wasserflasche in der Küche schienen ihm in seiner Verfassung unendlich weit. Er schaffte es kaum, die Beine über die Bettkante zu heben, dann war ihm schwindelig, und er musste sich minutenlang erholen. Sein Blick fiel auf seine Hose, die neben dem Bett auf dem Boden lag. Das Handy!

Mit viel Mühe angelte er nach der Hose, bis es ihm schließlich gelang, das Telefon aus der Hosentasche zu ziehen. Seine Finger wanderten zitternd über die Tastatur, und er war zutiefst erschöpft, als er endlich Ulrikas Nummer im Speicher fand. Sie meldete sich nach wenigen Signalen, ihre Stimme klang fröhlich.

»Ich habe gerade an dich gedacht«, behauptete sie. »Ich freue mich so auf unsere Fahrt nach Göteborg.«

»Ich bin krank«, krächzte er in den Hörer.

Eine Weile blieb es still am anderen Ende. »Oh« war alles, was sie dann sagte.

»Ich ... ich brauche Hilfe«, stammelte er.

»Ich würde mich so gerne um dich kümmern«, säuselte sie, »aber leider bin ich hier gerade unabkömmlich.«

»Ulrika, ich …«

»Ich rufe dich wieder an«, unterbrach sie ihn. »Gute Besserung.«

Er nahm das Handy vom Ohr und starrte fassungslos darauf. Ulrika hatte einfach aufgelegt.

– 35 –

Erik hatte sich gefreut, als sein Bruder zu ihm ins Boot gestiegen war, um ihn in die Firma zu begleiten. Er hatte nicht damit gerechnet, dass Lars überhaupt Interesse für das Unternehmen zeigen würde.

Sie hatten während der Fahrt viel über Geschäftliches gesprochen, und nun stand Lars am Anleger, während Erik das Boot vertäute.

»Mich würde ja mal interessieren, wie du das machst, Bruder«, sagte Lars ernst. »Deine Hochzeit ist gerade geplatzt, deine Braut liegt mit einer Salmonellenvergiftung im Bett, aber du fährst einfach zur Arbeit, als wäre gar nichts.«

Erik hob den Blick. Im ersten Moment überkam ihn ein schlechtes Gewissen, aber Lars schien seine Worte nicht als Vorwurf gemeint zu haben. Seine Miene spiegelte vielmehr ehrliches Interesse wider. Erik trat zu ihm auf den Steg.

»Um Linn kümmert sich Edda. Ich wäre da vollkommen überflüssig«, erwiderte er, fragte sich dabei aber selbst, ob er im Grunde nicht sogar froh war, dass er verschwinden und sich den Krankheitsfällen zu Hause entziehen konnte. Steckte möglicherweise sogar noch mehr dahinter? Müsste es ihm nicht eigentlich ein Bedürfnis sein, bei seiner zukünftigen Frau zu sein, ihr Mut zuzusprechen, sie zu trösten und versorgen, bis es ihr wieder besser ging?

Stattdessen war er erleichtert, weil Edda ihm das abnahm, stellte er jetzt für sich fest. Sein Gewissen meldete sich, und er konnte es nicht abstellen, obwohl Linns Zustand nicht kritisch war, wie Dr. Lund ihm versichert hatte. Es bestand keine Notwendigkeit, bei ihr zu bleiben, aber er fühlte sich, als würde er Linn im Stich lassen.

Er hob hilflos die Schultern. »Was soll ich denn zu Hause machen?«, fragte er, und in dem Versuch, sich vor sich selbst zu rechtfertigen, fügte er schnell hinzu: »Ich würde nur rumsitzen, bekäme davon schlechte Laune, und das hilft auch Linn nicht weiter.«

»Trotzdem ...« Lars schüttelte den Kopf. »Eigentlich hättest du heute Nachmittag neben deiner Braut vor dem Traualtar stehen sollen!«

Erik musste sich eingestehen, dass ihm der verschobene Hochzeitstermin weitaus weniger ausmachte, als es eigentlich sein sollte. Er verspürte sogar so etwas wie ... Erleichterung? War das das richtige Wort, um seine Verfassung zu beschreiben?

Sein Bruder schien auf eine Antwort zu warten.

»Jetzt stehst *du* eben neben mir«, rettete Erik sich aus der Affäre. »Ich kann dir nicht sagen, wie sehr ich mich freue, dass du da bist.«

Zumindest in dem Punkt konnte er uneingeschränkt ehrlich sein. Wie sehr er Lars vermisst hatte, wurde ihm in aller Deutlichkeit bewusst, seit sein Bruder wieder zu Hause war.

Langsam gingen sie über den Hof Richtung Firmengebäude. Aus den Werkhallen war das Kreischen einer Säge zu hören, hier wurde Holz zurechtgeschnitten, das später zu den verschiedenen Baustellen gebracht werden würde.

»Ich bin so froh, dass du nach Hause gekommen bist«, sagte Erik.

»Ich wollte nur mal kurz vorbeischauen, um zu sehen, wie es dir so geht«, erwiderte Lars.

Erik traute seinen Ohren nicht. Er blieb stehen und packte seinen Bruder am Arm. »Du willst wieder weg?« Er hatte so gehofft, dass sein Bruder für immer zurückgekehrt war.

»Ich bin nicht wie du, Erik«, sagte Lars ruhig und ging weiter.

Erik folgte ihm schweigend. »Hast du denn niemals Heimweh?«, fragte er leise.

»Oh doch«, erwiderte Lars und schien selbst erschrocken über den Nachdruck in seiner Stimme.

Erik blieb stehen und beobachtete seinen Bruder, der plötzlich lächelte. »Eigentlich ist es eher die Sehnsucht nach einem bequemen Bett oder einer heißen Dusche, je nachdem, wo ich gerade bin«, sagte er eine Spur zu fröhlich.

Erik kannte Lars gut genug, um zu wissen, dass die Bemerkung nur vorgeschoben war. Möglicherweise mochte er sich selbst nicht eingestehen, dass er sich nach der Heimat sehnte, nach den Menschen, die ihm wichtig waren.

Aber wer war seinem Bruder hier noch wichtig? Er selber? Oder Linn ...?

Erik überlegte, ob er Lars noch einmal auf Linn ansprechen sollte. Sein Bruder hatte ihm in dem kurzen Gespräch über die Hochzeit das Gefühl vermitteln wollen, dass es ihm nichts ausmachte, er hatte ihnen sogar Glück gewünscht.

Eriks schlechtes Gewissen aber hatte das nicht beruhigen können. Andererseits war er immer davon ausgegangen, dass die fünf Jahre, in denen Lars weg gewesen war, von dieser Jugendliebe nicht viel mehr übrig gelassen hatten als eine Erinnerung, die wegen des bitteren Endes für beide wahrscheinlich nicht einmal schön war.

Erik beschloss, Lars noch einmal darauf anzusprechen, doch sein Bruder kam ihm zuvor.

»Weißt du, was ich niemals vergesse, egal, wo ich bin?« Lars stand vor ihm, schloss die Augen und breitete die Arme aus. »Den Geruch von schwedischem Holz!« Lars öffnete die Augen, lachte fröhlich, und damit war der Moment, mit ihm über Grundlegendes zu sprechen, vorbei.

Erik betrachtete seinen Bruder nachdenklich. Eben noch hatte er geglaubt, dass er Lars erreichen könnte. Tief in sein Innerstes vordringen könnte, wenn er nur die richtigen Worte fand. Aber jetzt war sein Bruder wieder in dieser Stimmung, in der er alles leicht und locker nahm. In dieser Hinsicht war Lars sich offensichtlich selbst treu geblieben.

»Dieser Geruch birgt Erinnerungen an die Kindheit«, fuhr Lars fort. »Wie wir als Kinder zwischen den Holzstößen herumgelaufen sind und uns versteckt haben. An unsere Fahrten mit Papa in den Wald.«

Seine Miene verdüsterte sich, die Erinnerung an den Vater schien ihm immer noch nahezugehen. Erik wusste nur zu gut, wie es ihm ging. Das Gefühl von Wehmut und Trauer erfüllte auch ihn jedes Mal, wenn er über die Eltern sprach oder auch nur an sie dachte.

Doch auch dieses Mal schwenkte Lars' Stimmung schnell um. Er lachte jetzt. »Oder diese Puppenhäuser, die wir zusammen mit Kalle gebaut und auf dem Weihnachtsmarkt verkauft haben ... Was ist eigentlich mit Kalle? Ich habe ihn gestern auf dem Polterabend gesehen und kurz begrüßt, aber er war so schnell wieder weg, dass ich nicht mit ihm reden konnte. Arbeitet er noch für uns?«

»Klar«, nickte Erik. Er hätte Lars sagen können, dass er ohne Kalle oft nicht weitergewusst hätte in den vergangenen Jahren und dass Kalle ihm in dieser Zeit wie ein Bruder gewesen war. Aber Erik entschied sich zu schweigen. Vermutlich wäre in seinen Worten und in seiner Stimme ein Vorwurf mitgeschwungen, aber genau das wollte er nicht. Lars hatte das Recht, sein eigenes Leben zu leben, und wenn es ihn wieder in die Welt trieb, musste er das akzeptieren. Aber er würde trotzdem nichts unversucht lassen, ihn doch noch zum Bleiben zu überreden.

»Kalle ist inzwischen Vorarbeiter bei uns. Er müsste gerade in unserer neuen Ferienhaussiedlung sein. Unser größtes Projekt direkt am Fjord, neben der Neubausiedlung in Norrtälje.«

Lars war sichtlich beeindruckt. »Toll, was du alles geschafft hast.«

»Ja«, Erik nickte stolz. Er wusste selbst, was er erreicht hatte. »Allerdings sind wir jetzt an einem Punkt, an dem wir entscheiden müssen, ob wir auf diesem Niveau weitermachen oder ob wir vergrößern. Das ist eine Entscheidung, die ich nicht allein treffen kann und will.«

»Dann ist es doch gut, dass ich gerade hier bin«, erwiderte Lars leichthin. »Vielleicht kann ich dir ja einen Rat geben.«

»Ich brauche keinen Rat«, sagte Erik entschieden. »Ich brauche deine Hilfe, und zwar in der Geschäftsführung.«

Lars zuckte zusammen. Er drehte sich um, ließ seine Blicke über das Firmengebäude, dann über das Gelände schweifen und machte eine ausholende Handbewegung.

»Du erwartest doch nicht ernsthaft von mir, dass ich hier einsteige!«

»Was heißt hier *einsteigen*«, fuhr Erik auf. »Eigentlich bist du mittendrin! Du hast die Firma zum gleichen Anteil geerbt wie ich, allerdings habe ich die Verantwortung bisher allein getragen.«

Lars sah sich wieder um, mit einem Blick, als könne er nicht fassen, was sein Bruder von ihm verlangte. »Das kommt jetzt ein bisschen plötzlich.« Dann schüttelte er den Kopf. »Ich kann das auch gar nicht. In fünf Wochen führe ich eine Expedition den Amazonas entlang.«

Erik schluckte den Ärger hinunter, der in ihm aufstieg. Amazonas, das klang natürlich weitaus aufregender als die Leitung einer Blockhausfirma. Und doch, was waren ein paar Wochen an einem südamerikanischen Fluss verglichen mit dem, was sie hier besaßen. Es war ihr Erbe, die Arbeit ihres Vaters, die sie fortführen sollten. Es war ihre Existenz, und es war inzwischen sein Leben.

Genau, *mein* Leben!

In diesem Moment wurde Erik klar, dass er von seinem Bruder nicht verlangen konnte, die gleichen Prioritäten zu setzen wie er selbst. Lars hatte einfach etwas völlig anderes gefunden, was sein Leben ausfüllte. Ob er, Erik, nun damit einverstanden war oder nicht.

Nein, er würde seinen Bruder nicht bedrängen zu bleiben, aber die Hoffnung, die ließ er sich nicht nehmen. »Es bleibt ja noch genug Zeit, darüber nachzudenken«, sagte er ruhig.

»Ich würde mich auf jeden Fall freuen, wenn du dich letztendlich doch für die Firma entscheidest. Wir könnten dich mit deiner Power hier gut brauchen.«

Lars nickte, schien das Thema aber beenden zu wollen. »Sag mal, sollte Kalle nicht eigentlich dein Trauzeuge sein?«

Erik nickte und ging auf den Themenwechsel ein. »Ich hoffe, du hast nichts dagegen. Natürlich hätte ich lieber dich gefragt, aber du warst ja vor unserer geplanten Hochzeit unerreichbar. Kalle ist mein ältester und bester Freund, also habe ich ihn gefragt, und jetzt will ich ihm nicht sagen ...« Erik brach ab, aber Lars schien auch so zu wissen, was er sagen wollte.

»... dass du ihn nicht mehr als Trauzeugen willst.« Lars klopfte seinem Bruder lachend auf die Schulter. »Mach dir darüber keine Gedanken, für mich ist das okay so. Außerdem weiß ich ja überhaupt nicht, ob ich noch hier bin, wenn ihr euren zweiten Versuch plant.«

Erik nickte, sagte aber nichts mehr dazu. Etwas in der Stimme seines Bruders verriet ihm, dass er auf keinen Fall da sein würde, wenn er und Linn einen neuen Termin gefunden hatten. Nicht zum ersten Mal fragte er sich, ob Lars die Hochzeit mit ihm und Linn doch mehr ausmachte, als er zugeben wollte.

»Zeigst du mir jetzt die ganze Firma?«, fragte Lars. »Oder wollen wir für den Rest des Tages hier herumstehen?«

– 36 –

Er hatte geglaubt, es nicht zu überleben. Hatte schließlich den Arzt angerufen, der gekommen war und ihm gesagt hatte, dass auch andere Gäste des Polterabends an einer Salmonellenvergiftung erkrankt waren und die Hochzeit an diesem Tag nicht stattfinden würde. Das ersparte ihm den Anruf mit der Absage.

Inzwischen ging es ihm ein bisschen besser. Die Medikamente wirkten, und er schaffte es mit Mühe, aufzustehen und sich einen Tee zu kochen. Dabei sehnte er sich nach Ulrika, nach ihrer kühlen Hand auf seiner schweißnassen Stirn, nach ein wenig Zuwendung. Wie heilsam wäre es, wenn sie ihm den Tee kochen und ans Bett bringen, wenn sie ihm zeigen würde, dass sie sich Sorgen um ihn machte.

Müsste sie nicht eigentlich bei ihm sein, in dieser schweren Stunde, wenn sie ihn so liebte, wie sie immer behauptete?

Schnell unterdrückte er die aufkeimenden Zweifel. Sie hatte eben etwas anderes vor, etwas, das ihr wichtig war. Und vielleicht gehörte sie einfach zu den Menschen, die Krankheiten bei anderen nur schlecht ertragen konnten.

Oder sie konnte ihn schlicht nicht krank, nicht leiden sehen, weil sie ihn so sehr liebte. Ja, das musste es sein. Ein schwaches Lächeln zog über sein schweißnasses Gesicht. Auf keinen Fall durfte er an ihrer Liebe zu ihm zweifeln, das würde ihn in die tiefste Hölle der Verzweiflung schicken. Dafür hatte er schon zu viel aufs Spiel gesetzt, zu viel riskiert.

Er hatte sich in der Küche an den kleinen Tisch gesetzt und

wartete darauf, dass das Teewasser kochte, als das Handy im Schlafzimmer klingelte.

Ulrika!, war sein erster Gedanke. So wie bei jedem Klingeln des Telefons, so wie er jeden Morgen zuerst und vor dem Einschlafen zuletzt an sie dachte.

Mühsam schleppte er sich ins Schlafzimmer. Er war so sicher, dass sie es war, dass er nicht einmal aufs Display schaute. Sie machte sich doch Sorgen um ihn, und vielleicht wollte sie nicht nur fragen, wie es ihm ging, sondern ihm doch noch ihre Hilfe anbieten. Er presste das Handy an sein Ohr.

»Hej!«, rief er hoffnungsvoll ins Telefon.

»Hat alles geklappt?«, vernahm er die harte Stimme seines Auftraggebers.

Es war wie ein Faustschlag ins Gesicht. Die Enttäuschung raubte ihm sekundenlang die Sprache.

»Bist du noch dran?«, fragte sein Auftraggeber ungeduldig.

»Klar, alles erledigt«, sagte er mürrisch.

»Ich habe einen Kanister in die Hütte gestellt. Du weißt schon, wo«, sagte sein Auftraggeber. »Für die nächste Baustelle.«

Er dachte an Göteborg, an den Ausflug nächste Woche. »Ich bekomme noch Geld von dir.«

»Du kriegst dein Geld, aber bring die Sache über die Bühne.«

»Ich fühle mich nicht besonders gut ...«

»Wenn du die Kohle haben willst, erledigst du gefälligst deine Arbeit«, unterbrach der Auftraggeber ihn scharf. »Haben wir uns verstanden?«

»Du kannst mich mal«, sagte er wütend und beendete kurzerhand das Gespräch. Er warf das Handy aufs Bett, dann aber kam ihm eine Idee, und er hob es wieder auf. Er suchte nach eingegangenen Anrufen und Nachrichten. Vielleicht hatte Ulrika sich ja doch gemeldet, und er hatte den Ton der eingegangenen Meldung nur nicht gehört.

Keine SMS, keine Nachricht auf der Mailbox.

Nur für sie mache ich das, dachte er in aufwallendem Ärger, und sie fragt nicht einmal, wie es mir geht. Da kann ich es genauso gut auch lassen.

Ja, er konnte es lassen!

Er könnte es lassen, wenn da nicht seine Sehnsucht nach ihr wäre. An Ulrika kam er nur mit Geld, viel Geld, das war sicher. Und so wusste er bereits jetzt, dass er auch den nächsten Auftrag ausführen würde. Weil er das Geld brauchte! Für Ulrika!

– 37 –

Ich vermisse dich! Ich habe Sehnsucht nach dir! Ich liebe dich!«

Lara lauschte der Stimme nach, sagte aber nichts.

»Bitte, Lara, sag doch was. Sag, dass ich nach Hause kommen kann.«

»Tut mir leid, Magnus, ich bin noch nicht so weit.«

Er stieß einen lauten Fluch aus, entschuldigte sich aber gleich darauf für seine Unbeherrschtheit. »Es ist doch nur, weil du mir so sehr fehlst.«

»Tatsächlich?« Sie gab sich keine Mühe, die Ironie in ihrer Stimme zu unterdrücken. Es fiel ihr schwer, ihm zu glauben. Umso mehr, da sie wusste, wo er zurzeit hauste. In einer Pension in Norrtälje, die sicher recht schäbig und einfach war. Direkt an einer Hauptverkehrsstraße mit hohem Verkehrsaufkommen.

Magnus liebte die Natur, die Stille. Und die Bequemlichkeit. Er hatte das Leben bei ihr genossen, und sie hatte sich immer alle Mühe gegeben, ihn zu verwöhnen. Sie hatte für ihn gekocht, hatte alle im Haus anfallenden Arbeiten allein erledigt und war eigentlich selber schuld, dass er sich im Laufe der Jahre immer mehr zu einem Pascha entwickelt hatte. Der zudem auch noch auf ihre Kosten lebte.

Sie hatte die Einnahmen des Flugbetriebs mit ihm geteilt, ihn als gleichberechtigten Partner gesehen. Nur gut, dass sie ihm nicht auch noch die Hälfte des Betriebes überschrieben hatte.

In letzter Zeit hatte er ein paar Mal erwähnt, dass es doch eigentlich fair wäre ...

Fair!

Den gallenbitteren Geschmack in ihrer Kehle wurde sie nicht los.

»Lara, ich bitte dich, ich flehe dich an ...«

»Hör auf, Magnus«, sagte sie müde.

»Ich liebe dich!«

»Das sagtest du bereits. Nach allem, was passiert ist, fällt es mir schwer, das zu glauben.«

»Dann gib mir die Gelegenheit, es dir zu beweisen.«

»Akzeptier doch bitte, dass ich im Moment dazu nicht bereit bin.« Sie erschrak selbst über den harten, unversöhnlichen Klang ihrer Stimme, der ihn einzuschüchtern schien.

»Okay, ich lass dich erst einmal in Ruhe. Aber da ist noch etwas ... Ich wollte dich fragen ... Das heißt, ich wollte dich bitten ...« Er geriet ins Stammeln, wusste offensichtlich nicht, wie er formulieren sollte, was er von ihr wollte.

Lara wusste genau, was ihm fehlte. »Du brauchst Geld?«

»Ja.« Seine Stimme klang erleichtert, weil sie es ausgesprochen hatte.

»Magnus, ich habe dir das Gehalt für drei Monate überwiesen. Also genau die Summe, die dir nach der Kündigung zustand. Du kannst das ganze Geld doch nicht schon ausgegeben haben!«

»Weißt du eigentlich, wie teuer es ist, in der Stadt zu leben? Die Pension, das Essen in Restaurants, weil ich hier ja nicht kochen kann ...«

»... deine Geliebte«, fiel Lara ihm spöttisch ins Wort.

»Ich habe Kristina nicht mehr gesehen«, behauptete er und gab sich alle Mühe, empört zu klingen, dass sie ihm so etwas unterstellte.

»Kristina heißt sie also«, murmelte Lara. Das war mehr, als sie wissen wollte. Nun bekam das Gesicht, das sie immer noch vor Augen hatte, schweißüberströmt, in ekstatischer Umarmung mit

Magnus und später höhnisch grinsend, als Lara sie aus dem Haus warf, auch noch einen Namen.

»Es ist vorbei, und es wird nie wieder passieren.«

»Mach's gut, Magnus«, sagte sie erschöpft und vernahm noch seinen empörten Ausruf, bevor sie den Anruf beendete. Sekunden später klingelte das Telefon erneut.

Lara warf nur einen kurzen Blick auf das Display und ließ es klingeln ...

– 38 –

Das Gespräch mit Erik hatte ihn ziemlich aufgewühlt.

Wieder machte Lars sich Gedanken darüber, was ihn eigentlich nach Hause getrieben hatte. Neugier? Sehnsucht? Vielleicht sogar nach Linn?

In den vergangenen fünf Jahren hatte er sich keine Gedanken darüber gemacht, wie er sich sein Leben, seine Zukunft vorstellte. Er hatte sich einfach treiben lassen. Sobald sich eine Gelegenheit ergab, die ihn reizte, hatte er sie ergriffen.

Jetzt reizte ihn plötzlich Eriks Vorschlag, mit ihm zusammen die Firma zu leiten, sehr sogar, was ihn selbst überraschte. Außerdem gefiel es ihm, hier zu sein. Zu Hause. Mehr, als er je gedacht hätte. Wenn da nur nicht die Sache zwischen seinem Bruder und Linn wäre.

Wenn er sich entschied, hierzubleiben, würde er die beiden immer wieder zusammen sehen müssen, und Lars hatte keine Ahnung, ob er sich damit abfinden konnte, wenn sie in absehbarer Zeit verheiratet waren.

Er war froh, dass er für morgen den Flug gebucht hatte. Er hätte auch mit dem Boot fahren können, Erik hätte es ihm bestimmt überlassen, aber er wollte gerne unabhängig von ihm sein. Er freute sich auf ein paar Tage auf Drömsö weit draußen in den Schären. Es würde einsam sein, denn die Insel war nicht bewohnt, sie gehörte der Familie Torberg, und darauf befand sich außer wilder Natur nicht mehr als eine Blockhütte. Natürlich von den Torbergs selbst erbaut.

Die Hütte war recht geräumig, aber sehr spartanisch eingerichtet. Zurück zur Natur, zum einfachen Leben, das war seinen Eltern damals wichtig gewesen, und dieser Leitsatz hatte sich ihm eingeprägt. Lars freute sich darauf, angeln zu gehen, mit niemandem reden zu müssen und hoffentlich einen klaren Kopf zu bekommen. Er wollte in Ruhe über alles nachdenken – vielleicht auch Erinnerungen auffrischen? Mit Erinnerungen abschließen?

Dabei ging es ihm nicht um Erinnerungen an seine Kindheit. Auch nicht allein um die, die er mit Drömsö verband. An fröhliche Sommer mit den Eltern, dem Bruder und anderen Familienmitgliedern, die aus allen Teilen Schwedens angereist waren, um dort mit ihnen die Ferien zu verbringen. Zusammen mit Cousins und Cousinen waren Erik und er über Drömsö gestromert. Mal als Abenteurer, dann wieder als Indianer und Cowboys. Sie hatten sich versteckt, Geheimbünde gegründet, waren Schiffbrüchige auf einer einsamen Insel gewesen.

Nein, es waren vor allem die Erinnerungen an die Zeit, die er mit Linn dort verbracht hatte, die er verarbeiten wollte. Es war eine Zeit voller Zärtlichkeit gewesen. Ein Spätsommer, in dem sie zum ersten Mal alle Möglichkeiten der Liebe entdeckt und ausgekostet hatten.

Die Sehnsucht nach Linn wurde so stark, dass er sie unbedingt sehen musste. Vorsichtig klopfte er an ihre Zimmertür und öffnete sie, als er von drinnen die schwache Aufforderung zum Eintreten vernahm.

»Störe ich?«, fragte er.

Linn sagte nichts, aber ihr Blick wirkte wenig einladend.

»Also, ich dachte, ich schaue mal, wie es dir geht und ob ich etwas für dich tun kann«, sagte er verunsichert.

»Mama und Erik sorgen schon gut für mich.« Ihre Stimme war ebenso abweisend wie ihr Blick.

»Ja, ich weiß«, sagte er. »Aber vielleicht willst du einfach nur ein wenig Gesellschaft haben. Ich könnte dir ein bisschen was von meinen Reisen erzählen.«

Ihre Brauen zogen sich finster zusammen. »Es wäre mir lieber, wenn du gehst.«

»Linn, ich ...«

»Bitte, Lars«, unterbrach sie ihn. »Mir geht es so schon nicht gut, und dein Auftauchen macht es für mich nicht leichter.«

»Das tut mir leid«, sagte er. Er fühlte sich hilflos. »Ich hatte gehofft, du freust dich über mein Kommen.«

»Da hast du dich eben getäuscht«, sagte sie bissig.

Lars wandte sich frustriert um, drehte sich in der Tür aber noch einmal um.

Linn schaute ihm nach, aber ihr Blick war so unversöhnlich, dass er nichts mehr sagte. Er verließ das Zimmer und wusste, dass alles, was ihn und Linn einmal verbunden hatte, unwiderruflich vorbei war.

– 39 –

Linn wahrte mit Mühe die Fassung, bis er die Tür hinter sich geschlossen hatte. Keinen Moment zu früh. Die Tränen strömten aus ihren Augen, ohne dass sie etwas dagegen tun konnte.

Sie hatte in den letzten Stunden Zeit genug gehabt, über alles nachzudenken. Zu viel Zeit eigentlich, sie hatte gegrübelt, bis sie Kopfschmerzen bekam, und auch danach nicht aufhören können.

Fünf Jahre waren eine lange Zeit, doch immer wenn sie Lars sah, kam es ihr vor, als wäre es erst gestern gewesen, dass er mit seinem spitzbübischen Lächeln, dem ewig verstrubbelten Haar und dem Charme des kleinen Jungen, dem sie nie böse sein konnte, vor ihr gestanden hatte. Immer wenn sie auf ihn sauer gewesen war, hatte er sie einfach in den Arm genommen und geküsst, bis sie wieder lachte und ihren Ärger vergaß.

Fünf Jahre konnte er nicht einfach wegküssen. Okay, er hatte es auch nicht versucht, aber wenn, dann würde sie es nicht zulassen.

Wirklich nicht?

Als die Tür nun wieder geöffnet wurde, wischte Linn sich erschrocken die Tränen aus den Augen. Trotzdem sah ihre Mutter ihr sofort an, dass etwas nicht stimmte.

»Was ist los?«, fragte Edda stirnrunzelnd.

»Musst du einfach so hier reinstürmen?«, fuhr Linn sie an. Sie fühlte sich ertappt. Ganz abgesehen davon wollte sie auf die Frage nicht antworten ... Konnte nicht antworten ...

»Entschuldige bitte, dass ich mir Sorgen um dich gemacht habe«, erwiderte Edda spitz.

»Mir geht es gut«, behauptete Linn, obwohl sie genau wusste, dass ihr das Gegenteil anzusehen war.

»Und was wollte Lars von dir?«, wollte Edda aufgebracht wissen.

Ihre Mutter hatte ihn also aus ihrem Zimmer kommen sehen! Linn holte tief Luft. »Er wollte nur wissen, wie es mir geht.« Obwohl sie die Wahrheit sagte, klang es wie ein Lüge. Kein Wunder, dass ihre Mutter ihr ganz offensichtlich nicht glaubte.

»Und nur weil er wissen wollte, wie es dir geht, weinst du?«

»Bitte, Mama, lass mich doch jetzt einfach mal zur Ruhe kommen. Im Moment ist sowieso alles kompliziert genug.«

»Es wird Zeit, dass ihr endlich heiratet, Erik und du«, stieß ihre Mutter hervor. »Damit hier alles wieder normal wird.«

»Ja.« Linn nickte gehorsam, weil sie wusste, dass sie ihre Mutter damit am besten zum Schweigen brachte. Sollte Edda doch glauben, dass sie selbst den Tag der Hochzeit herbeisehnte. Ob ihre Mutter wirklich daran glaubte, dass sich mit einer Hochzeit alles wieder einrenkte?

Aber vielleicht hat sie ja auch recht, dachte Linn. Vielleicht wird wirklich alles gut, wenn ich endlich mit Erik verheiratet bin.

Und was ist, wenn Lars hierbleibt?, flüsterte ihr eine kleine, gehässige Stimme zu. *Was ist, wenn du erst einmal mit Erik verheiratet bist und Lars jeden Tag begegnen musst? Wenn er in diesem Haus hier lebt, das ja auch sein Elternhaus ist und ihm zur Hälfte gehört?*

Was ist, wenn er hierbleibt und irgendwann eine andere Frau kennenlernt?

Linn schüttelte die Gedanken ab. »Ich bin müde, ich will schlafen«, sagte sie matt. Sie fühlte sich in der Tat erschöpft.

Edda sah aus, als wollte sie noch etwas sagen, doch dann nickte sie und verließ zu Linns Erleichterung endlich das Zimmer.

Linn verkroch sich in ihrem Bett, zog die Decke über die

Ohren, um die kleine, gehässige Stimme nicht mehr hören zu müssen. Aber sie war da, tief in ihrem Inneren, und schürte weitere Zweifel an allem, was ihr bisher richtig und gut erschienen war.

– 40 –

Lars stand schon am Steg, als Hellen das Flugzeug vor Hardingsholm wasserte und neben ihm auslaufen ließ. Er wartete erst gar nicht, bis sie ausstieg, sondern öffnete die Tür, warf seinen Rucksack nach hinten und setzte sich auf den Sitz neben sie.

»Hej, Hellen!« Unternehmungslustig grinste er sie an. »Es kann losgehen.«

»Hej«, grüßte Hellen zurück.

»Schön, dass du pünktlich bist«, freute er sich, »und dass es überhaupt geklappt hat.«

»Du hättest auch mit dem Boot fahren können«, erwiderte sie trocken. »Das wäre jedenfalls bedeutend preiswerter gewesen.«

»Mit dir ist es netter.« Er grinste sie von der Seite an. »Ich will mich selbst der Möglichkeit berauben, die Insel vorzeitig zu verlassen, wenn es mir dort zu einsam wird.« Er sagte es mit heiterer, lockerer Stimme, aber Hellen spürte, dass dahinter mehr als nur ein Fünkchen Wahrheit steckte.

»Du hast doch dein Handy dabei«, sagte sie leicht ironisch. »So ganz aus der Welt bist du also nicht.«

»Nein, das habe ich nicht mit«, sagte er und lachte laut. »Ich will ein paar Tage völlig ungestört und deshalb auch unerreichbar sein.«

»Und was machst du, wenn dir etwas passiert oder wenn du plötzlich krank wirst? Lara hat mir erzählt, dass Drömsö unbewohnt ist.«

»Was soll mir da schon passieren?«, gab er leichthin zurück.

»Das ist eine kleine, schwedische Insel, und die einzigen blutrünstigen Viecher dort dürften Mücken sein.«

»Du könntest hinfallen und dir etwas brechen. Oder plötzlich Fieber bekommen.«

»Oder der Hecht, den ich dort angeln werde, beißt mir einen Finger ab«, fiel er sichtlich belustigt ein. »Glaub mir, Hellen, ich habe weitaus gefährlichere Orte besucht, völlig ohne Handyempfang, als diese Schäreninsel. Aber nett, dass du dir Sorgen um mich machst.«

»Mache ich nicht.« Sie lächelte und warf ihm einen kurzen Blick zu, bevor sie den Motor anwarf und das Flugzeug in Startposition brachte. Die Gischt unter den Kufen spritzte auf, dann kam der Moment, in dem das Flugzeug abhob. Diese Sekunde, die sie so liebte, in der es ihr immer wieder so vorkam, als versuche das Wasser mit aller Macht, die Maschine festzuhalten, sie dann schließlich losließ und das Flugzeug plötzlich völlig schwerelos schien, während unter ihr alles kleiner wurde.

»Es kommt einem so vor, als würden nicht nur die Häuser, Bäume und alles andere da unten kleiner, sondern auch die eigenen Probleme«, hörte sie Lars neben sich sagen. Er klang nicht mehr amüsiert, sondern sehr nachdenklich.

Hatte er Probleme? Es klang fast so. Hellen traute sich nicht, zu fragen, dazu kannten sie sich nicht gut genug. Sie schwieg, und als er nicht weitersprach, wechselte sie das Thema.

»Erzähl mir von Drömsö«, bat sie.

Als Lars ihr erklärte, dass die Insel im Besitz der Familie sei und er dort früher immer seine Ferien verbracht hatte, schwang etwas in seiner Stimme mit, das Hellen fast wie Wehmut vorkam. Sie ahnte, dass die Insel Lars viel bedeutete.

Schon bald konnte Hellen wieder zur Landung ansetzen. Hier gab es keinen Steg, dafür aber einen sandigen Strandabschnitt, an den Hellen allerdings nicht nah herankonnte. Lars würde zweifelsohne nasse Füße bekommen. Das schien ihm aber nichts auszumachen, er zog sich kurzerhand die Schuhe aus, nachdem die Maschine zum Stehen gekommen war.

»Wieso bleibst du nicht noch ein bisschen hier?«, fragte er und warf ihr einen schelmischen Blick zu, während er seine Jeans hochkrempelte.

»Ich bin nur das Taxi«, sagte Hellen lachend. »Ich bin nicht zu meinem Vergnügen hier.« Obwohl sie sich eingestehen musste, dass es durchaus ein Vergnügen war, mit Lars zusammen zu sein. Er war amüsant und brachte sie zum Lachen. Er war der Typ Mensch, mit dem sie es wahrscheinlich gut längere Zeit aushalten konnte, auch auf einer einsamen Insel. Er war ihr bereits nach kurzer Zeit vertraut wie ein guter Freund. Nicht weniger und vor allem nicht mehr. Da war nichts, was ihren Seelenfrieden in Gefahr bringen konnte, und gerade das empfand sie in seiner Gegenwart als beruhigend angenehm.

»Schade«, sagte Lars und grinste jetzt ganz besonders frech. »Ich bin sicher, es würde dir hier gefallen. Besonders die Nächte sind hier sehr schön«, sagte er anzüglich.

»Sag mal, flirtest du mit mir?«

»Ich?«, fragte er im Brustton der Empörung zurück. »Niemals! Obwohl ...« Er schaute sie an, ließ seinen Blick langsam an ihr hinuntergleiten, und Hellen bemerkte erstaunt, dass sie sich nicht belästigt fühlte, obwohl immer noch die Anzüglichkeit in seiner Stimme und auch in seinen Augen lag. Weil sie nicht nur spürte, sondern wusste, dass er es nicht ernst meinte und sie nur aufziehen wollte.

»Ein Mann und eine schöne Frau in der Wildnis«, fuhr er fort. »Ich könnte mir durchaus schlimmere Situationen vorstellen.«

»Dieser besagte Mann wird in ein paar Minuten ganz allein in der Wildnis sein«, gab sie trocken zurück. »Genau so, wie er es geplant hat.«

»Was meine Planung betrifft, bin ich eigentlich ziemlich flexibel.« Lars' Augen strahlten sie an, um seine Mundwinkel zuckte es verdächtig.

Hellen schüttelte den Kopf. »Ich aber nicht«, gab sie ebenso lächelnd zurück.

»Du bist vergeben?« Er stöhnte laut auf. »Immer bin ich es, der so ein Pech hat. Aber gut, das muss ich wohl so akzeptieren. Ich hoffe, der Glückliche weiß, was er an dir hat.«

»Das lass mal meine Sorgen sein.« Hellen war mit einem Mal gar nicht mehr so amüsiert. Sie wusste selbst nicht, warum es sie störte, an Torsten erinnert zu werden. Seit sie bei Lara war, war er so weit weg von ihr, als lebten sie auf unterschiedlichen Planeten. Oder war das vorher schon so gewesen, und sie hatte es nur nicht bemerkt?

»Soll ich dich eigentlich auch wieder abholen?«, fragte sie.

»In vier Tagen.« Er nickte und öffnete die Tür auf seiner Seite, kletterte auf die Kufen und stieg vorsichtig hinunter ins Wasser, das ihm bis über die Knie reichte – höher, als er seine engen Jeans hatte krempeln können. Aber das schien ihn nicht zu stören.

Hellen reichte ihm den Rucksack aus der offenen Tür. »Ich bin dann am Donnerstag wieder da. Gleiche Zeit wie heute?«

Lars warf sich den Rucksack über die Schulter und zeigte den gestreckten Daumen als Zeichen seines Einverständnisses. Dann marschierte er los in Richtung Strand. Erst als er aus dem Wasser stieg, startete Hellen das Flugzeug, zog über das Wasser, hob ab und flog einen Bogen. Sie sah ihn unten am Strand stehen und zu ihr aufblicken. Er winkte, und wirkte dabei sehr einsam. Dann wandte sie den Blick ab und flog zurück Richtung Zivilisation.

– 41 –

Linn schleppte sich schließlich doch nach draußen, getrieben von dem dringenden Bedürfnis, das Bett zu verlassen. Sie war noch sehr schwach und ließ sich schwer auf eine der Liegen auf der Terrasse fallen. Eines der Hausmädchen brachte ihr auf ihre Bitte hin ein Kissen und eine Decke.

Linn verachtete sich selbst wegen ihrer Schwäche. Nichts brachte sie gerade auf die Reihe! Eine geplatzte Hochzeit, ein chaotisches Gefühlsleben, und zu allem Überfluss gelang es ihr noch nicht einmal, die Gedanken in ihrem Kopf richtig zu ordnen, weil ihr dummes Herz ihr bei allem, was gut und vernünftig war, einen Strich durch die Rechnung machte. Weil es im falschen Moment unverhältnismäßig schnell schlug und dann, wenn es ihren Pulsschlag ein wenig beschleunigen dürfte, einfach in gemäßigtem Tempo und völlig unaufgeregt weiterschlug. So wie jetzt, als Erik die Stufen zur Terrasse heraufkam, in der Hand einen riesigen Blumenstrauß.

»Hej, Schatz, wie geht es dir?«, fragte er ernst. Er beugte sich über sie, küsste sie sanft auf den Mund und schaute ihr danach prüfend ins Gesicht. »Auf jeden Fall siehst du schon viel besser aus.«

Linn horchte in sich hinein. Sie verspürte kein Kribbeln, und auch ihren Herzschlag konnte sie kaum spüren, so normal war er, und wenn sie jetzt stehen würde, hätte sie höchstens wegen der ausgestandenen Krankheit noch weiche Knie.

Sie strich mit einem Finger sanft über eine der Blüten in dem Strauß. »Wie schön! Vielen Dank.«

Erik holte eine Vase aus dem Haus und stellte den Strauß hinein.

»Es tut mir leid, dass ich alles durcheinandergebracht habe«, sagte Linn schuldbewusst. »Ich hätte mich einfach zusammenreißen sollen. Wenigstens für eine halbe Stunde. Pfarrer Munthe hätte uns ja auch schnell und ohne große Zeremonie trauen können.«

All die Gedanken, die durch ihren Kopf kreisten, dieses komische Gefühl im Bauch, das immer entstand, sobald sie Lars sah, wäre dann hinfällig. Hätte die Hochzeit stattgefunden, könnte sie endlich aufhören zu grübeln.

»Ohne Gäste? Ohne Fest?« Erik schaute sie ungläubig an und schüttelte den Kopf. »Das wäre schade, du hast dir doch immer eine große Hochzeit gewünscht. Wir suchen einfach einen neuen Termin, und dann feiern wir das Fest, so wie du es dir vorgestellt hast. Mach dir keine Gedanken, alles wird gut.«

Wie lieb und fürsorglich er war! Er hatte es verdient, von ganzem Herzen geliebt zu werden. Mehr jedenfalls, als sie es im Moment konnte. Aber es würde ihr wieder gelingen, wenn sie sich nur ein bisschen anstrengte.

Linn begegnete seinem Blick. Schaute er sie prüfend an? »Uns drängt doch niemand«, sagte er, ganz so, als wüsste er tatsächlich, was in ihr vorging.

Unsinn!, beruhigte Linn sich selbst. Erik konnte keine Gedanken lesen.

Aber mit der Intuition eines Liebenden wird er spüren, dass du ihm nicht das gleiche Gefühl entgegenbringst! Da war sie wieder, diese kleine, gehässige Stimme tief in ihrem Innern, die sich nicht zum Schweigen bringen ließ. Also versuchte Linn, sie zu ignorieren.

»Zum Glück haben wir wegen deiner vielen Bauvorhaben die Hochzeitsreise erst im November geplant«, sagte sie.

Erik stellte die Vase mit dem Blumenstrauß auf den kleinen Beistelltisch neben ihrer Liege und strich ihr übers Haar.

»Ich war gestern übrigens mit Lars in der Firma«, sagte er.

Lars. Ausgerechnet. Er war der letzte Mensch, über den sie jetzt reden wollte.

»Und?« Mehr als dieses eine Wort brachte sie nicht heraus. Zum Glück schien ihm das nicht aufzufallen. Sein Gesicht wirkte jetzt kummervoll.

»Ich hätte mir so gewünscht, dass er ein wenig mehr Begeisterung zeigt. Er war beeindruckt, was aus der Firma geworden ist, und ich glaube auch, dass er das ehrlich gemeint hat, aber besonderes Interesse hat er an dem Unternehmen nicht, obwohl es ihm zur Hälfte gehört.«

»Das tut mir leid für dich«, sagte Linn leise und in der Hoffnung, dass sie die Unterhaltung über Lars damit beenden konnte. »Ich weiß ja, wie sehr du dich über seine Rückkehr gefreut hast.«

Erik schüttelte langsam den Kopf. »So wie Lars sich gestern ausgedrückt hat, ist es keine Rückkehr. Es gibt offensichtlich nichts, was ihn hier halten kann.«

Es gibt nichts, was ihn hier halten kann!

Es war wie ein Schlag ins Gesicht. Schon damals hatte es nichts gegeben, was ihn hier halten konnte, und daran hatte sich offensichtlich nichts geändert.

Linn hatte nicht damit gerechnet, dass es noch einmal so wehtun konnte, und sie musste alle Kraft aufbieten, um überhaupt etwas sagen zu können.

»Ja.« Sie nickte und versuchte, ihre Stimme zu kontrollieren. »So ist Lars eben.«

»So ist er.« Erik beugte sich zu ihr hinab und gab ihr einen Kuss. »Ich muss los. Wir sehen uns später.«

Kurz darauf war sie wieder allein, und genau so fühlte sie sich auch. Nein, verbesserte sie sich in Gedanken. Einsam und sehr, sehr unglücklich.

– 42 –

Irgendwie hatte Linn sich verändert. Sie war zumindest anders als sonst. Er spürte deutlich, dass sie versuchte, ihm etwas vorzuspielen und so zu tun, als wäre alles wie immer.

Erik hatte über die Ursache für die Veränderung nachgedacht, war aber zu keiner eindeutigen Erklärung gelangt. Lag es an ihrer Krankheit oder an den unglücklichen Umständen?

Oder machte ihr in der Tat Lars' Rückkehr zu schaffen oder vielmehr die Erinnerung an die glückliche Zeit mit ihm?

Erik hatte keine Ahnung. Zu guter Letzt fragte er sich sogar, ob es vielleicht nur an ihm lag, und gar nicht an Linn. Konnte es sein, dass er es war, der seine Umgebung plötzlich anders wahrnahm?

Auch bei ihm hatte sich etwas verändert, und das hing nicht nur mit der Rückkehr seines Bruders zusammen. Seit er Hellen das erste Mal gesehen hatte, vom Boot aus, wie sie auf dem Steg stand und seinen Blick erwiderte, seitdem war etwas anders. War alles anders ...

Das Klingeln seines Handys riss ihn aus seinen Gedanken. Am anderen Ende ertönte Kalles aufgeregte Stimme.

»Hej, Kalle, was ist denn? Ich bin gerade auf dem Weg zu Paul Warborg.«

»Erik, du musst sofort kommen«, hörte er seinen Freund nervös ausrufen.

»Was ist denn passiert?« Erik war beunruhigt. Kalle klang sehr aufgeregt, was ungewöhnlich war. Normalerweise blieb der Freund selbst in kniffligen Situationen ruhig, und das war einer der Punkte, die ihn für die Stelle als Vorarbeiter qualifizierten.

»Ich bin auf Nils' Baustelle. Wir haben die Polizei hier. Du musst herkommen. Sofort!«, rief Kalle drängend aus.

»Kalle, kannst du mir nicht einfach sagen, worum es geht?«

»Das weiß ich doch selbst nicht genau, aber die haben hier sämtliche Bauarbeiten gestoppt und wollen mit dir sprechen.«

Die Gedanken rasten in Eriks Kopf. Er verstand nicht, was die Polizei von ihm wollte, sicher war nur, dass die Situation ernst war. »Okay, Kalle«, sagte er. »Ich drehe sofort um, in spätestens einer halben Stunde bin ich da.«

Hätte Kalle ihn ein paar Minuten früher angerufen, wäre er mit dem Boot gefahren. Aber wenn er jetzt erst wieder nach Hause fuhr, um vom Wagen ins Boot umzusteigen, dauerte das länger, als wenn er sofort wendete und direkt nach Norrtälje fuhr.

Unterwegs telefonierte er mit Paul Warborg und sagte das Treffen ab.

»Schade«, sagte Paul. »Ich habe den Termin extra für dich freigehalten und dafür einen anderen Kunden vertröstet.«

Typisch Paul, spielte sich auf wie immer. Erik blieb trotzdem freundlich.

»Tut mir ehrlich leid, aber ich muss dringend zur Baustelle. Da gibt es offensichtlich Probleme.«

»Hoffentlich nichts Ernstes«, sagte Paul, aber Erik konnte das Lächeln in seiner Stimme förmlich hören.

»Davon gehe ich aus«, sagte er betont gelassen. Erik erwähnte die Polizei nicht – Paul war nicht nur ein Angeber, er zeigte auch gerne unverhohlen seine Schadenfreude, wenn andere Unternehmen in Schwierigkeiten gerieten. Und münzte deren Schaden in seinen Gewinn um, schließlich hatte er seine Firma in den letzten Jahren deutlich vergrößert, indem er überraschend insolvente Firmen aufgekauft hatte.

»Halt mich auf dem Laufenden«, sagte Paul, als Erik sich von ihm verabschieden wollte.

»Mach ich«, sagte Erik, obwohl er das keinesfalls vorhatte.

Er trat das Gaspedal noch ein wenig tiefer durch und erreichte nach einer gefühlten Ewigkeit endlich die Baustelle.

Das Gelände war abgesperrt, drei Polizeiwagen standen vor der Zufahrt zu dem Bau. Erik parkte den Wagen davor und bemerkte bei einem der Holzstapel erstaunt einen Beamten, der dort etwas abzuschaben schien, das er in kleine Plastikbeutel füllte.

Was tat er da nur? Erik sah sich nach Kalle um und entdeckte ihn etwas abseits zusammen mit einem Bauarbeiter und Nils, der in Kürze in das Haus einziehen würde. Erik seufzte. Ausgerechnet heute war Nils offensichtlich auf die Idee gekommen, sich vom Fortschritt der Arbeiten zu überzeugen, und in das hier, was immer es war, hineingeraten.

Nun, er würde Nils schon beruhigen können, sie kannten sich schließlich schon seit vielen Jahren. Kalle hingegen war offensichtlich sehr aufgeregt. Er diskutierte heftig mit einem Mann in einem hellen Trenchcoat.

»Die Vorderfront muss aber noch abgedeckt werden, damit es nicht reinregnen kann«, hörte Erik ihn jetzt sagen.

Der Mann schüttelte den Kopf und sagte etwas, was Erik nicht verstehen konnte. Er trat näher und stellte sich vor.

»Hej, ich bin Erik Torberg. Was ist hier eigentlich los?«

»Hauptkommissar Bengt Stenlund«, schnarrte der Mann im hellen Trenchcoat. Mit seinem akkuraten Haarschnitt, den schmalen, zusammengepressten Lippen und seiner Körperhaltung entsprach er genau dem Typ Fernsehkommissar, schoss es Erik durch den Kopf.

Stenlunds Hände schienen in seinen Manteltaschen festgeklebt zu sein, er nahm sie nicht einmal zur Begrüßung heraus.

»Gegen Sie liegt eine Anzeige vor«, klärte der Kommissar ihn auf. »Angeblich verarbeiten Sie Holz, das mit verbotenen Holzschutzmitteln behandelt wurde.«

»Wie bitte?«, fuhr Erik auf. »Wer erzählt denn solchen Blödsinn?« Er warf Kalle einen fragenden Blick zu, der aber zuckte nur mit den Schultern.

»Ich kann nur hoffen, das es sich um einen Irrtum handelt«, mischte sich Nils erbost ein. »Wir wollen Anfang des kommenden Monats einziehen.«

»Natürlich ist das ein Irrtum.« Erik warf ihm einen langen Blick zu. »Du kennst mich, Nils. Du solltest wissen, dass ich größten Wert auf natürliche Baumaterialien lege. Wir verwenden keine verbotenen Stoffe zur Holzbehandlung.« Er wandte sich wieder dem Kommissar zu. »Von wem stammt diese Anzeige?«

»Tut mir leid, darüber kann ich Ihnen keine Auskunft erteilen. Wir sind erst einmal hier, um zu überprüfen, ob die Vorwürfe der Wahrheit entsprechen. Dazu nehmen wir Proben des Holzes und lassen sie untersuchen. Bis die Ergebnisse vorliegen, sind die Arbeiten hier einzustellen. Das gilt übrigens für Ihre gesamte Firma. Alle Arbeiten sind einzustellen, kein Stück Holz wird die Firma verlassen, geschweige denn verarbeitet.«

»Das geht nicht.« Erik schüttelte entsetzt den Kopf. »Wir haben Liefertermine. Unsere Kunden können Schadenersatz verlangen, wenn wir nicht termingerecht fertig werden.«

»Genau«, nickte Nils zu Eriks Entsetzen. »Wir haben Verträge unterzeichnet und wollen rechtzeitig einziehen.«

Der Kommissar ignorierte Nils' Bemerkung und wandte sich ausschließlich an Erik. »Sie verstehen offensichtlich den Ernst der Lage nicht. Sollte sich herausstellen, dass Sie wirklich verseuchtes Holz verarbeiten, zieht das nicht nur ein Strafverfahren wegen des Einsatzes schwer gesundheitsgefährdender Substanzen nach sich. Ihr Unternehmen würde in diesem Fall auch geschlossen.«

Schwer gesundheitsgefährdende Substanzen! Strafverfahren! Unternehmen geschlossen!

Erik sah die Konsequenzen bildlich vor sich. Nein, das konnte doch nicht wahr sein! Hier musste es sich doch um ein Missverständnis handeln, eine andere Möglichkeit gab es nicht. Erik spürte, wie Wut in ihm wuchs. Er hatte noch nie giftige Materialien verarbeitet und würde es auch niemals tun. Das Holz auf dem Hof war in Ordnung, daran gab es keinen Zweifel. Was bildete dieser Kommissar sich ein, ihn hier zu verleumden?

»So läuft das nicht«, sagte er scharf. »Ich schalte meinen Anwalt ein. Sie hören von mir.«

Diesmal nahm der Kommissar seine Hände aus der Tasche und hob sie, als wolle er andeuten, dass ihn das nicht besonders interessiere.

Nein, erledige du bloß deinen Job, dachte Erik, und kümmere dich nicht um die Konsequenzen. Wenn dabei Existenzen auf der Strecke bleiben, ist das ja nicht deine Schuld. Er verkniff sich eine Antwort.

Kommissar Stenlund erkundigte sich bei seinen Mitarbeitern, ob sie mit der Entnahme der Proben fertig waren. Er erhielt eine zustimmende Antwort und setzte sich daraufhin grußlos in Richtung der Polizeiautos in Bewegung. Erik widerstand dem Impuls, ihm eine Bemerkung hinterherzurufen, und wandte sich stattdessen erst einmal an Nils. Vorrangig musste er seinen Kunden beruhigen, danach konnte er sich um alles andere kümmern.

»Fahr nach Hause, Nils«, sagte er so ruhig wie möglich. »Hier können wir im Moment nichts mehr machen.«

»Fahr nach Hause ... fahr nach Hause«, echote Nils aufgeregt. »Mann, du hast gut reden. Ich habe unsere Wohnung in Norrtälje schon gekündigt, und der Eigentümer hat sie weitervermietet. Wenn wir hier nicht rechtzeitig einziehen können, stehe ich mit meiner Familie auf der Straße.«

»Du wirst nicht auf der Straße stehen«, sagte Erik mit fester Stimme. »Ich gebe dir mein Wort. Und jetzt fahr.«

Nils wirkte nicht restlos überzeugt, nickte aber und machte sich zu Eriks Erleichterung wirklich auf den Heimweg.

Erik wartete, bis Nils außer Hörweite war, bevor er sich an Kalle wandte: »Wer macht so etwas? Wer zeigt uns fälschlicherweise an?«

Kalle zuckte mit den Schultern. »Was machen wir denn jetzt?«

Erik schüttelte den Kopf. Er war fassungslos und fühlte sich so unendlich hilflos.

Kalle klopfte ihm auf die Schulter. »Komm, wir fahren erst einmal zurück zur Firma. Du rufst deinen Anwalt an, und dann sehen wir weiter«, sagte er leise.

Genau, er hatte seinen Anwalt anrufen wollen. Erik war froh, dass Kalle an seiner Seite war. »Ich bin froh, dass du da bist«, sagte er dankbar.

Eigentlich war es doch Lars, der jetzt hier sein und als zweiter Inhaber die Situation mit ihm durchstehen müsste. Erik verspürte einen Stich und ging mit großen Schritten in Richtung Auto.

– 43 –

Das Zimmer roch nach ihm. Nach diesem sanftherben Aftershave, das er früher schon immer benutzt hatte.

Linn hatte es auf der Terrasse nicht mehr ausgehalten. Je besser es ihr ging, umso mehr langweilte sie sich, und Herumliegen war noch nie ihre Stärke gewesen. Außerdem war sie, wie sie sich eingestehen musste, auf der Flucht vor ihren nimmermüden Gedanken.

Linn war ganz allein im Haus. Ihre Mutter war nach Norrtälje gefahren, die Hausmädchen hatten Feierabend, und Lars, so hatte sie erfahren, hatte am Morgen mit dem Rucksack das Haus verlassen und würde erst in ein paar Tagen zurückkommen. Linn war auf der Suche nach Ablenkung eine Weile durchs Haus gestrichen und hatte der Versuchung schließlich nicht widerstehen können, Lars' Zimmer zu betreten.

Was sie hier machte, war nicht richtig. Sie hatte kein Recht, in seinen Sachen herumzuschnüffeln.

Aber eigentlich mache ich das ja auch nicht, rechtfertigte sie sich vor sich selbst. Ich will hier einfach nur …

Ja, was wollte sie hier eigentlich? Ihm nahe sein, wenn schon nicht körperlich, so doch zumindest in dem Zimmer, das er bewohnte? Hier spürte sie seine Gegenwart jedenfalls besonders stark.

Erinnerungen zulassen, die schmerzhaft schön waren?

Linn wusste nur zu gut, dass sie sich selbst quälte mit diesen Gedanken und Gefühlen, die sie so gerne verbannt hätte, weil sie nach wie vor fest entschlossen war, Erik zu heiraten.

Erik war gut für sie! Erik war treu und beständig! Erik war der Richtige ...

Warum empfand sie es dann nicht so?

Linn hob das Buch auf, das Lars auf dem Tisch unter dem Fenster abgelegt hatte. Als sie es aufschlug, fiel ein Foto heraus. Linn starrte überrascht das Abbild ihres Gesichts an. Ein glückliches Gesicht aus einer Zeit, die, so kam es ihr vor, endlos lange zurücklag. Die sie nie zurückholen konnte, ebenso wenig wie vermutlich das Glück, das sie damals empfunden hatte. Warum hatte er dieses Foto immer noch? Dieses Foto hatte ihn nun offensichtlich auf seiner Reise durch die Welt begleitet. Warum hatte er es immer noch? Was bedeutete es ihm?

Er liebt mich, schoss es ihr durch den Kopf, wahrscheinlich hat er nie aufgehört, mich zu lieben. Diese Erkenntnis traf sie mit voller Wucht und mit ihr der Schmerz, dass selbst diese Liebe nicht ausgereicht hatte, um bei ihr zu bleiben.

Er war gegangen, und, so wurde ihr jetzt schlagartig bewusst, sie hatte nie aufhören können, ihn zu lieben. Sie hatte diese Liebe in den Hintergrund drängen, aber nie versiegen lassen können, das gestand sie sich in diesem Moment ein. Das Gefühl war überwältigend und raubte ihr für einen Moment den Atem.

In diesem Moment klingelte das Handy auf dem kleinen Tisch unter dem Fenster. Wie ertappt zuckte sie zusammen. In einem unbewussten Reflex griff sie danach und nahm das Gespräch an.

»Linn?«, vernahm sie Eriks zutiefst erstaunte Stimme.

»Ja, ich ... ich ...« Sie sah sich verzweifelt um. Wie sollte sie ihm erklären, dass ausgerechnet sie Lars' Handy in der Hand hielt?

»Ich war gerade in Lars' Zimmer, als sein Handy klingelte.«

Verflixt, und womit sollte sie ihren Aufenthalt hier begründen?

»Das Fenster!«, stieß sie hervor. »Das Fenster war offen, und ich wollte es schließen.«

Sie war eine schlechte Lügnerin, und ihr Gestammel würde Erik mit Sicherheit misstrauisch machen.

»Er hat also nicht mal sein Handy mitgenommen«, hörte sie Erik sagen. »Verdammt!«

In Linns Erleichterung, dass er ihre Unruhe offensichtlich nicht bemerkt hatte, mischten sich sofort Schuldgefühle. Denn der Klang seiner Stimme verriet ihr, dass Erik sehr aufgebracht war.

»Erik, was ist los? Du klingst so nervös?« Sie versuchte, sich auf ihn zu konzentrieren.

»Es ist alles in Ordnung«, sagte er, aber Linn kannte ihn inzwischen gut genug, um zu wissen, dass das ganz und gar nicht stimmte.

»Wir haben ein kleines Problem in der Firma«, fuhr Erik fort, »und deshalb wollte ich kurz mit Lars sprechen. Die Firma gehört ihm schließlich zur Hälfte, und da könnte er sich auch einmal kümmern.«

Unterdrückter Ärger schwang in seiner Stimme mit. Linn wollte etwas sagen, aber Erik kam ihr zuvor.

»Entschuldige bitte, Linn, aber ich muss hier dringend etwas regeln. Mach dir keine Gedanken, und ruh dich schön aus.« Damit beendete er das Gespräch.

Linn legte auf und platzierte das Handy wieder auf dem Tisch. Langsam verließ sie das Zimmer. An der Tür schaute sie noch einmal zurück und konnte nicht verhindern, dass eine Träne aus ihrem Augenwinkel rollte.

Mit einer heftigen Bewegung wischte Linn sie weg. Sie hatte genug geweint. Die Vergangenheit lag hinter ihr, und jetzt wurde es Zeit, endlich in die Zukunft zu schauen. Dieses Gefühl tief in ihr, ihre Liebe zu Lars, die konnte sie nicht verdrängen, würde sie vermutlich nie verdrängen können. Aber sie konnte und wollte nicht zulassen, dass sie damit den Menschen verletzte, der in den letzten Jahren für sie da gewesen war: Erik.

Linn nickte entschlossen. Erik war jetzt der Mann an ihrer Seite. Sie konzentrierte ihre Gedanken auf den Mann, den sie heiraten würde, immer noch, und plötzlich wurde ihr klar, dass er in Schwierigkeiten war. Mit Erik oder vielmehr mit der Firma stimmte etwas nicht. Er hatte von einem kleinen Problem gesprochen, aber allein die Tatsache, dass er es erwähnte, war ungewöhnlich. Außerdem hatte seine Stimme eine andere Sprache gesprochen.

Mit einem Ruck schloss Linn die Tür hinter sich. Fest entschlossen, nie wieder zurückzublicken. Erik brauchte sie jetzt, nur das zählte.

– 44 –

Erik hatte das Gespräch kaum beendet, als seine Sekretärin zu ihm ins Büro trat.

»Rechtsanwalt Martens ist mit seiner Familie in Urlaub gefahren. Das Anwaltsbüro ist zurzeit nicht besetzt, da läuft nur der Anrufbeantworter.«

»Klasse!«, stieß Erik hervor. Er hörte selbst, wie zynisch seine Stimme klang. Es war, als hätte sich alles gegen ihn verschworen.

»Und jetzt?« Kalle, der durch das Fenster beobachtete, wie die Arbeiter Feierabend machten und ihren Zwangsurlaub antraten, drehte sich um und trat mit besorgter Miene neben ihn.

»Warum nimmt mein Bruder sein Handy nicht mit, wenn er schon abhauen muss?« Erik war gleichermaßen wütend und verzweifelt.

Kalle zuckte mit den Schultern, seine Miene wirkte so hilflos, wie Erik sich fühlte.

»Okay«, sagte Erik gedehnt. »Wie war das mit dem Propheten, der nicht zum Berg kommen will?«

»Was hast du vor?«

»Wir brauchen dringend einen Anwalt, aber unser Firmenanwalt ist in Urlaub.« Erik verzog das Gesicht zu einem freudlosen Grinsen. »Aber wozu haben wir einen Juristen in der Familie?«

»Einen Juristen, der offensichtlich gerade nicht erreichbar ist«, erwiderte Kalle.

»Womit wir wieder beim Propheten wären ...« Erik suchte im Speicher seines Handys nach einer Nummer. »Ich weiß, wo Lars ist, und jetzt werde ich ihn persönlich dort abholen.«

– 45 –

Lara war unterwegs mit einem Kurierauftrag nach Uppsala und noch nicht zurück, als Hellen landete. Sie machte das Flugzeug fest und ging direkt zu dem kleinen Laden etwa einen halben Kilometer von Laras Haus entfernt.

Sie genoss den Spaziergang, sog tief die salzige Luft ein und ließ ihren Blick über die Umgebung streifen. Zu ihrer Rechten lag der Fjord mit glitzernden, leicht gekräuselten Wellen. Weiße Segelboote mit geblähten Segeln schienen über das Wasser zu fliegen. Der Duft nach Sommer, Sonne und Salz lag in der Luft.

Links von ihr lagen Wiesen und Felder, ganz hinten am Horizont vereinigten sich vor dem blauen Himmel dichte Wälder zu einer grünen Fläche.

Sie passierte die wenigen, einzelnen Häuser, die allesamt falunrot gestrichen waren, wie das von Lara, mit weiß abgesetzten Fensterläden und bunten Blumen in den Vorgärten.

Es war so schön hier! Hellen ertappte sich bei dem Gedanken, dass sie sich ein Leben in dieser Gegend durchaus vorstellen konnte. Sie liebte die Natur, und hier gab es wirklich alles, was sie sich nur wünschen konnte: Wasser, Wälder, eine traumhafte Landschaft, so weit das Auge reichte, und nette Menschen.

Natürlich mochte sie Stockholm. Sie hatte sich bereits als junges Mädchen gewünscht, dort zu leben. In der mondänen Hauptstadt, die niemals schlief. Stockholm mit all seinen Sehenswürdigkeiten, den vielen Events, den Wasserstraßen, die die Stadt in vierzehn Inseln teilten, war ihr schon damals als der lebenswerteste Ort der Welt erschienen. Doch jetzt hier, in Norrtälje, stellte sie fest, dass noch eine ganze Menge von dem Kind in ihr steckte, das auf dem Land aufgewachsen war. Vielleicht fühlte sie sich deshalb hier so heimisch. Außerdem war Lara da, mit der sie eine tiefe Freundschaft verband. Und Menschen, in deren Nähe sie sich wohlfühlte, waren Hellen schon immer wichtig gewesen.

Hellen hatte sich vorgenommen, Lara am Abend mit einem selbst gekochten Essen zu überraschen. Als Dank, weil sie ihr die Stelle hier angeboten hatte, und auch ein bisschen, um ihre Freundin abzulenken.

Unglücklich wirkte Lara eigentlich nicht, aber sie war anders seit dieser Nacht mit Magnus.

Hellen wusste nicht genau, wie sie den Zustand ihrer Freundin einzuordnen hatte. Lara wollte ganz offensichtlich nicht darüber reden, sie wich ihr jedes Mal aus, wenn Hellen das Gespräch auf dieses Thema lenkte. Hellen respektierte diesen Wunsch und hakte nicht weiter nach – wenn Lara darüber reden wollte, würde sie schon von sich aus auf sie zukommen.

Im Laden wurde sie schnell fündig. Gustav, der Ladenbesitzer und nebenbei ein passionierter Angler, bot ihr frische Lachsforellen an. Hellen griff zu, sie hatte ein tolles Rezept für gefüllte Lachsforellen und freute sich schon jetzt aufs Kochen. Zum Nachtisch würde sie Pfannkuchentorte mit Beeren reichen.

Hellen bezahlte ihre Einkäufe, wechselte noch ein paar nette Worte mit Gustav und machte sich dann fröhlich auf den Heimweg.

Schon von Weitem sah sie beide Flugzeuge auf dem Wasser schaukeln. Lara war also zurück. Hellen beschleunigte ihre Schritte in Richtung der weit geöffneten Terrassentür.

»Lara, ich bin wieder da«, rief sie laut. »Ich habe eingekauft und will heute Abend für uns kochen.«

»Und was wird es geben?«

Hellen zuckte erschrocken zusammen und blieb sofort stehen. Torsten trat hinter einem Baumstamm hervor und lachte sie an.

»Torsten, was machst du denn hier?«, rief sie überrascht.

»Schon mal etwas von Sehnsucht gehört?«, neckte er sie.

Hellen stellte die Einkaufstüte ins Gras, als er näher kam, und umarmte ihn. Er fühlte sich vertraut an, er roch vertraut, und trotzdem hatte Hellen plötzlich das Gefühl, einen Fremden in den Armen zu halten.

Nach einem flüchtigen Kuss, der ihn zu irritieren schien, machte sie sich wieder von ihm los.

»Du hast doch gesagt, du hättest in den nächsten vier Wochen keinen Tag frei.« Hellen war verwirrt. Sie spürte, dass sie sich nicht so freute, wie sie es eigentlich tun sollte, und versuchte, ihre Unsicherheit zu kaschieren.

»Ich hatte die Möglichkeit, den Dienst zu tauschen«, berichtete Torsten und schaute sie dabei mit einem Blick an, der ihr ein unbehagliches Gefühl verursachte. So prüfend, so anders ...

»Ich dachte, ein oder zwei Tage mit dir auf dem Land könnten ganz nett sein«, fuhr Torsten fort.

»Warum hast du vorher nicht angerufen?«, fragte Hellen und war selbst überrascht über den vorwurfsvollen Ton in ihrer Stimme.

Hätte es etwas geändert, wenn sie vorher von seinem Kommen gewusst hätte? Hellen bemerkte irritiert, dass sie vermutlich versucht hätte, ihn von seinem Vorhaben abzubringen.

»Und mich selbst um die schöne Überraschung bringen?«, durchbrach Torsten ihre Gedanken. Er schüttelte den Kopf, lächelte immer noch, aber in seinem Blick lag noch etwas anderes, schwer zu deutendes.

»Du siehst gut aus«, sagte er. »Die Rumhüpferei mit der Nuckelpinne scheint dir zu bekommen.«

»Ja.« Hellen nickte, auch wenn sie sich über seinen abwertenden Tonfall ärgerte. »Es macht Spaß mit diesen Maschinen. Da gibt es wenigstens noch was zu tun auf dem Flug. Nicht so wie bei den großen Fliegern«, konnte sie sich nicht verkneifen, »wo der Bordcomputer die meiste Arbeit erledigt.«

»Aha«, sagte Torsten vielsagend. »Heißt das, du willst nicht mehr mit den großen Maschinen fliegen?«

Hellen sagte nichts, schaute ihn nur an. Sie fühlte sich ertappt, denn auch wenn sie bisher vieles in Frage gestellt hatte, war ihr großes Berufsziel unanfechtbar gewesen.

Und jetzt? War jetzt auf einmal alles anders?

Torsten schien ihre Verunsicherung nicht zu bemerken. Er zog einen Umschlag aus der Innentasche seines Jacketts und wedelte damit vor ihrer Nase herum. »Ich habe dir deine Post mitgebracht.«

Hellen erkannte auf dem Umschlag das Logo der ScanAm und riss ihn ihm aus der Hand. Mit zitternden Fingern öffnete sie den Klebestreifen und zog den Brief heraus.

»Oh, mein Gott«, stieß sie hervor, nachdem sie ihn gelesen hatte. »Oh, mein Gott ... oh, mein Gott ...«

Sie fiel Torsten um den Hals, ließ ihn wieder los, stieß einen Jubelschrei aus und wedelte diesmal mit dem Brief vor seiner Nase herum.

»Ich habe es geschafft«, schrie sie. »Ich habe es wirklich geschafft! Ich bin Copilotin! Ich habe es wirklich geschafft!«

Hellen konnte es nicht fassen. Noch einmal überflog sie den Brief, und in diesem Augenblick war sie sich wieder ganz sicher, dass sie nichts anderes wollte, als die großen Verkehrsmaschinen zu fliegen.

»Herzlichen Glückwunsch«, sagte Torsten und schaute dabei so selbstzufrieden drein, als wäre es ganz allein sein Verdienst.

Hellen ahnte, dass er froh, vielleicht sogar erleichtert war, dass sie in absehbarer Zeit wieder zurück nach Stockholm kam.

Ob er vielleicht Angst gehabt hatte, dass sie für immer hiergeblieben wäre, wenn sie die Stelle nicht bei ScanAm bekommen hätte?

Wäre sie für immer hiergeblieben?

Hellen wollte nicht darüber nachdenken. In diesem Fall hatte das Schicksal entschieden und die Weichen gestellt.

»Ich habe noch nicht einmal Champagner, um das zu feiern«, sagte sie.

»Ich lade dich zum Essen ein«, schlug Torsten vor. »Wir suchen uns ein schickes Restaurant, und dann bekommst du Champagner bis zum Abwinken.«

»Ja, aber Lara …?« Schuldbewusst dachte Hellen an ihre Freundin. »Ich wollte heute doch für sie kochen.«

Außerdem will ich Lara nicht gerne allein lassen, fügte sie in Gedanken hinzu. Den Gedanken, dass sie ein intimes Essen in einem Luxusrestaurant zusammen mit ihm auch nicht wollte, schob sie beiseite.

»Du kannst doch auch noch für Lara kochen, wenn ich wieder weg bin«, sagte er verständnislos.

Als wäre das ihr Stichwort gewesen, kam Lara in diesem Moment aus dem Haus.

»Überraschung gelungen?«, fragte sie Hellen grinsend.

»Du hast gewusst, dass Torsten kommt?«, fragte Hellen überrascht.

»Nein, ich war auch perplex, als er plötzlich vor der Tür stand«, sagte Lara. Sie kannte Torsten von ihren Besuchen bei Hellen in Stockholm, und die beiden mochten sich.

»Ich wollte ihm nur nicht die Möglichkeit nehmen, dich zu überraschen und erst einmal ganz allein zu begrüßen«, sagte Lara.

»Ich wollte Hellen zum Essen ausführen, aber sie will dich nicht allein lassen«, sagte Torsten zu Lara.

Hellen ärgerte sich darüber. Sie hätte es Lara gerne selbst gesagt, oder noch lieber wäre es ihr gewesen, wenn die Freundin mitgekommen wäre. Natürlich blieb Lara jetzt nichts anderes übrig, als ihr zu versichern, dass sie Torstens Einladung annehmen sollte.

»Du bist noch lange genug hier, um für mich zu kochen«, sagte sie lächelnd.

»Wir haben schließlich etwas zu feiern«, griff Torsten Hellen zuvor.

»So?« Laras fragender Blick pendelte zwischen Hellen und Torsten hin und her.

»Lies!« Hellen reichte ihr den Brief von ScanAm.

»Das ist ja fantastisch«, rief Lara aus, nachdem sie den Brief überflogen hatte. Sie umarmte Hellen. »Jetzt bist du endlich da, wo du immer sein wolltest: Du fliegst große Passagiermaschinen und bist bald auf der ganzen Welt zu Hause. Ich freue mich so für dich.«

Hellen betrachtete ihre Freundin dankbar. Lara hatte recht, sie war bald da, wo sie immer sein wollte, und flog mit Passagiermaschinen durch die große, weite Welt. Zuhause würde sie da aber nicht sein. Zuhause, wo Menschen lebten, die ihr wichtig waren. Die Menschen, die sie transportierte und für deren Wohl sie verantwortlich war, waren letztendlich nichts als eine anonyme Masse. Personen, die sie nicht kannte und die sie nicht kannten.

Nachts würde sie in Hotelzimmern schlafen, tagsüber war sie mit einer ständig wechselnden Crew unterwegs. Die einzigen Konstanten in ihrem Leben würden die Wohnung in Stockholm und Torsten sein ...

Begann sie jetzt etwa doch, ihren größten Berufswunsch und ihr zukünftiges Leben in Frage zu stellen?

Hellen bekam nur am Rande mit, dass Lara einen Anruf auf

ihrem Handy erhielt. Als Lara ihr das Handy mit den Worten »Erik Torberg will dich sprechen« überreichte, schlug ihr Herz bis zum Hals. Mit dem Bewusstsein, dass nicht nur Lara, sondern vor allem Torsten sie anschauten, bemühte sie sich, so normal wie möglich auszusehen und zu sprechen, und meldete sich.

»Hej, Hellen!«

»Hej, Herr Torberg!« Sie widerstand dem Bedürfnis, ihn mit dem Vornamen anzusprechen, das erschien ihr unverfänglicher.

Andererseits, was war schon verfänglich in ihrem Umgang mit Erik Torberg? Mal abgesehen von ihrem eigenen Gefühlschaos, das ihr immer dann besonders bewusst wurde, wenn sie Erik sah oder mit ihm sprach. So wie jetzt.

Erik schien ihre förmliche Anrede nicht einmal aufzufallen. Er wirkte ungewöhnlich nervös.

»Ich muss ganz dringend meinen Bruder von Drömsö abholen. Können Sie mich hinfliegen?«

»Also, eigentlich wollte ich ...«, begann Hellen, aber Erik fiel ihr ins Wort.

»Bitte, es ist ein Notfall.«

»Vielleicht kann Lara ja ...«

Diesmal war es Lara, die sie unterbrach, indem sie mit der Hand wedelte und Hellen zuflüsterte: »Ich muss gleich noch für Iburg fliegen.«

»Okay, ich mache es«, gab Hellen nach. Sie wollte einen von Laras besten Kunden nicht vergraulen, sie wollte Erik Torberg auch nicht im Stich lassen – und sie wollte ihn wiedersehen.

»Treffen wir uns in einer halben Stunde auf Hardingsholm?«, bat Erik.

»In einer halben Stunde«, bestätigte Hellen und ignorierte Torstens ärgerliche Miene.

»Und was ist mit unserer Feier?«, beschwerte sich Torsten, nachdem sie das Gespräch beendet hatte.

»Wir können doch morgen noch feiern«, sagte Hellen beschwichtigend.

»Morgen muss ich wieder weg.«

»Dann eben ein anderes Mal. Die Feier läuft uns doch nicht weg«, sagte Hellen ruhig.

Torsten wirkte immer noch verärgert.

»Es tut mir leid«, sagte Hellen.

»Mir auch«, fiel Lara ein. »Ich hätte den Flug gerne übernommen, aber Iburg ist auch ein sehr wichtiger Kunde, den kann ich jetzt nicht hängen lassen.«

»Und bei Erik Torberg scheint es sich um einen dringenden Notfall zu handeln«, erklärte Hellen. »Er muss seinen Bruder abholen, der sich gerade auf Drömsö befindet. Er kann ihn nicht erreichen, weil der sein Handy nicht mit auf diese Insel genommen hat.«

»Gut, wenn es nicht anders geht.« Seufzend bückte sich Torsten nach der Einkaufstüte, die Hellen neben sich abgestellt hatte. »Dann fliegt ihr mal zu euren Einsatzstellen, und ich koche das Abendessen für uns drei.«

»Ich kann euch heute Abend auch allein lassen«, schlug Lara eifrig vor.

»Quatsch!« Torsten winkte ab. »Hellen hat ja recht, wir können unsere Feier zu zweit irgendwann mal nachholen. Also, fliegt los, Mädels, bis später.«

Er warf einen prüfenden Blick in die Tüte, und Hellen klärte ihn schnell darüber auf, welches Essen sie geplant hatte. Torsten war ein ausgezeichneter Koch, er würde das schon hinbekommen.

Danach eilte sie zu ihrem Flugzeug, und als sie vom Wasser abhob, kreisten ihre Gedanken bereits um ihr Ziel.

– 46 –

Auf keinen Fall wollte er Hellen Reslow warten lassen, wenn sie sich schon bereit erklärte, ihn heute noch nach Drömsö zu fliegen.

Als Erik aus dem Firmengebäude trat, hörte er Kalle Anweisungen erteilen: »Halle eins ist zu. Halle zwei und drei müssen noch geschlossen werden. Macht euch keine Sorgen, es wird schon weitergehen. Ihr kennt doch Erik, der regelt das.«

Die Männer murmelten etwas, und allen war anzusehen, dass die Umstände sie beunruhigten. Sie alle hatten Familien zu versorgen und wahrscheinlich große Angst davor, dass das Unternehmen wirklich geschlossen und sie ihre Arbeit verlieren würden.

Überall liefen uniformierte Polizisten herum. Sie achteten darauf, dass nichts vom Gelände transportiert wurde, während die Spurensicherung Proben entnahm.

»Ich bin froh, dass ich mich auf dich verlassen kann«, sagte er zu Kalle.

»Du regelst das doch wirklich?«, fragte Kalle, und Erik glaubte in den Augen des Freundes und besten Mitarbeiters große Angst zu erkennen.

»Kopf hoch, wir kriegen das schon hin.« Aufmunternd klopfte er Kalle auf die Schulter. »Du weißt doch wohl am besten, dass wir keine gesundheitsgefährdenden Substanzen verwenden. Alles wird gut.«

Kalle stieß einen tiefen Seufzer aus. »Na hoffentlich«, sagte er leise.

»Wir müssen zuversichtlich sein.« Erik lächelte, auch wenn es ihm schwerfiel. Er würde Optimismus ausstrahlen, seine Leute brauchten das – und er selber auch.

»Ich hole jetzt Lars«, sagte er und öffnete die Tür seines Wagens.

Kalle nickte, aber er wirkte sehr bedrückt und hob nur kurz die Hand, als Erik losfuhr. Zwei Polizisten, die die Zufahrt zum Firmengelände bewachten, öffneten das Tor und ließen ihn durch.

Auf Hardingsholm schlug Erik direkt den Weg zum Steg ein, aber Edda hatte ihn offensichtlich von drinnen gesehen.

»Hej, Erik«, rief sie ihm zu.

»Hej!« Erik blieb ungeduldig stehen. Er glaubte, von weitem schon den Motor des Wasserflugzeuges zu hören, das sich Hardingsholm näherte, und hatte es eilig.

»Gut, dass du kommst«, sagte Edda, als sie ihn erreicht hatte. »Ich muss unbedingt mit dir reden.«

»Ich habe keine Zeit.« Erik wollte an ihr vorbei, aber Edda hielt ihn zurück.

»Ich habe Grete in Norrtälje getroffen, und sie hat mir eine ganz unglaubliche Geschichte erzählt. Jetzt will ich von dir wissen, was wirklich passiert ist«, sagte sie fordernd.

Erik fuhr sich mit beiden Händen durch die Haare. »Bitte, Edda, ich habe gerade gar keine Zeit.«

Doch Edda ließ ihn nicht gehen. »Stimmt es wirklich, dass giftige Substanzen gefunden wurden?«

»Natürlich nicht«, fuhr Erik auf. »Es liegt eine Anzeige gegen uns vor, und das wird jetzt überprüft.«

»Und wie schlimm ist die Situation?«, wollte Edda wissen.

»Das weiß ich nicht, Edda, deshalb bin ich ja unterwegs, um Lars nach Hause zu holen. Ich bin aber zuversichtlich, dass sich die Sache bald klären wird. Mach dir also keine Sorgen.«

»Keine Sorgen? Du bist gut«, fuhr Edda auf.

Insgeheim gab Erik ihr recht. Er sagte sich selbst die ganze Zeit, dass alles nur ein Missverständnis war, aber beruhigen konnte er sich damit nicht.

Außerdem stand immer noch die Frage im Raum, wer ihn angezeigt hatte. Wer unterstellte ihm eine solche Tat? Es gab niemanden in seinem Umfeld, dem er so etwas zutrauen würde.

»Die Polizei hat deine Firma geschlossen«, fuhr Edda fort. »Es wird gemunkelt, dass du sogar verhaftet werden sollst, und dann verlangst du von mir, ich solle mir keine Sorgen machen?«

»Das sind doch alles Spekulationen. In ein paar Tagen ist die Sache vom Tisch«, erwiderte Erik und legte dabei mehr Überzeugungskraft in seine Stimme, als er tatsächlich empfand.

»Und wenn doch was an der ganzen Sache dran ist?«, murmelte Edda.

Erik runzelte ärgerlich die Stirn. »Du kannst dir also wirklich vorstellen, dass ich giftige Mittel einsetze?«

Sein Ärger schien sie zu erschrecken. »Nein, natürlich nicht«, sagte sie hastig. »Das wollte ich dir ganz bestimmt nicht unterstellen. Es geht mir vor allem um Linn. Die schwierigen Umstände mit der Hochzeit, die dann nicht einmal stattfinden konnte, die schwere Salmonellenvergiftung ...« Edda brach ab, griff nach seinen Händen. »Bitte, Erik, wir sollten ihr noch nichts davon sagen.«

»Wenn du meinst«, erwiderte er wenig überzeugt. »Ich fürchte nur, sie wird es sowieso erfahren, und dann wird sie böse sein, weil wir es ihr nicht gesagt haben.«

Nun hörte er, wie das Flugzeug auf dem Wasser landete, und eilte sich, das Gespräch zu beenden.

»Ich muss los, Edda«, sagte er drängend und entzog ihr seine Hände. »Von mir erfährt Linn jedenfalls im Moment nichts, aber ich werde sie auch nicht belügen, wenn sie mich darauf anspricht. Jetzt muss ich erst einmal Lars holen. Wir brauchen dringend einen Juristen in der Firma, und mein Anwalt macht gerade Urlaub.«

Edda nickte bedrückt, ließ ihn aber ohne ein weiteres Wort gehen.

– 47 –

Erik Torberg war nicht da, als sie die Maschine auf dem Wasser landete und neben dem Steg auslaufen ließ.

Sie wartete einen Moment, aber er kam nicht. Ungeduldig schaute sie auf ihre Uhr, und ein Blick auf das Display ihres Handys verriet ihr, dass sie während des Fluges auch keinen Anruf versäumt hatte.

Vielleicht hatten Erik und sie sich missverstanden. Möglicherweise wartete er im Haus auf sie, oder es war etwas dazwischengekommen. Sie verließ das Flugzeug und stieg die Treppe zum Bootshaus hinauf.

Als sie um das Bootshaus bog, kam er ihr entgegen. Seine Miene war sorgenvoll, er starrte vor sich auf den Boden und bemerkte sie nicht, während er mit schnellen Schritten in Richtung Steg lief. Dann hob er plötzlich den Kopf, und ein strahlendes Lächeln zog über sein Gesicht, als er sie entdeckte.

Hellen war zutiefst gerührt. Es war offensichtlich, dass Erik große Sorgen plagten, er hatte schließlich von einem Notfall gesprochen. Aber dass er so lächelte, allein bei ihrem Anblick, das berührte sie sehr.

Sofort begann ihr Herz zu pochen, hatte sie das Gefühl, dass ihre Knie weich wurden.

Hör auf damit! Es war so verrückt, das alles konnte doch einfach nicht wahr sein. Durfte doch einfach nicht sein. Sie kannte Erik kaum, und außerdem wäre er ohne diese unsägliche Salmonellenvergiftung längst verheiratet.

Zudem wartete Torsten bei Laura auf sie. Der Mann, der sie mit seiner Zukunft verband, so wie sie es umgekehrt auch tat. Getan hatte, korrigierte sie sich, denn Torsten war, seit sie Erik Torberg kannte, unendlich weit weg – und das in Bezug auf weit mehr als nur die räumliche Trennung.

»Hej, Erik«, sagte sie, bevor die Gedanken sich zu einem unentwirrbaren Knäuel verknoten konnten.

»Hej«, sagte er, immer noch lächelnd. »Ich habe mir unser Wiedersehen eigentlich anders vorgestellt.«

Hellen hielt seinem Blick stand. Sie freute sich darüber, dass er sich überhaupt ein Wiedersehen vorgestellt hatte; immerhin hatte sie selbst bei ihrem letzten Aufbruch von Hardingsholm entschieden, niemals wieder herzukommen – woran sie angesichts der verwirrenden Situation besser festgehalten hätte. Dies hier würde der letzte Auftrag sein, den sie für Torberg flog, das war besser so, für alle Beteiligten.

»Ja«, sagte sie und hörte, wie belegt ihre Stimme klang. Meine Güte, sie benahm sich ja wie ein Schulmädchen! Reiß dich zusammen, mahnte sie sich. Sie räusperte sich: »Können wir starten?«

»Ja, natürlich. Ich bin so froh, dass Sie Zeit haben«, sagte Erik.

Seine dankbare Stimme verursachte bereits erste Risse in der Mauer der geschäftsmäßigen Sachlichkeit, die sie gerade erbaute.

Hellen folgte ihm schweigend die Treppe zum Anleger herunter.

»Ich muss wirklich dringend mit Lars sprechen«, sagte er, als sie auf dem Steg standen.

Seine Stimme klang so flehend, so besorgt. Hellen hob verwundert den Blick. Er, der sonst immer souverän und abgeklärt wirkte, schien nun fast hilflos. Sie widerstand nur mit äußerster Mühe dem Drang, ihn in die Arme zu nehmen und zu trösten. »Was ist denn passiert?«, fragte sie sanft.

»Wenn ich das nur wüsste ...« Er brach ab, seufzte tief auf.

»Vielleicht ist es ja nur ein dummes Missverständnis, aber ich habe Angst, dass doch mehr dahintersteckt und sich das Ganze zu einer großen Katastrophe ausweitet, die letztendlich meine Firma in den Ruin treibt.«

Hellen verstand nicht genau, was er meinte, aber seine herabhängenden Schultern und der müde Blick sprachen Bände.

»Gegen mich liegt eine Anzeige vor, weil ich angeblich mit verbotenen Substanzen behandeltes Holz einsetze«, wurde er jetzt deutlicher.

Hellen war schockiert. »Wer behauptet denn so etwas?«

Erik zuckte mit den Schultern. »Keine Ahnung. Jemand, der ein Interesse daran hat, dass ich pleitegehe? Das, was jetzt gerade passiert, spricht sich doch in Windeseile herum. Selbst wenn wir beweisen können, dass wir unschuldig sind, wird es schwierig sein, unseren guten Ruf wiederherzustellen.«

Hellen rührte seine Sorge zutiefst, und sie widerstand mit aller Macht dem Gefühl, ihm über die Wange zu streichen. »Sie haben es im Moment wirklich nicht leicht«, sagte sie ernst. »Erst die geplatzte Hochzeit, jetzt das hier. Ich wünschte, ich könnte Ihnen irgendwie helfen.«

»Aber das machen Sie doch gerade«, sagte er leise. Ihre Blicke verfingen sich ineinander, sie spürte seine Gegenwart mit all ihren Sinnen.

»Ja«, sagte sie ebenso leise.

Es dauerte eine ganze Weile, bis es ihr gelang, den Blick von ihm zu lösen. Dann wandte sie sich entschlossen ab und stieg ins Flugzeug. Als er neben ihr saß, war die Spannung in der kleinen Kabine sofort greifbar, sie steigerte sich bald bis zur Unerträglichkeit.

Hellen rettete sich in das, was sie am besten konnte: fliegen.

Wie im Lehrplan leierte sie im Geist all das herunter, was sie zu tun hatte. Die Kontrolle der Anzeige, das langsame Gleiten über das Wasser, Geschwindigkeit steigern, die Maschine hochziehen ...

In der Luft ging es ihr besser, hier war sie in ihrem Element. Außerdem machte Erik es ihr leicht. Er schwieg während des Fluges, schien tief in Gedanken versunken, aber Hellen spürte, dass er sie hin und wieder ansah.

Nach der Landung verharrte er einen Moment still auf seinem Sitz. »Es ist wirklich so, dass die Dinge über dem Boden an Bedeutung verlieren«, sagte er langsam. »Die Probleme scheinen weit weg, man fühlt sich selbst schwerelos.«

»Ich weiß, was Sie meinen«, sagte Hellen. Sie beobachtete, wie Erik seine Schuhe und Strümpfe auszog und durch das Wasser ans Ufer watete. Als er zwischen den Bäumen verschwand, fühlte Hellen sich plötzlich sehr einsam. Gleichzeitig hatte sie nun die Möglichkeit, noch einmal ernsthaft mit sich selbst ins Gericht zu gehen und sich klarzumachen, dass sie ihre Gefühle in den Griff bekommen musste.

Eine halbe Stunde wartete sie, bis Erik wieder erschien. Er war allein.

»Ich kann Lars nicht finden«, sagte er mit deutlicher Verzweiflung in der Stimme. »Er ist nicht in der Blockhütte, antwortet nicht auf mein Rufen.«

Hellen stieg aus der Maschine und stellte sich auf die Kufe, Erik kletterte neben ihr hinauf.

»Lars!«, rief er laut. »Lars, hörst du mich?«

»Vielleicht will er nicht gefunden werden«, sprach Hellen das aus, was ihr durch den Kopf ging.

»Das würde ihm ähnlich sehen«, sagte Erik bitter und rief gleich darauf noch einmal laut nach seinem Bruder.

»Lars ... Lars!«

Nur das Rauschen der Wellen antwortete ihm, das leise Säuseln des Windes im Laub der Bäume am Ufer.

»Verdammt, Lars, wo bist du?«, flüsterte Erik mit hörbarer Verzweiflung.

»Lars!« Noch einmal schrie er den Namen seines Bruders laut heraus, geriet dabei ins Straucheln und drohte von der Kufe zu kippen.

Hellen griff nach ihm, verlor dabei aber selbst den Halt, und so fielen sie gemeinsam ins Wasser.

Sie klammerte sich im Fallen an ihn, und er hielt sie an sich gepresst. Wieder spürte Hellen seine Gegenwart mit dieser unglaublichen Intensität, wie sie es noch nie mit einem Mann erlebt hatte.

Das Wasser war seicht, doch er ließ sie nicht los, zog sie noch fester an sich. Hellen sah, dass sein Mund sich ihrem näherte, sein Gesicht war dem ihren ganz nah. Nein, das hier geht einfach nicht, meldete sich der letzte Rest ihres Verstandes, du darfst dieser Faszination, die der Mann auf dich ausübt, der Magie des Augenblicks nicht erliegen ...

... und dann spürte sie seinen Mund auf ihren Lippen, seine Hand in ihrem nassen Haar. Als er leise aufstöhnte, gab sie ihren Widerstand auf und erwiderte seinen Kuss mit zügelloser Leidenschaft ...

»Hallo!«

Der laute Ruf ließ sie beide auseinanderfahren. Hastig standen sie auf, wagten es nicht, einander anzuschauen, und im nächsten Moment trat auch schon Lars zwischen den Bäumen ans Ufer.

»Habe ich doch richtig gehört«, rief er ihnen zu und betrachtete sie belustigt. »Was macht ihr hier? Und wieso seid ihr beide klitschnass?« Das Grinsen auf seinem Gesicht wurde breit. »Seid ihr hierher geschwommen?«

»Sehr witzig«, konterte Erik. »Wir müssen sofort zurückfliegen. Ich brauche dich in der Firma, wir haben große Probleme.«

Er watete ans Ufer, während er Lars die Geschehnisse der letzten Stunden erläuterte. Lars machte sich sofort auf den Weg zur Hütte, um seine Sachen zu holen. Erik begleitete ihn und überredete auch Hellen, mitzukommen, um sich in der Hütte trockene Sachen anzuziehen.

»Es sind nach den Sommerferien immer Kleidungsstücke in den Schränken hängen geblieben«, sagte er. »Sie werden schon etwas finden, was Ihnen passt.«

Hellen lächelte unsicher. Sie fühlte sich befangen nach diesem Kuss, verunsichert, und hätte zu gerne gewusst, was jetzt in ihm vorging. War er wirklich so unberührt, wie er Lars gegenüber glauben machte, oder war Erik einfach ein Meister darin, sich nichts anmerken zu lassen?

Lars lauschte Eriks Schilderung aufmerksam und stellte ab und zu Zwischenfragen.

Hellen war erstaunt zu hören, dass er Jurist war, niemals hätte sie vermutet, dass ein Mensch wie Lars einen in ihren Augen so trockenen Beruf ergreifen würde. Irgendwie passte das nicht zu einem Mann, der sich allem entzog und sich auf die Suche nach Abenteuern machte. Der sich und das Leben offensichtlich nicht besonders ernst nahm. Zumindest hatte er diesen Eindruck bei ihr hinterlassen. Aber möglicherweise war es auch nur das, was er nach außen zeigte. Was wusste sie schon, wie es wirklich in ihm aussah?

Jetzt erlebte sie ihn von einer ganz anderen Seite. Er war ernsthaft und mit echtem Interesse bei der Sache, seine Rückfragen und Kommentare zeugten von fachlicher Kompetenz, soweit sie das beurteilen konnte. Hellen war schnell klar, dass die Firma sich in ernsthaften Schwierigkeiten befand.

Nach wenigen Minuten erreichten sie die Hütte. Sie war solide gebaut und weitaus größer, als der Begriff *Hütte* vermuten ließ, und doch fehlte es an allen grundlegenden Errungenschaften der modernen Zivilisation. Ein Badezimmer gab es nicht, und für die menschlichen Bedürfnisse war auf der Rückseite ein Häuschen erbaut, dessen Tür sogar ein Herz zierte. Es gab keinen Strom, kein fließendes Wasser. Letzteres musste aus einem Brunnen vor dem Haus geholt werden, der, so erklärte Erik ihr, im Sommer stets auch als Kühlschrank gedient hatte.

»Mein Vater hat einfach alles Verderbliche in einen Eimer gelegt und in den Brunnen gelassen. Das Wasser darin ist eiskalt.«

»Allerdings hat Papa es nicht immer geschafft, alles wasserdicht zu verpacken, bevor er es mit dem Eimer hinabließ«, ergänzte Lars lachend. »Erinnerst du dich noch an den Käse?«

»Oder die Butter, die Mama unbedingt zum Kochen brauchte?« Erik lachte jetzt auch, er schien zumindest für den Moment entspannt. Hellen bemerkte, dass sie die beiden Brüder zum ersten Mal überhaupt gelöst miteinander umgehen sah. Die Erinnerung an frühere, glückliche Zeiten schien sie einander näher zu bringen. Zumindest hatte Hellen den Eindruck.

Trotz des fehlenden Komforts konnte Hellen sich hier gut eine fröhliche, große Familie vorstellen, die den Sommer unbeschwert auf Drömsö verbrachte. Sie könnte sich sogar selbst vorstellen, Teil einer solchen …

»Wo finde ich etwas zum Anziehen?«, unterbrach sie ihre eigenen Gedanken.

Lars brachte sie in eines der Schlafzimmer und wies auf den Kleiderschrank. »Da sind bestimmt noch Sachen von Linn drin.«

Linn. Natürlich war auch sie hier gewesen. Mit Erik? Hatten die beiden hier romantische Tage und vor allem Nächte miteinander verbracht?

Hellen ignorierte das unangenehme Ziehen in ihrem Bauch,

das diese Vorstellung in ihr verursachte. Sie hatte kein Recht auf solche Gefühle, während Linn jedes Recht hatte, hier mit Erik Zeit zu verbringen. Irgendwann würden sie Kinder haben, die Sommerferien hier gemeinsam genießen, so wie früher Lars und Eriks Eltern mit ihren Söhnen. Die Verwandtschaft würde sich einfinden ...

Hellen riss den Kleiderschrank auf. Warum quälte sie sich mit solchen Gedanken und den Bildern, die diese in ihr hervorriefen?

Verwirrt durchsuchte sie die wenigen Kleidungsstücke im Schrank und fand tatsächlich eine passende Jeans und ein Shirt. Eilig ging sie mit ihren nassen Kleidern in der Hand nach unten.

Die untere Etage des Blockhauses bestand aus einer riesigen Wohnküche mit einer Feuerstelle an der einen und einem großen Tisch mit Bänken und Stühlen auf der anderen Seite. Fenster ließen Licht in den Raum, gefiltert durch die Bäume ringsum.

Lars war nicht zu sehen, aber Erik stand in der Küche, ebenfalls in trockenen Sachen. Er trug wie sie eine Jeans und dazu ein blaues Hemd, dass die Farbe seiner Augen zum Strahlen brachte.

Oder war es gar ihr Anblick, der ihn zum Strahlen brachte?

Nicht schon wieder, Hellen, ermahnte sie sich. Sie zwang sich, Abstand von ihm zu halten, obwohl sie sich mit jeder Faser ihres Körpers zu ihm hingezogen fühlte. So etwas wie eben im Wasser durfte nicht noch einmal passieren. Sie hatte eine Beziehung und würde zudem um nichts in der Welt in eine Beziehung eindringen. Selbst wenn die andere Frau ihr nicht sympathisch wäre. Aber sie mochte Linn, und das machte alles noch schlimmer. Nicht auszudenken, wenn Lars nicht laut gerufen hätte. Die Vorstellung, dass Eriks Bruder sie beide um ein Haar erwischt hätte, trieb ihr die Schamesröte ins Gesicht.

Erik trat einen Schritt auf sie zu. »Hellen, ich ...«

Was er sagen wollte, erfuhr Hellen jedoch nicht, denn in diesem Moment kam Lars nach unten, den Rucksack über die Schulter geworfen. Er schien die Spannung im Raum zu spüren. Sein Blick flog prüfend zwischen Hellen und Erik hin und her.

»Ist etwas?«, wollte er wissen.

Erik lachte unsicher auf. »Natürlich ist etwas! Eine ganze Menge sogar. Unsere Firma ist in Gefahr.«

»Na, dann«, sagte Lars und marschierte zur Tür voraus. Als keiner etwas sagte, drehte er sich um. »Können wir endlich?«

Erik nickte und folgte ihm. Mit gesenktem Kopf schloss Hellen sich den beiden Männern an.

– 48 –

Es hat geklappt.« Die Stimme des Auftraggebers am anderen Ende klang sehr zufrieden.

Er selbst war nicht so zufrieden. »Wann bekomme ich das Geld?«

»Sobald die Firma geschlossen wird.«

»Moment, so war das nicht abgemacht«, protestierte er. »Ich brauche die Kohle am Wochenende. Spätestens!«

Der Auftraggeber lachte höhnisch. »Du scheinst zu vergessen, dass ich die Bedingungen diktiere. Sobald Torberg-Bau geschlossen wird, bekommst du dein Geld.«

Er schluckte schwer, wusste nicht, was er sagen sollte. Er hatte fest mit dem Geld gerechnet, hatte Ulrika am Wochenende den Ausflug nach Göteborg versprochen. Wenn sein Auftraggeber ihm das Geld jetzt nicht gab, konnte er sich diesen Ausflug nicht leisten.

Und dann verlor er womöglich Ulrika.

»Verdammt, ich will das Geld«, brüllte er unbeherrscht in den Hörer.

Sein Auftraggeber lachte abermals. »Verklag mich doch«, erwiderte er.

Ihm wurde heiß und kalt. Seit dem Vorschuss, den er verlangt hatte, um überhaupt tätig zu werden, hatte er kein Geld mehr erhalten. Dieser Vorschuss hatte ausgereicht, um Ulrika die Kette zu kaufen und ein paar Annehmlichkeiten wie teure Restaurantbesuche, auf die sie so viel Wert legte. Jetzt war er pleite, und wenn sein Auftraggeber sich weigerte, noch etwas zu bezahlen, hatte er keine Möglichkeit, an das Geld zu kommen.

Er würde alles verlieren, das wurde ihm in diesem Augenblick klar. Einfach alles!

Er verlegte sich aufs Bitten. »Ich habe alles so ausgeführt, wie du es haben wolltest. Jetzt lass du mich bitte nicht im Regen stehen. Gib mir wenigstens einen Teil des Geldes.«

»Ich werde darüber nachdenken«, sagte sein Auftraggeber, dann war die Leitung tot.

Erschrocken blickte er auf das Handy in seiner Hand. Sein Auftraggeber hatte einfach aufgelegt.

– 49 –

Linn erfuhr die Neuigkeit durch das Getuschel der beiden Hausmädchen, aber etwas Genaues wussten die beiden auch nicht.

Auch ihre Mutter schien etwas zu wissen, auch wenn sie das Gegenteil behauptete, aber Linn hatte das Gefühl, dass Edda ihr bewusst die Wahrheit verschwieg.

Um sie nicht zu beunruhigen? Hieß das im Umkehrschluss dann nicht, dass die Situation noch weitaus schlimmer war, als die beiden Hausmädchen angedeutet hatten?

Etwas Illegales in der Firma, hatten die beiden gesagt, und dass die Polizei schon den ganzen Tag da wäre. Und hatte nicht Erik selbst von einem Problem gesprochen?

Linn hielt es schließlich nicht mehr aus. Sie hatte sich so weit wieder erholt, dass sie sich die Fahrt in die Firma durchaus zutraute. Ihrer Mutter sagte sie nichts, weil Edda garantiert versucht hätte, sie daran zu hindern.

Sie schlich aus dem Haus, fühlte sich dabei ein bisschen in die Zeiten ihrer Pubertät zurückversetzt, als sie sich heimlich mit Lars getroffen hatte, und war froh, als sie endlich in ihrem kleinen, roten Sportflitzer saß, den Erik ihr anlässlich ihrer Verlobung geschenkt hatte.

Das war jetzt etwas mehr als ein Jahr her, aber es erschien ihr wie in einem anderen Leben. Unendlich weit weg, so als hätte es nichts mit ihr zu tun.

Auf der Fahrt dachte Linn über die letzten Tage nach. Es war bereits das zweite Mal, dass ihr Lebensplan sich nicht erfüllt hatte. Damals mit Lars und jetzt die geplatzte Hochzeit mit Erik.

Vielleicht sollte ich aufhören zu planen und das Leben einfach geschehen lassen, dachte sie in einer Art bitteren Galgenhumors, der ihr allerdings sehr schnell verging, als sie Torberg-Bau erreichte.

Bereits vor der Einfahrt standen Polizeiwagen, außerdem sah sie zahlreiche Polizisten auf dem Gelände herumlaufen. Einer der Beamten am Tor bat sie in barschem Tonfall, weiterzufahren.

Linn zog ärgerlich die Brauen zusammen. »Lassen Sie mich sofort rein«, verlangte sie. »Ich bin die Verlobte von Herrn Torberg.«

Der Beamte zückte sein Funkgerät, entfernte sich ein paar Schritte und sprach mit jemandem durch das Gerät. Kurz darauf kam er zurück und öffnete wortlos das Tor.

Linn fuhr auf das Gelände, niemand behelligte sie jetzt noch. Als sie ins Büro trat, sah sie Eriks Sekretärin Monika mit hochrotem Kopf hinter dem Schreibtisch sitzen, den Telefonhörer ans Ohr gepresst. Die Stimme der jungen Frau klang ärgerlich.

»Nein, wir geben dazu keine Erklärung ab.«

Der Anrufer am anderen Ende schien hartnäckig zu sein.

»Sie können Herrn Torberg nicht sprechen«, sagte Monika kurz darauf sehr bestimmt, aber auch damit gab sich ihr Gesprächspartner offenbar nicht zufrieden.

»Ich habe *nein* gesagt«, rief die Sekretärin schließlich in den Hörer, den sie danach wütend auflegte, ohne sich zu verabschieden. Das Telefon klingelte sofort wieder.

Monika wies auf das Gerät. »So geht das schon den ganzen Tag.« Sie schien zu überlegen, ob sie das Gespräch annehmen sollte, hob aber schließlich den Hörer ab und meldete sich in geschäftsmäßigem Ton: »Torberg-Bau, guten Tag.« Sie lauschte dem Anrufer und sagte schließlich: »Nein, wir haben dazu nichts zu sagen.« Auch diesmal knallte sie den Hörer auf, ohne sich zu verabschieden.

»Was ist hier los?«, wollte Linn wissen.

Das Telefon auf dem Schreibtisch der Sekretärin klingelte erneut, aber diesmal nahm Monika nicht ab.

»Ich weiß es auch nicht so genau«, antwortete sie und hob dabei hilflos die Schultern.

»Wo ist Erik?«, wollte Linn wissen.

»Er ist unterwegs, um seinen Bruder abzuholen«, erwiderte Monika. »Rechtsanwalt Martens ist im Moment nicht zu erreichen.«

»Stimmt es, dass die Polizei die Firma geschlossen hat?«, wollte Linn wissen. So ähnlich hatten sich die Hausmädchen ausgedrückt. Sie hatten es vorsichtig umschrieben, aber so wie es hier aussah, schien es mehr als ein Gerücht zu sein.

»Das ist alles ein Missverständnis.«

Linn fuhr herum. Erik betrat mit Lars das Büro und hatte ihre Frage offensichtlich gehört. Linn erschrak. So erschöpft hatte sie Erik selten gesehen.

Das alles hier machte ihr Angst. Die Existenz des Unternehmens stand offensichtlich auf dem Spiel, mehr aber machte ihr die Ungewissheit zu schaffen. Etwas, das Bestand hatte, solange sie denken konnte, drohte auseinanderzubrechen. Erik würde es kaum verkraften, wenn das Erbe seines Vaters zerstört wurde, wodurch auch immer. In einem Punkt war Linn sich sicher: Erik hatte niemals etwas Illegales getan!

»Erik, sag mit bitte endlich, was passiert ist«, bat Linn drängend.

»Wir wissen auch nicht genau, was los ist«, sagte Lars an Eriks Stelle. »Aber wir werden es herausfinden.«

Wir? Linn war überrascht, dieses Wort aus seinem Mund zu hören.

»Jetzt muss ich erst einmal diesen Kommissar Stenlund sprechen«, fuhr Lars fort.

Die Stimmung im Büro veränderte sich schlagartig, als ein uniformierter Beamter und ein Mann im Trenchcoat ohne anzuklopfen das Büro betraten, während Lars noch sprach.

»Ich bin Kommissar Stenlund«, stellte sich der Mann im Trenchcoat vor und wandte sich gleich darauf an Erik. »Die Untersuchungen haben tatsächlich ergeben, dass Sie ein hochgiftiges Holzschutzmittel verwenden.«

»So ein Quatsch!«, rief Erik sichtlich erregt aus. »Das kann einfach nicht sein.«

»Es ist aber so«, erwiderte der Kommissar mit stoischer Ruhe. »Herr Torberg, ich muss Sie bitten, mich zu begleiten. Alles Weitere klären wir auf dem Präsidium.«

»Moment«, mischte Lars sich ein und stellte sich zwischen den Kommissar und seinen Bruder. »Haben Sie überhaupt einen Haftbefehl?«

Linn hielt den Atem an. Sie war erstaunt, dass Lars sich plötzlich einsetzte und offensichtlich fest entschlossen schien, sich schützend vor seinen Bruder zu stellen.

Den Kommissar schien das leider nicht zu beeindrucken. »Und wer sind Sie?«

Lars hielt dem Blick des Kommissars stand, sein Gesicht wirkte hart, seine Stimme klang fest. »Ich bin Lars Torberg, Eriks Bruder und Mitinhaber dieses Unternehmens. Außerdem bin ich Jurist und vertrete unseren Anwalt während dessen Abwesenheit. Also, zeigen Sie mir bitte den Haftbefehl.«

Tatsächlich schien kurz so etwas wie Unsicherheit in den Augen des Kommissars zu flackern. Er hatte seine Mimik aber schnell wieder unter Kontrolle.

»Wir wollen Ihren Bruder nur vernehmen, Herr Torberg. Noch ist er nicht verhaftet.«

Die beiden Männern sahen sich unverwandt ins Gesicht.

»*Noch* nicht!«, fügte der Kommissar bedeutungsschwer hinzu, aber die unverhohlene Drohung in seinen Worten schien Lars nicht zu erreichen, während Linn meinte, einer Ohnmacht nahe zu sein.

Erik soll verbotene Mittel eingesetzt haben? Nie im Leben! Und deshalb sogar verhaftet werden? Das hier kann nur ein Albtraum sein, schoss es ihr durch den Kopf. Ein grausamer Albtraum!

»Sie können meinen Bruder auch hier vernehmen«, sagte Lars mit kalter Stimme. »Als Anwalt meines Bruders werde ich selbstverständlich dabei sein.«

Der Kommissar knickte ein. »Gut«, gab er nach und wandte sich fragend an Erik. »Gibt es einen Platz, wo wir ungestört reden können?«

Erik wies auf die Tür, die zu seinem angrenzenden Büro führte, und ging bereits darauf zu. Kommissar Stenlund und der uniformierte Beamte, der bis jetzt noch kein Wort gesagt hatte, folgten ihm.

Auch Lars setzte sich in Bewegung, blieb aber vor Linn stehen. »Fahr nach Hause, Linn«, sagte er leise. »Du kannst hier im Moment nichts für Erik tun.«

Linn nickte und mühte sich die Tränen zurückzuhalten, die sich hinter ihren Augenwinkeln gebildet hatten.

»Gut, dass du da bist«, sagte sie zu Lars und berührte mit dem Zeigefinger ganz kurz seine Hand. Dann drehte sie sich um und ging hinaus. Das alles hier war eindeutig zu viel auf einmal.

– 50 –

Der Tisch auf Laras Veranda war bereits gedeckt, als Hellen zurückkam, aber Hellen bemerkte zu ihrer Verwunderung, dass nur zwei Gedecke darauf standen.

»Hej, ich bin wieder da!«, rief sie laut, als sie durch die offene Tür das Haus betrat.

Torsten trat aus der Küche, er trug eine Schürze von Lara, die ihm viel zu eng und zu kurz war, in der Hand hielt er einen Kochlöffel. Es roch so verführerisch, dass Hellen das Wasser im Mund zusammenlief. Erst jetzt wurde ihr bewusst, dass sie seit einer Ewigkeit nichts gegessen hatte.

Torsten kam auf sie zu, küsste sie auf den Mund. Hellen musste sich bemühen, ihn nicht wegzustoßen. Es war ihr unmöglich, in diese Normalität einzutauchen, nach dem Kuss zwischen Erik und ihr.

Seither hatte sich kein Moment mehr ergeben, um kurz mit Erik über das zu reden, was passiert war. Sie hatte ihn und seinen Bruder schließlich vor der Firma abgesetzt, und dort hatten sie es eilig gehabt.

Hellen konnte es verstehen ... und war trotzdem enttäuscht. Sie fragte sich, was Erik empfand.

Empfand er überhaupt etwas, hatte dieser Kuss irgendeine Bedeutung für ihn gehabt?

Er hatte sich auch während des Rückfluges nichts anmerken lassen. Vielleicht wäre es anders gewesen, wenn Lars nicht mit ihnen in der Maschine gesessen hätte. Sie war sich nicht sicher, ob Erik die Spannung ebenso empfand wie sie. Auch wenn sie meinte, sich schon sehr in ihm täuschen zu müssen, wenn dem nicht so wäre. Er war kein Mann, der mit einer Frau verlobt war und leichtfertig eine andere küsste. Ganz bestimmt hatte ihn die Intensität des Moments ebenso überrascht und erschreckt wie sie selbst.

Oder war das nur ihr Wunschdenken? Konnte es sein, dass sich ihre Wahrnehmung durch ihre eigenen Gefühle verzerrte?

Dabei beschäftigte sie nicht nur der Kuss und die Frage, wie es Erik dabei ergangen war. Sie hatte zudem heftige Schuldgefühle wegen Torsten. Er wirkte so arglos und dabei so glücklich, dass sie endlich wieder ein bisschen Zeit gemeinsam verbringen konnten.

»Ist was?«, wollte Torsten jetzt wissen. Er schien irritiert, sie waren schon so lange zusammen, und er kannte sie ziemlich gut. Sie musste damit rechnen, dass er etwas bemerkte, wenn sie sich nicht zusammenriss.

Hellen schüttelte den Kopf. »Ich bin müde, es war ein anstrengender Tag. Außerdem habe ich Hunger«, sagte sie ausweichend. Sie versuchte über seine Schulter zu schauen und zog schnüffelnd die Nase kraus. »Es duftet jedenfalls hervorragend.«

»Es schmeckt auch hervorragend«, behauptete Torsten. »Setz dich schon einmal auf die Veranda, und ruh dich aus. Ich bringe gleich das Essen.«

Hellens Schuldgefühle wuchsen ins Unermessliche. »Was für ein Service«, sie mühte sich um ein Lächeln. »Ich habe es überhaupt nicht verdient, so verwöhnt zu werden«, fügte sie leise hinzu.

»Natürlich hast du das«, widersprach er sofort.

Wenn du wüsstest, dachte Hellen. Du hast ja keine Ahnung, was eben passiert ist. Wahrscheinlich würde Torsten sich die Schürze vom Hals reißen und sofort das Haus verlassen, wenn sie es nur mit einem Wort erwähnte.

Und hatte er es nicht eigentlich sogar verdient, dass sie ihm die Wahrheit sagte?

Aber was sollte sie ihm sagen? »Hör zu, Torsten, ich habe einen anderen Mann kennengelernt, der mit einer anderen verlobt ist und eigentlich schon mit ihr verheiratet wäre, wenn sie sich auf dem Polterabend keine Salmonellenvergiftung zugezogen hätte. Ich glaube, ich habe mich in diesen Mann verliebt. Ganz sicher bin ich mir nicht, aber er fasziniert mich auf eine Art und Weise, wie du es nie vermocht hast, und eben haben wir uns geküsst. Und so einen Kuss, auch dass muss ich dir leider sagen, habe ich ebenfalls noch nie erlebt ...«

»Du bist irgendwie komisch«, sagte Torsten in ihre Gedanken hinein.

Hellen zuckte zusammen. Sie musste es ihm sagen, aber jedes Wort würde ihn verletzen, und das brachte sie nach all den Jahren mit ihm und an seiner Seite nicht übers Herz.

Außerdem hatte er es nicht verdient. Nicht nach der Fahrt, die er extra gemacht hatte, um sie zu sehen. Nachdem er jetzt sogar das Essen für sie gekocht hatte.

»Wie gesagt, ich bin einfach nur müde«, wich sie ihm wieder aus. »Wo ist eigentlich Lara?«, versuchte sie, das Thema zu wechseln.

»Lara hat beschlossen, uns heute doch allein zu lassen, damit wir deinen Erfolg feiern können«, sagte Torsten. »Sie hat den Anruf eines Freundes bekommen und ist zu ihm.«

»Freund? Welcher Freund?«, fragte Hellen alarmiert.

Torsten zuckte mit den Schultern. »Ich weiß nicht genau«, sagte er, »ich glaube, er heißt Magnus.«

Magnus also! Hellen ging nachdenklich nach draußen, als Torsten sie noch einmal dazu aufforderte.

Was für ein Durcheinander. Ihre Freundin wurde rückfällig, und sie selber kam auf Gedanken, zu denen sie sich nie für fähig gehalten hätte. Und als wäre das alles noch nicht kompliziert genug, war jetzt auch noch Torsten da.

Wie durch ihre Gedanken herbeigerufen, erschien er und balancierte eine Platte in den Händen. Die gefüllte Lachsforelle.

Er stellte die Platte mitten auf den Tisch, zündete die Kerze an, die im hellen Sonnenlicht ein wenig deplaciert wirkte, und legte ihr eine Portion des Fisches auf. Dazu gab es Salzkartoffeln und Gemüse Julienne.

Danach bediente er sich selbst und nahm ihr gegenüber Platz.

»Erzähl mir ein bisschen von deiner Arbeit hier«, bat er und schob sich den ersten Bissen in den Mund.

Hellen probierte ebenfalls von dem Fisch. Er schmeckte hervorragend, aber so richtig genießen konnte sie ihn trotzdem nicht. Ihre Gedanken schweiften wieder ab, während sie im Essen herumstocherte.

»Der Fisch wird nicht besser, wenn er kalt ist«, sagte Torsten plötzlich.

Sie schaute auf, steckte sich einen Bissen in den Mund und spülte ihn mit dem Weißwein, den Torsten auf den Tisch gestellt hatte, hinunter.

»Entschuldige«, sagte sie dann. »Ich bin heute wohl nicht die angenehmste Gesellschaft.«

Diesmal war es Torsten, der im Essen herumstocherte und den Blick abwandte, als er sagte: »Vielleicht war das keine so gute Idee mit diesem Job bei Lara. Ich weiß ja, dass sie deine Freundin ist, aber du hast gerade erst die anstrengende Ausbildung hinter dir und fängst in zwei Monaten als Copilotin bei ScanAm an. Ich finde, du solltest dir zwischendurch wenigstens ein bisschen Urlaub gönnen.« Jetzt sah er sie an.

»Komm, Hellen, lass uns verreisen. Irgendwohin in den Süden. Frankreich oder Italien. Wie wäre es mit Venedig? Da wolltest du doch immer schon einmal hin.«

Ausgerechnet Venedig, die Stadt der Verliebten!

»Venedig im Sommer«, sagte sie und schüttelte dabei den Kopf. »Zu heiß, zu voll, zu teuer! Außerdem kann ich Lara nicht im Stich lassen.« Hellen schüttelte den Kopf. »Es geht einfach nicht!«

Eine ganze Weile schwiegen sie, beschäftigten sich ausschließlich mit dem Essen, bis Torsten plötzlich fragte: »Ist es wirklich nur wegen Lara?«

Hellen fiel vor Schreck beinahe die Gabel aus der Hand. Sie starrte Torsten an, wusste nicht, was sie sagen sollte. Dann lachte sie nervös auf.

»Ich weiß nicht, was du meinst. Weswegen sollte ich denn sonst hierbleiben wollen?« Hellen schaute sich um, machte eine ausholende Handbewegung. »Mal abgesehen von der traumhaften Landschaft hier.«

Es sollte scherzhaft klingen, kam aber nicht so an. Weder folgte Torsten ihrer Handbewegung mit dem Blick, noch verzog er eine Miene. Er sah nur sie an, hatte das Besteck inzwischen auf dem Teller abgelegt.

»Bitte, Torsten«, bat sie, »verdirb uns doch jetzt nicht den schönen Abend.«

»An mir liegt es nicht«, sagte er leise. »Du hast dich verändert, und ich wüsste gerne, warum das so ist. Ob es vielleicht an mir liegt.«

Auch diesmal sah Hellen ihn nicht an, sondern stocherte im Fisch herum. »Es ... ist ... alles sehr ... kompliziert«, sagte sie und legte zwischen den einzelnen Worten Pausen ein. Er verlangte eine Erklärung, hatte sie sicher auch verdient – aber sie konnte ihm keine geben.

Hellen hob den Kopf, vermied es aber, ihn anzusehen. Ihr Blick fiel auf das Wasserflugzeug, und dann kam ihr der rettende Gedanke.

»Hast du Lust, mit mir zu fliegen?«, fragte sie. In der Luft, da fühlte sie sich wohl und sicher. Da wurden die Dinge winzig klein, die sie auf dem Boden belasteten.

Torsten sah sie lange an und nickte zu ihrer Erleichterung schließlich. »Okay«, sagte er, »lass uns fliegen.«

– 51 –

Er hatte angerufen und um ein Treffen gebeten. Lara war sich nicht sicher, ob sie dem auch zugestimmt hätte, wenn Torsten nicht aufgetaucht wäre. Aber so konnte sie ihm und Hellen ein bisschen Zweisamkeit lassen.

Eigentlich hatte Magnus zu ihr kommen wollen, aber das hatte sie abgelehnt, und so trafen sie sich in dem kleinen Café am Fjord, wo es den besten Käsekuchen der Welt gab. Einen Käsekuchen ohne Boden.

Magnus wartete bereits auf sie, als sie fünf Minuten zu spät ankam. Er sah sie nicht sofort, und sie bemerkte, dass er unruhig von einem Bein aufs andere trat und dabei immer wieder auf seine Armbanduhr schaute. Als würde er spüren, dass er beobachtet wurde, sah er auf einmal in ihre Richtung. Sein Gesicht strahlte auf, mit ausgebreiteten Armen ging er auf sie zu.

»Endlich!« Er nahm sie in die Arme. Laras Körper versteifte sich, aber er schien es nicht zu bemerken und beugte sich vor, um sie auf den Mund zu küssen.

Lara drehte den Kopf zur Seite, und sein Kuss landete auf ihrer Wange.

Jetzt wirkte er doch verwirrt, fing sich aber schnell wieder und führte sie zu einem der Tische direkt am Wasser. Neben ihnen wuchs eine Trauerweide, deren Äste die Wasseroberfläche berührten. Wellen schwappten gegen das grasbewachsene Ufer. Ein Kiesweg führte von der Wiese zum Gasthaus, das sich mit seinem roten Anstrich und den weiß abgesetzten Fensterrahmen und Türen kaum von den Wohnhäusern in der Umgebung unterschied.

Eine doppelflügelige, weit geöffnete Hintertür wies den Weg ins Innere des Cafés. Dort in der schönen Gaststube war es auch sehr gemütlich, vor allem mit dem riesigen Kamin, der im Winter angezündet wurde.

Lara spürte leichte Wehmut in sich aufsteigen, als sie an den letzten Winter dachte. Es hatte viel Schnee gegeben, und die Temperaturen hatten Flüge kaum zugelassen. Es war eine sehr stille, besinnliche Zeit gewesen.

Sie war oft mit Magnus in diesem Café gewesen, hatte mit ihm zusammen an einem der Tische gesessen, Kuchen gegessen und heißen Kakao getrunken, während es draußen schneite. Es war die wohl glücklichste Zeit in ihrer Beziehung gewesen. Im Winter hatte sie noch geglaubt, dass es für länger, vielleicht sogar für immer sein könnte.

Das war gerade einmal ein paar Monate her, und nun stand sie vor dem Ende ihrer Beziehung.

Eine Kellnerin kam und erkundigte sich nach ihren Wünschen. Sie bestellten beide Käsekuchen und Kaffee. Als die Kellnerin gegangen war, griff Magnus über den Tisch nach ihren Händen, die mit einer Serviette spielten.

»Du fehlst mir«, sagte er.

Lara entzog ihm sanft ihre Hände und legte sie in ihren Schoß. Sie registrierte den Schatten, der über sein Gesicht huschte.

»Vermisst du mich denn kein bisschen?«, fragte er. Seine Stimme klang gekränkt.

»Ich vermisse einiges«, sagte sie ausweichend, und dann schwieg sie wieder, weil die Kellnerin bereits mit der Bestellung an ihren Tisch trat.

Danach widmete Lara sich erst einmal dem Kuchen, trank den Kaffee. Magnus hingegen aß nur einen Bissen, zerteilte den Kuchen mit der Gabel, ohne ihn zum Mund zu führen, und sah sie immer wieder fragend an.

»Ich habe dich gefragt, ob du mich nicht vermisst«, hob er schließlich wieder an. »Du bist mir die Antwort darauf schuldig geblieben.«

»Es gibt eine ganze Menge, was ich vermisse«, sagte Lara. »Gemeinsamkeit, Zärtlichkeit, Leidenschaft ...«

Sie sah das selbstgefällige Lächeln in seinem Gesicht.

»Aber dich vermisse ich nicht«, machte sie ihm klar und schüttelte zur Bekräftigung den Kopf. »Es war das zweite Mal, dass du mich betrogen hast. Oder vielmehr das zweite Mal, dass ich dich erwischt habe, dieses Mal sogar in flagranti. Möglicherweise gab es noch weitaus mehr Frauen, von denen ich nichts weiß.«

Er bestritt es weder, noch gab er es zu. Er verlegte sich aufs Betteln.

»Bitte, Lara, verzeih mir. Ich weiß auch nicht, wie das passieren konnte, aber ich verspreche dir, dass es nie wieder vorkommt. Gib uns noch eine Chance.«

Lara sah ihm fest in die Augen. »Vermisst du eigentlich mich oder nicht doch mehr die Sicherheit, die du durch mich hattest?«

Sein verwirrter Blick und sein Zögern waren Antwort genug. Er hatte bei ihr eine Arbeit gehabt, hatte die Hälfte der gesamten Einkünfte bekommen und trotzdem von ihr gelebt, weil Lara alle Ausgaben des Haushalts allein bestritten hatte. Er hatte mietfrei bei ihr gewohnt und nicht einen Handschlag im Haushalt getan.

Ich darf ihm deshalb keine Vorwürfe machen, sagte Lara sich selbst. In diesem Fall gab es keinen Täter und kein Opfer. Sie selbst hatte es so zugelassen, hatte sich ausnutzen lassen, und er hatte keine Veranlassung gesehen, sich anders zu verhalten.

Magnus hatte seine Sprache offensichtlich wiedergefunden. »Ich verspreche dir, alles wird sich ändern«, sagte er eifrig.

Lara schüttelte den Kopf und schien ihn damit in Verzweiflung zu stürzen.

»Bist du wirklich so unversöhnlich?«, fragte er und sah sie schmerzerfüllt an. »Gib dir einen Ruck, um unserer Liebe willen.«

Lara zog ihre Geldbörse aus der Tasche und legte einen Schein neben ihr Gedeck, dann stand sie auf.

»Du hast mich nie geliebt«, sagte sie. »Du hast die Annehmlichkeiten geliebt, die ich dir geboten habe, das bequeme, kostenlose Leben, aber nicht mich.«

»Wie kannst du das behaupten …«, begehrte er auf, aber Lara ließ ihn nicht ausreden. Sie hob die Hand, und er verstummte.

»Selbst wenn es anders wäre«, sagte sie und schüttelte leicht den Kopf, »es würde nichts ändern. Weil ich dich nicht mehr liebe, Magnus. Akzeptiere also, dass es aus ist. Endgültig!«

Lara lächelte ihm zu, spürte, wie aller Groll von ihr abfiel, und empfand dabei eine grenzenlose Erleichterung.

Die Zeit mit Magnus bereute sie nicht, nicht einmal die letzte Nacht mit ihm, aber jetzt war sie frei für ein neues Leben, für eine neue Liebe.

– 52 –

Erik und Lars waren beide müde und vollkommen erschöpft, als sie an diesem Abend zurück nach Hardingsholm kamen.

Kommissar Stenlund hatte Erik arg zugesetzt, und Erik wusste nicht, wie er das durchgestanden hätte, wenn Lars nicht an seiner Seite gewesen wäre. Mehrfach hatte sein Bruder den Kommissar zur Ordnung gerufen oder ihm, Erik, gesagt, dass er auf diese oder jene Frage nicht antworten müsse.

Erik hatte trotzdem fast alle Fragen beantwortet und nicht nur seinem Bruder, sondern auch dem Kommissar gegenüber betont, wie wichtig es ihm war, dass diese unleidige Geschichte aufgeklärt wurde.

Die Frage, wie das Holz mit dem giftigen Holzschutzmittel in Berührung gekommen war, blieb.

Doch über allem schwebte für Erik immer noch die Szene vor Drömsö. Der Kuss zwischen Hellen und ihm. Diese Frau, die ihn vom ersten Augenblick an fasziniert hatte und deren Gesellschaft er immer wieder suchte, mit dem Wissen, dass es falsch war, erweckte Gefühle in ihm, die neu, tief und aufregend waren.

In den schlimmsten Stunden dieses Tages hatte er immer wieder an sie gedacht, war ihr Bild vor seinen Augen erschienen, und das hatte ihm sehr geholfen.

Auch jetzt wanderten seine Gedanken zu ihr. Im Haus brannte nur das Licht in der Diele, ansonsten war alles still und dunkel.

»Es tut mir leid, dass ich mit meinem Einspruch gegen die

Schließung nicht durchgekommen bin«, sagte Lars, als er hinter ihm ins Haus trat.

»Kein Wunder, dass der Richter unerbittlich war«, sagte Lars, »nachdem feststand, dass mehrere Baustellen belastet sind. Bei den Beweisen mussten sie den Laden ja dichtmachen.« Er seufzte tief. »Ich glaube, ich kann jetzt noch nicht schlafen. Magst du auch ein Glas Wein?«

Lars schüttelte den Kopf. »Ein Bier wäre mir lieber«, sagte er. Er schritt voraus auf die Terrasse. Als Erik ein paar Minuten später nachkam, mit einem Glas Rotwein in der einen Hand und einer Bierflasche in der anderen, hatte Lars die Kerze im Windlicht angezündet und sich in einen der beiden Korbsessel gesetzt. Die langen Beine ausgestreckt, schaute er über die Landschaft bis zum Fjord.

Ganz dunkel wurde es um diese Jahreszeit nie. Der Himmel schien samtblau, von hellen und goldenen Streifen durchzogen, die sich auf den Wellen widerspiegelten. Die Bäume wirkten in diesem Zwielicht wie dunkle, ineinander verwobene Schatten. Die Wellen rauschten, irgendwo im Unterholz zirpten die Grillen.

»Wo immer auch auf der Welt ich war«, sagte Lars nachdenklich und wie Erik schien, mehr zu sich selbst, »nirgendwo war es so schön wie hier. Ich habe dieses Bild all die Jahre in mir getragen.«

»Du kannst das jeden Abend haben«, sagte Erik und reichte ihm die Bierflasche. Er setzte sich in den anderen Korbsessel und nahm einen Schluck aus dem Weinglas.

»Du musst dich nur entscheiden, hierzubleiben«, fügte Erik hinzu.

Lars lachte. »Du lässt aber auch wirklich keine Gelegenheit aus, mir das unter die Nase zu reiben, Bruder«, sagte er belustigt, wurde aber gleich darauf wieder ernst.

»Ich frage mich die ganze Zeit, woher das verseuchte Holz kam. Hast du eine Idee?«

Erik schüttelte den Kopf. »Ich arbeite ausschließlich mit Paul Warborg zusammen, und da gab es noch nie Probleme.«

»Papa hat schon mit den Warborgs gearbeitet«, sagte Lars. »Ich weiß, dass er auf den alten Warborg große Stücke hielt. Aber was ist mit Paul? Besonders gut leiden kann ich ihn nicht.«

»Ach, Paul ist schon in Ordnung«, sagte Erik. »Als wir Kinder waren, da war es manchmal allerdings schwierig mit ihm.«

»Manchmal ist gut«, murmelte Lars.

Erik grinste. »Er ist ein grundsolider, zuverlässiger und sehr erfolgreicher Geschäftsmann geworden.«

»Hast du mit ihm über die Sache gesprochen?«, wollte Lars wissen.

»Dazu hatte ich bisher noch keine Zeit«, erwiderte Lars. »Ich mache das morgen, aber ich kann mir nicht vorstellen, dass Paul etwas damit zu tun hat. Es bringt ihm ja auch nichts, wir sind seine besten Kunden, und es würde auch ihm schaden, wenn wir den Laden schließen müssen.«

Lars nickte und schaute wieder über den See. Hin und wieder trank er einen Schluck Bier.

Auch Erik nippte an seinem Weinglas. Der hervorragende Rotwein war eigentlich für die Hochzeit bestimmt gewesen. Er dachte daran, dass er und Linn bisher nicht einmal die Zeit gefunden hatten, sich für einen neuen Termin zu entscheiden.

Lag es daran, dass er es nicht sehr eilig hatte? Linn gegenüber könnte er das mit den Problemen in der Firma rechtfertigen, aber bisher war das nicht erforderlich gewesen, weil sie das Thema nicht ansprach.

Erik spürte plötzlich, dass sein Bruder ihn anschaute. Mit einer Miene, in der nicht zu lesen war, was in seinem Kopf vorging. Erik lächelte.

»Ich bin so froh, dass du gerade da bist.«

Lars zuckte nur mit den Schultern. »Du würdest das auch allein schaffen. Du hast nie jemanden an deiner Seite gebraucht und bist immer mit allem allein klargekommen.«

Erik schüttelte irritiert den Kopf. »Das ist ein seltsames Bild, das du da von mir hast.«

Lars lehnte sich in seinem Sessel zurück, dabei ließ er ihn nicht aus den Augen. »Das ist nicht nur meine Meinung, so denken alle, die dich kennen. Du kommst mit allem klar, dich haut überhaupt nichts um, und du hast immer alles im Griff.«

Erik stellte sein Weinglas ab. »Ich sollte mich jetzt vielleicht geschmeichelt fühlen, aber ich finde es eher anstrengend, dass immer alle glauben, ich müsste alles schaffen.«

Fragend sah er seinen Bruder an. »Hätte es etwas geändert, wenn ich dir früher gezeigt hätte, dass ich hier deine Hilfe brauche? Wenn ich nicht den Eindruck vermittelt hätte, alles allein zu schaffen?«

Lars zuckte mit den Schultern. »Keine Ahnung«, sagte er, und es klang ehrlich.

»Ich schaffe durchaus nicht alles allein, und ich fände es verdammt überheblich, wenn ich so etwas behaupten würde. Aber vielleicht hätte ich einfach öfter zugeben sollen, dass mir alles zu viel wird.«

Wieder sagten beide eine Zeit lang nichts, und wieder war es Lars, der die Stille brach.

»Ich habe das Gefühl, dass es nicht nur die Firma ist, die dir Sorgen bereitet.«

Mit diesem Gefühl lag sein Bruder richtig. Vor Eriks innerem Auge tauchte wieder Hellen Reslows Bild auf, die Szene am Strand, der Kuss, diese Gefühle, die ihn jetzt noch erfüllten ...

Das war etwas, was er auch mit Lars nicht besprechen konnte und so rettete er sich in die zynische Gegenfrage: »Nur die Firma? Findest du nicht, dass das schon stressig genug ist?«

»Es war ja nur eine Frage.« Lars schaute ihn an, als wäre er nicht überzeugt.

Erik stand auf, leerte sein Rotweinglas in einem Zug und stellte es auf den Tisch.

»Ich bin müde«, behauptete er, »und gehe jetzt ins Bett. Gute Nacht.«

»Gute Nacht«, murmelte Lars.

Im Vorbeigehen klopfte Erik seinem Bruder freundschaftlich auf die Schulter. An der Tür wandte er sich noch einmal um und schaute zurück.

Lars saß vornübergebeugt, drehte die Bierflasche in seiner Hand und starrte in die Nacht. Erik war sich ganz sicher, dass er nicht der Einzige im Haus war, der Geheimnisse hatte. Lars schien auch etwas zu quälen, worüber er nicht sprechen mochte.

– 53 –

Es dämmerte bereits, als sie von ihrem Rundflug zurückkamen.

Hellen war klar, dass Torsten heute nicht mehr zurück nach Stockholm fahren würde, und ihr war auch klar, dass er bei ihr schlafen wollte … mit ihr schlafen wollte.

Hellen hielt sich lange im Bad auf, bis er nach ihr rief. Sie ging ins Schlafzimmer, fest entschlossen, sich nichts anmerken zu lassen. Sie musste den Kuss mit Erik vergessen. Vielleicht gelang es ihr dann ja, zur Normalität zurückzukehren. Vielleicht wurde dann auch alles wieder wie früher. Sie musste sich nur auf Torsten einlassen. Sie musste einfach davon ausgehen, dass dann auch ihre Gefühle für ihn wieder da waren. Das alles konnte doch nicht einfach so verschwinden. Da musste doch noch etwas sein, irgendwo tief in ihrem Herzen.

Torsten ging nach ihr ins Bad, kam schon nach ein paar Minuten zurück. Er drängte sich an sie, küsste sie.

Hellen schlang ihre Arme um seinen Hals, erwiderte leidenschaftslos seinen Kuss und ließ zu, dass er sie aufs Bett zog.

Seine Küsse wurden leidenschaftlicher, seine Hände wanderten über ihren Körper, aber plötzlich schien er ihren inneren Widerstand zu spüren. Er rollte sich zur Seite.

»Es tut mir leid«, sagte Hellen schuldbewusst.

»Jetzt sag bitte nicht, dass du Kopfschmerzen hast.« Seine Stimme klang verärgert.

»Ich kann im Moment einfach gerade nicht.«

»Wer ist es?«, fragte Torsten dumpf. »Oder willst du mir weismachen, dass da kein anderer ist?«

Hellen setzte sich auf. Es war so schwer. Sie wollte ihn nicht verletzen, wusste nicht, wie sie es ihm sagen sollte. Sie wusste nicht einmal, was sie ihm sagen sollte. Dass es einen anderen gab? Auch wenn sie nichts mit ihm hatte, nie etwas mit ihm haben würde?

»Da ist niemand«, begann sie hilflos. »Also nicht so, wie du denkst. Ich habe dich nicht betrogen.«

Oder war ein Kuss schon Betrug? Der bloße Gedanke an den Betrug schon ein Betrug?

»Oder doch ...«, flüsterte sie. Zwei Worte, die Torsten in Rage versetzten.

»Wer ist es?«, fuhr er sie heftig an. »Kenne ich ihn? Und seit wann geht das schon so?«

Nicht einmal Torsten konnte sich vorstellen, dass sie in der kurzen Zeit hier jemanden kennengelernt hatte, mit dem sie ihn betrog.

»Da ist nichts«, beteuerte sie. »Wirklich, ich habe keinen anderen.«

Torsten hatte sich inzwischen aufgesetzt und saß neben ihr. Nur wenige Zentimeter entfernt und doch so weit weg.

»Mit dir stimmt etwas nicht«, sagte er, »das kannst du mir nicht ausreden.«

»Ich habe dich nicht betrogen«, sagte sie noch einmal und gab dann leise zu: »Aber wenn ich könnte, würde ich vielleicht ...«

Sie hatte es ausgesprochen, und eine ganze Zeit blieb es still zwischen ihnen.

»Du erwartest nicht, dass ich dich verstehe, oder?«, sagte Torsten aufgebracht.

Hellen wusste nicht, was sie sagen sollte. Sie schwieg, schaute hilflos zu, wie er aufstand und sich anzog. Dann stand er vor ihr, schaute auf sie hinab.

»War es das, Hellen?«

Ja, das war es. Sie wusste es, brachte es aber nicht über die Lippen. Torsten war so lange ein Teil ihres Lebens gewesen, und es tat ihr selbst weh, ihn so zu sehen.

»Sag es mir«, verlangte er. »Ist es vorbei?«

»Es tut mir leid«, sagte sie erstickt.

»Mir auch!« Seine Stimme klang aufgebracht. Er packte seine Reisetasche und stürmte aus dem Zimmer. Kurz darauf hörte Hellen, dass die Haustür ins Schloss fiel.

Sie trat ans Fenster, versuchte vergeblich, den Kloß in ihrer Kehle hinunterzuschlucken. Es war wirklich vorbei. Jetzt wusste sie es nicht nur, sie spürte es auch.

– 54 –

Obwohl Erik sich sicher war, dass Paul nichts mit der Sache zu tun hatte, zumindest nicht wissentlich, suchte er am nächsten Tag das Gespräch mit ihm. Es bestand ja durchaus die Möglichkeit, dass Paul das verseuchte Holz von einem seiner Händler bekommen hatte.

Erik wusste, dass es eigentlich kaum möglich war. Paul erhielt sein Holz sozusagen im Rohzustand, als Baumstämme, die dann in seiner Firma weiterverarbeitet wurden. Es war schon sehr ungewöhnlich, dass jemand die Baumstämme mit einem Holzschutzmittel versah. Es war schlicht sinnfrei – es sei denn, jemand wollte Paul schaden. Denn wenn sich das herumsprach, würde er Kunden verlieren.

Aber nicht Paul war anonym angezeigt worden, sondern er. Also schien es jemand zu sein, der ihm schaden wollte.

Wer? Warum?

Das waren die drängenden Fragen, und Erik hatte keine Ahnung, wie er die Antwort finden konnte.

Er hätte Paul einfach anrufen können, aber Erik wollte persönlich mit ihm sprechen. Pauls Sekretärin teilte ihm mit, dass ihr Chef gerade unterwegs sei, nicht weit von Eriks Baustelle am Fjord entfernt.

Erik fuhr direkt dorthin und fand Paul im Gespräch mit seinen Arbeitern, die gefällte Baumstämme auf einen Transporter luden. Obwohl Paul Eriks Wagen gehört und ihn gesehen hatte, drehte er sich erst zu Erik um, als dieser näher kam. Pauls Miene war ernst.

»Hej, Erik! Sind ja schlimme Dinge, die ich da gehört habe.« Er schüttelte den Kopf. »Ehrlich, ich verstehe dich nicht.«

Erik war sprachlos. Wut stieg in ihm auf. »Was soll das denn heißen?«, rief er empört aus. »Du glaubst doch nicht, dass ich das Holz verseucht habe?!«

Paul sah ihm fest in die Augen. »Als ich das Holz geliefert habe, war es in Ordnung. Es muss also auf deinem Gelände passiert sein.«

Erik schüttelte den Kopf. Er war fassungslos, dass Paul ihm eine solche Tat zutraute. Sie kannten sich schon ihr ganzes Leben, und wenn sie auch nicht gerade enge Freunde waren, so doch zumindest vertraut genug, um zu wissen, was sie voneinander zu halten hatten.

»Kannst du mir einmal sagen, warum ich so etwas machen sollte?«

»Keine Ahnung.« Paul zuckte mit den Schultern. »Erklären kann ich es mir nicht, aber es ist ja nun einmal so, dass das Holz, das du verarbeitet hast, verseucht ist. Jedenfalls tut es mir sehr leid. Ich habe immer gerne mit dir zusammengearbeitet.«

»Das wirst du auch wieder«, versicherte Erik aufgebracht. »Es wird sich herausstellen, dass ich unschuldig bin.«.

Erik hatte keine Ahnung, wie, aber seine Unschuld musste sich einfach irgendwie beweisen lassen, zu viel stand auf dem Spiel.

»Das hoffe ich.« Paul ging zu seinem Wagen und öffnete die Fahrertür. Er setzte sich hinter das Lenkrad und ließ das Fenster auf seiner Seite herunter.

»Melde dich, wenn ihr wieder arbeitet«, rief er Erik zu.

Erik trat ein Stück näher. »Moment noch, Paul«, rief er ihm zu. Wenn Paul ihm misstraute und ihm das sogar ganz offen zeigte, konnte er selbst sich auch jede Rücksichtnahme ersparen. Und obwohl er davon überzeugt war, dass er nichts finden würde und er selber Paul für unschuldig hielt, klammerte Erik sich an diese winzige Hoffnung.

»Ich würde gerne Proben von deinem Holz nehmen«, sagte er mit fester Stimme.

Paul wirkte sofort sehr ärgerlich. »Du traust mir nicht?« Gleich darauf entspannte sich seine Miene wieder. »Was soll's, an deiner Stelle würde ich auch niemandem trauen. Nimm so viele Proben, wie du willst. Du kannst auch Proben aus meinem Lager nehmen. Das habe ich der Polizei übrigens auch schon gesagt.«

Ein breites Grinsen zog über Pauls Gesicht. »Ich habe ein absolut reines Gewissen.« Damit startete er den Wagen und fuhr los.

Erik schaute ihm nach. Einen Augenblick lang überlegte er, ob er die entsprechenden Proben wirklich nehmen sollte, aber irgendwo musste er ja mit der Suche anfangen. Wenn Pauls Holz wirklich unbehandelt war, konnte Erik davon ausgehen, dass jemand ihm selbst ganz bewusst Schaden zufügen wollte.

Die Vorstellung, dass ihn jemand so sehr hasste, dass er zu solchen Mitteln griff, erschreckte ihn. Zumal die Folgen nicht nur ihn trafen, sondern auch die Menschen, die bei ihm angestellt waren.

Wer und warum? Wer und warum? Er musste eine Antwort auf diese Frage finden.

Er rief einen Freund an, der in Stockholm ein toxikologisches Institut leitete, schilderte ihm die Situation und bat um Hilfe.

»Bring die Proben vorbei«, sagte Yngve sofort.

»Mache ich. Danke.« Erik seufzte erleichtert auf. Er hatte keine Ahnung, ob etwas dabei herauskam, aber so konnte er wenigstens etwas tun, anstatt die Dinge einfach geschehen zu lassen.

– 55 –

Ausgerechnet Stockholm!

Hellen wusste nicht, ob sie ihrer Freundin für diesen Auftrag wirklich dankbar sein sollte.

Am vergangenen Abend war Lara kurz nach Torstens überstürztem Aufbruch nach Hause gekommen. Ein wenig beschwingt, ein wenig beschwipst, aber dennoch hatte sie sofort bemerkt, dass mit Hellen etwas nicht stimmte.

Hellen hatte ihr alles erzählt, angefangen von der Spannung, die vom ersten Moment an zwischen ihr und Erik in der Luft gelegen hatte, über die Zweifel, die sie immer wieder quälten, weil Erik mit Linn verlobt war, bis hin zu der Auseinandersetzung mit Torsten.

Lara hatte schweigend zugehört und Hellen hinterher einfach in den Arm genommen. Ihre beste Freundin eben, die nicht wertete, sondern verstand. Die nicht redete, sondern zuhörte.

Zum Glück hatte Lara einen großen Vorrat an Schokoladeneis in ihrer Tiefkühltruhe. Genau das Richtige bei Herzschmerz, wie sie beide fanden, obwohl Lara irgendwann gestand, dass ihr Herzschmerz nun Vergangenheit war.

Jetzt war sie an der Reihe, zu erzählen, und sie berichtete von ihrem letzten Treffen mit Magnus.

Weil Lara ihre beste Freundin und Torsten hinterher nicht stören, sondern ihnen einen romantischen Abend zu zweit gönnen wollte, war sie anschließend ins Kino gegangen und danach in einen Club, wo sie die Cocktailkarte durchprobiert hatte.

»Wie rücksichtsvoll von dir, dass du uns nicht stören wolltest«, sagte Hellen. Sie schaute Lara an, und plötzlich mussten sie beide lachen. Dazwischen war dieser Anruf gekommen mit dem Kurierauftrag für eine Sendung nach Stockholm.

Lara gab diesen Auftrag sofort an Hellen weiter. Nun, nach einer schlaflosen Nacht, hegte Hellen allerdings Zweifel wegen Laras Motivation, sie nach Stockholm zu schicken.

»Du machst das aber nicht, weil du mich hier weghaben willst, oder? Ich meine, wegen Erik und dem, was ich dir gestern erzählt habe?«

»Nein«, sagte Lara. »Ich glaube zwar, dass ein bisschen Abstand ganz gut für dich wäre, aber das ist ein Auftrag wie jeder andere.« Sie nahm Hellen in den Arm und drückte sie.

»Bis heute Abend«, sagte Hellen. Es fiel ihr schwer, wegzufliegen, und gleichzeitig fühlte sie sich erleichtert. Es war diese verflixte Mischung aus Gefühlen, die sie spürte, seit sie in Norrtälje gelandet war.

Nein, verbesserte sie sich in Gedanken, seit ich Erik das erste Mal gesehen habe.

Mit einem Mal spürte sie eine so starke Sehnsucht nach ihm, dass es ihr fast den Atem raubte. Sie wünschte sich diesen Moment zurück, als sie zusammen im Wasser lagen, eng aneinandergepresst, seinen Mund auf ihren Lippen …

Dieser Moment war umso kostbarer, weil er nie wiederholt werden würde.

Hellen bemerkte plötzlich, dass ihre Freundin sie prüfend musterte. Sie zwang sich zu einem Lächeln.

»Ist alles in Ordnung?«, fragte Lara.

»Nein.« Hellen schüttelte den Kopf. »Aber es wird alles wieder in Ordnung kommen. Manche Dinge brauchen einfach Zeit.«

»Bis du wieder da bist, habe ich eine ganze Menge Nachschub an Schokoladeneis besorgt«, versprach Lara und brachte Hellen damit zum Lächeln.

»Bis später«, verabschiedete sich Hellen und ging hinunter zum Steg. Ein paar Minuten später hob sie ab. Sie sah Lara unten stehen, die eine Hand gegen das Sonnenlicht vor die Augen haltend, die andere winkend erhoben.

Hellen grüßte zurück, indem sie die Maschine so steuerte, dass sich die Flügel im Wechsel senkten.

Sie flog am Ufer des Fjords entlang und passierte dabei eine der Baustellen von Torberg-Bau. Überrascht bemerkte sie, dass dort unten Fahrzeuge standen und Menschen herumliefen, die offensichtlich arbeiteten. Sie hatte aber doch gehört, dass sämtliche Baustellen geschlossen worden waren und dort bis zum Abschluss der Ermittlungen nicht mehr gearbeitet werden durfte! Hellen konnte sich kaum vorstellen, dass Erik sich über ein polizeiliches Verbot einfach hinwegsetzte. Oder war das einfach ein gutes Zeichen, denn eigentlich konnte es ja nur bedeuten, dass Eriks Unschuld schon bewiesen war.

Kurz darauf verschwand die Baustelle aus ihrem Blickfeld. Nun war es nicht mehr weit bis Stockholm. Sie freute sich auf die Stadt, ihre gemeinsame Wohnung mit Torsten würde sie allerdings meiden. Sie hatte keine Ahnung, ob er zu Hause war. Er hatte seinen Flugplan wegen ihr geändert, vielleicht hatte er ihn jetzt erneut geändert, um nicht allein zu Hause sein zu müssen.

Die Stadt erschien ihr lauter und hektischer, als sie sie in Erinnerung hatte.

Mit dem Taxi ließ sie sich zu dem Kunden fahren, der bereits auf die Kuriersendung wartete. Danach schlenderte sie ein bisschen durch die Straßen, kaufte sich ein Eis und genoss die sommerlich gelöste Stimmung.

– 56 –

Sie hatten sich zufällig in Norrtälje getroffen. Linn hatte das dringende Bedürfnis gespürt, von Hardingsholm zu fliehen. Die Salmonellenvergiftung hatte sie inzwischen vollständig überwunden, aber alles andere, was sie quälte, wurde nur schlimmer. Mit jedem Tag, jeder Stunde …

… mit jedem Mal, wenn sie Lars sah und daran erinnert wurde, dass ihr Leben eine ganz andere Richtung nahm, als sie es sich einmal gewünscht hatte. Sie war nach wie vor fest entschlossen, Erik zu heiraten – und wusste jetzt, dass es falsch war.

Als Lars nun plötzlich vor ihr auftauchte, schlug ihr Herz wieder so heftig, wie es bei seinem Anblick niemals hätte schlagen dürfen. Aber sie konnte nichts dagegen tun.

»Hej. Was machst du denn hier?«, fragte sie und mühte sich, ihre Stimme ganz normal klingen zu lassen.

»Ich war bei der Polizei, um mich nach dem Stand der Ermittlungen zu erkundigen«, sagte er. Sein Blick ließ sie nicht los.

»Es ist ein Albtraum«, sagte Linn und ging langsam weiter, Lars blieb dicht an ihrer Seite.

»Es wird Erik das Herz brechen, wenn er seine Unschuld nicht beweisen kann«, sagte Linn. »Ich wünschte, ich könnte ihm irgendwie helfen.«

Ich wünschte, ich könnte ihn so lieben, wie er es verdient, fügte sie in Gedanken hinzu. Würde ich Erik lieben, wüsste ich auch, wie ich ihm helfen könnte.

»Es wird ihm schon helfen, dass du für ihn da bist«, sagte Lars. Seine Stimme klang tonlos.

Sie gingen nebeneinanderher, schweigend, und als ihre Hände sich zufällig berührten, war es, als würde ein Stromschlag von ihm zu ihr fahren. Sie zog ihre Hand schnell zurück, blieb stehen. Auch er blieb stehen, wandte sich ihr zu.

»Ich dachte ...«, sagte Linn.

»Ich wünschte ...«, sagte Lars gleichzeitig.

Sie waren einander plötzlich so nahe. Sein Gesicht näherte sich dem ihren, seine Hand strich sanft über ihre Wange.

Linn schloss die Augen, als seine Lippen sanft über ihre Lippen streichelten, als sie seinen Atem spürte, das Glück früherer Tage schmeckte.

Nein!

Das hier, das ging nicht, das durfte nicht sein. Sie löste sich von ihm, trat einen Schritt zurück.

»Nein, Lars!«, sagte sie sehr bestimmt. »Das mit uns ist vorbei. Für immer!«

Er nickte, wirkte so niedergeschlagen, wie sie sich fühlte.

Eigentlich war alles gesagt, und doch konnte sie ihn nicht einfach stehen lassen. »Ich war so unglücklich, als du einfach verschwunden bist«, sagte sie leise. »Ich habe ziemlich lange gebraucht, um mich davon zu erholen.«

»Du ahnst nicht, wie sehr ich das bereue«, sagte er bedrückt. »Ich konnte damals einfach nicht anders. Es war alles so viel, nach dem Tod meiner Eltern. Und dann wir beide ...« Er brach ab, schien nicht zu wissen, wie er es ihr erklären sollte.

»Ich bin in Panik geraten«, setzte er erneut an. »Ich wollte mich nicht binden, ich wollte frei sein, offen für die Welt da draußen.«

»Und meine Welt brach damit völlig zusammen.« Linn kämpfte vergeblich gegen die Tränen an. Sie spürte, wie sie sich aus ihren Augenwinkeln lösten, über ihre Wangen liefen.

»Erik war einfach da«, sagte sie. »Er hat mich aufgefangen, und ich war für ihn da, um ihm in seinem Schmerz um den Tod eurer Eltern beizustehen. Was immer auch zwischen uns war …« Sie brach ab, schluckte schwer. »Was immer noch zwischen uns ist«, flüsterte sie, »ich kann das nicht. Ich kann Erik das nicht antun. Er hat schon genug Probleme.«

Sie wandte sich ab und lief davon. Weil sie nicht länger den Schmerz in seinen Augen ertragen konnte, der ihren eigenen Schmerz widerspiegelte. Weil sie Angst hatte, nicht länger stark sein zu können und ihren eigenen Gefühlen doch noch nachzugeben.

– 57 –

Erik war persönlich nach Stockholm gefahren, um seinem Freund die Proben zu bringen. Er würde ab jetzt nichts mehr dem Zufall überlassen. Er wollte Hellen bitten, ihn nach Stockholm zu fliegen, aber als er bei Lara anrief, erfuhr er, dass Hellen mit einer Kuriersendung unterwegs war und erst für den Abend zurückerwartet wurde. Aber so lange wollte Erik nicht warten.

Erik spürte Enttäuschung in sich aufwallen und schalt sich sofort seiner Gefühle. Diese Gefühle für Hellen standen ihm nicht zu. Er dachte an Linn, an ihre gemeinsame Zukunft und wusste gleichzeitig, dass er für Linn nie das empfinden würde, was er für Hellen empfand.

Vielleicht war es ganz gut so, dass Hellen unterwegs war. Er würde das Auto nehmen und die Fahrt nutzen, um in Ruhe weiter nachzudenken. Doch ausgerechnet jetzt sprang sein Wagen nicht an. Dabei hatte er noch nie Probleme gemacht!

Erik war genervt. Er rief in der Werkstatt an, aber der Mechaniker würde erst am Nachmittag einen Blick auf das Auto werfen können. Erik aber wollte die Fahrt nach Stockholm nicht verschieben, die Proben sollten so schnell wie möglich untersucht werden, und zudem erwartete Yngve ihn bereits. Erik beschloss, mit dem Bus von Norrtälje nach Stockholm zu fahren.

Yngve, der auf dem Nachbargut der Torbergs aufgewachsen und nach seinem Chemiestudium in Stockholm gelandet war, freute sich über das Wiedersehen. Zusammen tranken sie einen Kaffee, dabei erzählte Erik noch einmal detailliert, was passiert war.

»Wer macht so etwas?«, fragte Yngve erschüttert.

Erik zuckte mit den Schultern. »Die Frage stelle ich mir schon die ganze Zeit.«

»Zuerst die geplatzte Hochzeit, jetzt das«, sagte Yngve nachdenklich. »Wie kommt Linn denn damit klar?«

Erik dachte nach. Ja, wie kam Linn damit zurecht? Sie hatten kaum Gelegenheit gefunden, miteinander zu sprechen. Er wusste gar nicht, was sie fühlte oder dachte.

Hatte er es überhaupt je gewusst?

Ja, es hatte einmal eine Zeit gegeben, da hatten sie beide voneinander gewusst, was sie empfanden, was in ihnen vorging. Das war die Zeit, als sie sich gegenseitig stützten und sich Halt gaben.

Danach, so erkannte er jetzt, hatten sie beide ihr Leben gelebt. Nicht miteinander, sondern nebeneinander.

War es das, was er sich für sein ganzes Leben wünschte?

Plötzlich war da wieder ein anderes Bild vor seinen Augen. Das Bild einer jungen Frau mit dunklen Haaren, dunklen Augen ...

Yngve hatte ihn offensichtlich etwas gefragt, was Erik gar nicht mitbekommen hatte, nun stieß der Freund ihn an. »Bist du noch da?«, fragte er ihn lachend.

»Entschuldigung, was hast du gesagt?«, fragte Erik verwirrt.

»Ob wir zusammen essen gehen wollen«, wiederholte Yngve seine Frage.

Erik schüttelte den Kopf. »Sei mir bitte nicht böse, aber ich möchte gerne so schnell wie möglich nach Hause. Lass uns das bei meinem nächsten Stockholmbesuch nachholen.«

Yngve brachte ihn nach draußen. »Ich gebe dir so schnell wie möglich Bescheid«, versprach er.

»Danke, Yngve«, seufzte Erik erleichtert. »Ich wusste, dass ich auf dich zählen kann.«

»Wozu hat man alte Freunde?«, Yngve klopfte ihm mitfühlend auf die Schulter. »Ich hoffe nur, dass meine Ergebnisse dir dabei helfen, deine Unschuld zu beweisen.«

»Das hoffe ich auch«, seufzte Erik und verabschiedete sich. Er wollte so schnell wie möglich zurück nach Hardingsholm.

– 58 –

Hellen überlegte, ob sie zurückfliegen oder noch ein bisschen in Stockholm bleiben sollte. Irgendwann würde sie ihre Sachen aus der Wohnung holen und sich eine neue Bleibe suchen müssen. Davor graute ihr, es war gar nicht so leicht, in Stockholm eine Wohnung zu finden. Nein, korrigierte sie sich, es war ohne Beziehungen fast sogar unmöglich. Nachdenklich lief sie durch den Kungsträdgården zurück in Richtung Wasser. Sie betrachtete die fröhlichen Menschen, die in der Sonne flanierten. Der Kies knirschte unter ihren Schritten, und Stockholm zeigte sich unter tiefblauem Himmel von seiner besten Seite. So vertraut wie immer – und auch wieder nicht. Sie fühlte sich nicht wie zu Hause, obwohl sie schon so lange hier lebte, sondern kam sich vor wie auf Besuch.

Plötzlich traute sie ihren Augen nicht. Direkt vor ihr stand Erik Torberg! »Das gibt es doch nicht«, sagte sie atemlos, während sie unbändige Freude in sich aufsteigen spürte.

»Hej, Hellen«, sagte er mit einem Strahlen im Gesicht. »Ich habe gerade an dich gedacht.«

Hellen spürte, dass es nicht nur eine Phrase war. Dabei registrierte sie nur am Rande, dass er sie geduzt hatte, aber es fühlte sich richtig und nah an.

Sie dachte doch selbst dauernd an ihn, wenn auch mehr in dem Sinne, dass sie sich verbieten wollte, je wieder an ihn zu denken. Aber wie sollte das funktionieren, wenn sie ihn selbst an solchen Orten traf, wo sie nie mit ihm gerechnet hätte?

»Ich muss bald schon wieder zurück«, sagte sie ein wenig hilflos.

Erik wirkte enttäuscht. »Musst du gleich wieder weg, oder hättest du Zeit, noch ein bisschen mit mir durch Gamla Stan zu bummeln?«

Hellens Schutzmauer brach. Wenn er sie so bat, würde sie sich alle Zeit der Welt nehmen. Sie lächelte. »Dann muss ich nachher eben ein bisschen schneller fliegen«, sagte sie.

Zusammen schlenderten sie weiter, durch die schmalen, kopfsteingepflasterten Gassen, bis sie den Stortorget, Stockholms ehemaligen, geschichtsträchtigen Marktplatz erreichten.

Wie immer, wenn Hellen hier war, spürte sie die ganz besondere Ausstrahlung dieses Ortes. Die wunderschönen Fassaden und Giebel der Häuser, die kleinen Cafés, die bei Einheimischen und Touristen gleichermaßen beliebt waren, die Farbenpracht, die Fröhlichkeit versprach und doch nicht darüber hinwegtäuschen konnte, dass dieser Platz für immer mit einem besonders düsteren Teil der schwedischen Geschichte behaftet sein würde.

Die Geschichten über das legendäre Stockholmer Blutbad, bei dem der dänische König Christian II. im Jahre 1520 n. Chr. Mitglieder der gehobenen Stockholmer Gesellschaft köpfen ließ, kannte jedes schwedische Kind.

Hellen spürte einen leichten Schauer auf ihrer Haut, selbst an warmen Sommertagen wie heute.

»Du spürst es auch?« Erik lächelte sie an.

»Immer wenn ich hier bin«, sagte sie. »Für mich ist und bleibt es unbegreiflich, wie an einem so schönen Platz etwas so Grausames passieren konnte.«

Sie setzten sich auf eine der vielen Bänke mitten auf dem Platz. Hellen schüttelte die Gedanken an die Geschichte ab und wandte sich der Gegenwart zu.

»Wie geht es dir eigentlich?«, wollte sie von Erik wissen.

»Eigentlich müsste ich mich schrecklich fühlen«, sagte er. Sein Lächeln verriet, dass es nicht so war. Jedenfalls im Moment nicht.

»Zuerst die geplatzte Hochzeit«, fuhr er fort, »und jetzt steht meine Firma fast vor dem Ruin. Irgendwie ist nichts mehr so, wie es war.«

In seiner Stimme lag nichts Vorwurfsvolles, sein Blick war offen und ehrlich.

»Bei mir auch nicht«, sagte sie. »Ich habe das Gefühl, dass alles in eine Richtung läuft, die ich so nicht geplant habe.«

Hellen erwiderte seinen Blick, ließ die Faszination zu, die er auf sie ausübte. In seinen Augen lag ein Glanz, der sie berührte, der eine Magie schuf, die alles um sie herum ausschloss.

»Ich glaube, das Leben kann man einfach nicht planen«, sagte Erik schließlich und wirkte sehr nachdenklich. »Es passiert einfach. Wichtig ist, wie wir uns dem stellen und was wir daraus machen.« Er schaute Hellen wieder an, lächelte. »Erstaunlich finde ich, dass wir uns immer wieder begegnen. Sogar hier, in Stockholm.«

»Ich hatte den Auftrag, eine Sendung nach Stockholm zu bringen«, sagte Hellen.

»Und ich habe Holzproben zu einem befreundeten Chemiker gebracht, die er für mich untersuchen soll«, erklärte Erik. »Ob und wie ich damit allerdings meine Unschuld beweisen soll, weiß ich nicht.«

»Ich wünschte, ich könnte dir irgendwie helfen«, sagte Hellen bedrückt.

Er hob plötzlich die Hand, strich sacht über ihre Wange.

Hellen hielt ganz still, schaute ihn nur an. Als er sie schließlich umfasste, schlang sie ihre Arme um seinen Hals. Er suchte ihre Lippen, küsste sie.

Hellen ließ ihn gewähren, erwiderte leidenschaftlich seinen Kuss, bis er sich plötzlich von ihr löste.

»Nimmst du mich mit zurück?«, bat er leise. »Ich bin mit dem Bus gekommen, weil mein Wagen heute Morgen gestreikt hat.«

»Gerne.« Hellen freute sich. Noch mehr Zeit mit ihm zusammen. Auch wenn es nicht gut gehen konnte – es machte sie glücklich.

»Bleibst du heute noch lange in Stockholm?«, erkundigte er sich zögernd. »Ich meine nur …« Er brach ab.

»Ich weiß!« Hellen nickte. »Du willst jetzt so schnell wie möglich zurück.«

»Ja«, sagte Erik offensichtlich erleichtert. »Ich weiß nicht, was ich tun soll, und eigentlich ist es egal, ob ich hier oder auf Hardingsholm bin, aber ich habe die ganze Zeit das Gefühl, das ich irgendwie aktiv werden muss. Die Baustellen stehen still …«

»Moment!« Hellen blieb stehen. »Auf der Fahrt nach Stockholm bin ich über eine der Baustellen am Fjord geflogen. Gibt es da noch andere außer deiner Baustelle?«

Erik schüttelte den Kopf.

»Dort wurde gearbeitet«, stellte Hellen richtig. »Ich war ehrlich gesagt ziemlich überrascht.«

Erik wirkte mit einem Mal sehr beunruhigt. »Dort kann nicht gearbeitet werden, die Polizei hat die Baustelle dichtgemacht.«

»Wenn du willst, kann ich dich dorthin fliegen«, schlug Hellen vor.

Erik war sofort einverstanden. »Ich bin gespannt, was das zu bedeuten hat. Es ist allemal besser, als nichts zu tun.«

»Da unten ist es!« Hellen zog die Maschine ein bisschen tiefer, sodass sie beide die Baustelle mit dem fast fertigen Haus, die geparkten Wagen und die offensichtlich arbeitenden Männer sehen konnten.

Erik wirkte sehr verwirrt. Hellen setzte zur Landung an, was die Leute unten in hektische Aktivität zu versetzen schien. Die Männer rannten zu den Wagen, manche schienen auf dem Weg schnell noch Dinge einzusammeln. Dann senkte die Maschine sich auf das Wasser, und die aufspritzende Gischt und die Bäume am Ufer versperrten ihnen die Sicht.

Erik sprang bereits aus dem Flugzeug, kaum dass sie den Steg erreicht hatten. Hellen eilte sich, die Maschine zu vertäuen, bevor sie ihm folgte.

Sie sah Erik über die Wiese zur Baustelle laufen, vor sich auf dem Kiesweg Richtung Norrtälje die Staubwolke der Fahrzeuge.

»Ich schaue mal, ob jemand in den Bauwagen eingebrochen ist«, rief Erik ihr zu.

Hellen nickte. Der überstürzte Aufbruch der Männer schien zu beweisen, dass hier etwas nicht stimmte. Aber was?

Hellen schlenderte langsam über den Platz, als ihr Blick auf eine Papierrolle an einer der Baumaschinen fiel. Neugierig faltete sie sie auseinander.

Es war ein Plan, auf dem ein Haus samt Nebengebäuden und umliegender Landschaft eingezeichnet war. Unten in der Ecke stand das Logo einer Baufirma.

»Erik, komm doch bitte mal«, rief sie. Sie hatte keine Ahnung, ob diese Entdeckung etwas zu bedeuten hatte, aber er sollte es sich ansehen.

Erik kam näher. »Was hast du da?«, fragte er.

»Das ist ein Bauplan von Mäster-Bau«, erwiderte sie und hielt das ausgerollte Blatt so, dass er gut sehen konnte.

Erik warf nur einen Blick darauf. »Das ist mein Bauplan von diesem Haus hier«, rief er aufgeregt aus. »Mit einem neuen Logo. Mäster-Bau! Wer ist das überhaupt? Und wie kommen die an meine Baupläne?«

Hellen zuckte mit den Schultern. Wenn er schon keine Ahnung hatte, wie sollte sie es dann wissen? Seine Aufregung übertrug sich auf sie, und sie hatte das Gefühl, dass sie eine bedeutsame Entdeckung gemacht hatten.

Erik starrte über den Plan hinweg nachdenklich ins Leere. »Ich wette, sobald wir herausfinden, wer hinter dieser Firma steckt, finden wir auch heraus, wer unser Holz verseucht hat.«

»Und jetzt?«

»Fliegen wir nach Hardingsholm. Ich brauche die Hilfe meines Bruders«, sagte er.

Hellen war einverstanden.

Schon bald hatten sie ihr Ziel erreicht, und während Erik ins Haus ging, informierte Hellen ihre Freundin über Funk, dass es noch ein bisschen dauern würde, bis sie zurück zur Basis kam.

– 59 –

Linn saß zusammen mit ihrer Mutter im Garten. Vor ihnen auf dem Tisch standen zwei Tassen Kaffee und eine Platte voller Kanelbullar, die beide Frauen jedoch nicht anrührten. Linn hatte keinen Appetit auf Zimtschnecken.

»Ich überlege, ob ich wieder nach Hause fahren soll«, sagte Edda.

Linn bemerkte, dass ihre Mutter sie prüfend musterte, als wolle sie wissen, wie ihre Tochter darüber dachte. Tatsächlich hatte Linn keine Ahnung, was sie wollte.

Einerseits war sie froh, dass ihre Mutter da war, ihr während der Krankheit beigestanden hatte und ihr auch jetzt noch viel Gesellschaft leistete, sie ablenkte von den Gedanken und noch mehr den Gefühlen, die nicht gut für sie waren.

Andererseits hatte Linn Angst, dass Edda mehr ahnte oder sah, als ihr lieb war. Sie schwieg.

»Eigentlich wollte ich nur bis zur Hochzeit bleiben«, fuhr Edda schließlich fort. »Jetzt kommt es mir so vor, als wäre ich schon ewig hier.«

»Es tut mir leid, dass du umsonst gekommen bist«, sagte Linn.

Edda schüttelte leicht den Kopf. »Du kannst ja nichts dafür, dass die Hochzeit geplatzt ist.« Sie machte wieder eine kurze Pause, suchte Linns Blick. »Aber du tust auch nichts dafür, dass sie bald nachgeholt wird.«

Linn unterdrückte einen Seufzer. Wusste ich's doch, dass sie damit wieder anfängt, dachte sie. Edda war aber noch nicht fertig.

»Versteh mich nicht falsch«, sagte sie vorsichtig. »Es ist natürlich eure Sache, wann ihr heiraten wollt. Ich habe nur das Gefühl, dass es dir nicht mehr wichtig ist. Wenn du also darüber reden willst ...«

»Ich weiß nicht, was du meinst«, fiel Linn ihrer Mutter ins Wort, obwohl sie ganz genau verstand, was Edda ihr sagen wollte. Genervt hob sie beide Hände und ließ sie wieder auf den Tisch fallen. »Meine Güte, es geht im Moment alles drunter und drüber. Erik weiß nicht, wie er die Firma halten soll. Erwartest du wirklich, dass ich ihm da jetzt auch noch mit der Hochzeit komme?«

»Nein, natürlich nicht«, erwiderte Edda schnell. »Ich hoffe nur, du nutzt diese Zeit, um dir klar zu werden, was du wirklich willst.«

»Was soll das, Mama?«

Sie hatte die Frage kaum ausgesprochen, da bereute Linn es bereits.

»Schließlich warst du einmal sehr in Lars verliebt«, kam ihre Mutter direkt auf den Punkt. »Und jetzt ist er wieder da.«

»Na und?«, erwiderte Linn heftig. »Ich werde Erik heiraten.« Auch diesmal wich sie dem Blick ihrer Mutter aus.

»Obwohl du Lars immer noch liebst?«, fragte Edda leise.

Linn zuckte erschrocken zusammen, kam aber nicht mehr zu einer Antwort. Erik stand plötzlich am Tisch, und Linn fragte sich, wie viel er von dem Gespräch zwischen ihr und ihrer Mutter mitbekommen hatte.

Er wirkte sehr aufgeregt.

»Wo ist Lars?«, stieß er hervor, und Linn bemerkte erleichtert, dass er vermutlich nichts gehört hatte.

Es war Edda, die antwortete: »Ich glaube, er ist auf seinem Zimmer.«

»Ist etwas passiert?«, wollte Linn wissen. Eriks offensichtliche Unruhe machte ihr Angst.

»Ich erkläre es euch später«, sagte Erik und eilte ins Haus.

Linn sah ihm nach, dann stand sie auf. Ihre Mutter griff nach ihrem Arm. »Lass es, Kind«, mahnte sie leise, aber Linn wollte nicht auf sie hören. Sie befreite sich aus dem Griff, folgte Erik ins Haus und bekam noch mit, wie er die Tür zum Gästezimmer öffnete. Sie sah das Bett, die offene Schranktür, den Rucksack auf dem Bett, in den Lars gerade seine Sachen stopfte, und spürte, wie eine eisige Hand nach ihrem Herzen griff.

Lars wollte weg, zweifellos wegen dem, was heute zwischen ihnen passiert war. Oder vielmehr, was nicht passiert war. Sie hatte ihm deutlich klargemacht, dass sie Erik heiraten würde, und Lars machte das, was er immer gemacht hatte: Er flüchtete vor einer Realität, mit der er nicht klarkam.

Lars lief zwischen dem Bett und dem Kleiderschrank hin und her, Erik stand in der Tür und wandte ihr den Rücken zu. Beide Männer bemerkten sie nicht.

»Was machst du?«, hörte sie Erik fragen. Verwundert, und doch mit einem ärgerlichen Unterton in der Stimme.

»Ich muss weg«, sagte Lars und stopfte eine Hose in den Rucksack. »Ich bin schon viel zu lange hier.«

»Das ist doch nicht dein Ernst! Unten wartet Hellen auf uns«, erwiderte Erik, »es gibt Neuigkeiten.«

»Gut für dich«, sagte Lars, »hoffe ich jedenfalls. Ich habe mit der ganzen Sache nichts mehr zu tun.«

Linn glaubte, Eriks Fassungslosigkeit beinahe körperlich zu spüren. Oder war es ihr eigenes Gefühl, ihre eigene Empörung, ihre Unsicherheit? Dieser ganze Wust von Gefühlen, der sie quälte, seit Lars aufgetaucht war.

»Ich stecke hier bis zum Hals im Dreck.« Eriks Stimme wurde immer lauter. »Mit einer Firma, die nicht nur mir, sondern auch dir gehört, und du haust mal wieder ab.«

Lars hielt kurz inne. »Es ist besser so, Erik«, seine Stimme klang beschwichtigend. »Ich kann hier sowieso nichts machen.«

»Natürlich kannst du etwas machen!« Eriks Fassungslosigkeit schien jetzt in hilflose Wut umzuschlagen. Linn konnte ihn so gut verstehen.

»Verdammt, die Firma gehört zur Hälfte dir«, sprach Erik weiter. »Das ist nicht nur meine Sache.«

Auch Lars wurde jetzt lauter, er hörte aber nicht mehr auf zu packen, sondern beschleunigte seine Bemühungen sogar, als er antwortete: »Ich überschreibe dir gerne meine Hälfte. Ich will mit dem allen hier nichts mehr zu tun haben.«

»Soll ich vor die Knie fallen und betteln, dass du hierbleibst?«, brüllte Erik seinen Bruder an.

Lars wirkte jetzt plötzlich ganz ruhig. Er schlug seinen Rucksack zu und hängte ihn sich auf den Rücken. »Sei nicht albern«, sagte er zu Erik. »Ich passe einfach nicht hierher, das musst du endlich mal kapieren.«

Er wollte an seinem Bruder vorbei aus dem Zimmer, blieb aber direkt vor ihm stehen. »Du hast doch nichts dagegen, wenn ich Hellen bitte, dass sie mich nach Norrtälje fliegt?«

Erik schien einzusehen, dass es nichts gab, was seinen Bruder halten konnte. Er trat zur Seite, um Lars vorbeizulassen. Instinktiv wich Linn zurück und eilte davon, damit Lars sie nicht sah.

Oder hätte sie warten sollen, konnte ihn das vielleicht aufhalten? Wollte sie das überhaupt? Sie wusste es nicht.

Sie eilte auf die Terrasse, sah Lars über die Wiese zum Bootshaus stapfen. Als er die Treppe zum Ufer hinunterstieg, entschwand er ihren Blicken.

Linn presste die Hände vor der Brust zusammen. Komm zurück, flehte sie in Gedanken. Komm bitte zurück.

Lars kam nicht zurück. Sie hörte das Flugzeug, und dann sah sie es, wie es immer höher in die Luft stieg.

Lars war weg, und sie war sicher, dass es diesmal ein Abschied für immer war. Heute, da konnte sie nicht einmal mehr weinen!

– 60 –

Heute traf sich sein Auftraggeber persönlich mit ihm, und das war auch gut so. Allerdings hatte er keine Ahnung, warum das Treffen ausgerechnet an der Baustelle stattfinden sollte. Er selber hielt es für zu gefährlich, aber der Auftraggeber hatte darauf bestanden.

Er wartete immer noch auf sein Geld, dabei hatte er längst alle Arbeiten erledigt, die von ihm verlangt worden waren.

»Wann zahlst du mich endlich aus?«, wollte er unzufrieden wissen.

»Morgen«, erwiderte sein Auftraggeber. »Ganz bestimmt. Es gibt da nur noch eine Kleinigkeit, die du für mich erledigen musst.«

»Was denn noch?«, fragte er ärgerlich. »Ich habe alles gemacht, wie du es wolltest. Mäster-Bau bekommt den Auftrag, und offensichtlich hast du deine Leute ja schon auf der Baustelle. Ganz schön leichtsinnig, wie ich anmerken muss.«

Er sah sich um, musste aber anerkennend feststellen, dass die Leute seines Auftraggebers schon ein gutes Stück weitergekommen waren. Dabei schien sein Auftraggeber darauf zu vertrauen, dass Erik die Baustellen nach dem Arbeitsstopp nicht mehr besuchte.

Der Auftraggeber lächelte selbstgefällig. »Erik ist damit beschäftigt, seine Unschuld zu beweisen, was ihm aber nicht gelingen wird. Und hier will ich mit den Arbeiten so gut wie fertig sein, wenn alles offiziell ist, aber das ist nicht deine Sache.«

»Nein!« Er zog die Brauen finster zusammen. »Meine Sache habe ich erledigt und mein Geld noch nicht bekommen.«

»Du musst nur noch dafür sorgen, dass der Rest von dem Zeug verschwindet«, sagte der Auftraggeber.

»Ich?«, rief er erschrocken aus. »Was soll ich denn damit machen?«

Der Auftraggeber grinste und wies zum Fjord. »Die Ostsee ist groß und tief. Du bist dir schon darüber im Klaren, dass vor allem deine Fingerabdrücke auf den Kanistern sind?«

Er stieß einen Fluch aus, fühlte sich erpresst, und genau so war es wohl auch gemeint. Dieser Scheißkerl nutzte ihn aus ...

... und er ließ sich ausnutzen, verriet Menschen, die ihm vertrauten.

»Es liegt an dir«, fuhr der Auftraggeber fort. »Schaff das Zeug weg, dann führt keine Spur mehr zu dir.«

Jetzt wusste er auch, weshalb ich in der Auftraggeber ausgerechnet hierher bestellt hatte.

Es waren höchsten noch zwei Kanister, die nahe der Baustelle in einer kleinen Hütte versteckt waren. Jetzt wurden sie ihm womöglich zum Verhängnis. An seine Fingerabdrücke, die er darauf hinterlassen hatte, hatte er nicht eine Sekunde gedacht. Verdammt, warum hatte er keine Handschuhe getragen!

Es war zu spät, er musste das Gift entsorgen.

»Ich mache es«, gab er nach, »aber morgen zahlst du mich endlich aus.«

»Versprochen«, nickte sein Auftraggeber und ließ ihn dennoch mit dem Gefühl des Misstrauens zurück.

– 61 –

Hellen war überrascht, als Lars allein auftauchte – und dann ziemlich enttäuscht, als sie erfuhr, dass Erik nicht kommen würde. Der Rucksack, den er nach hinten ins Flugzeug warf, sprach ebenso Bände wie sein Gesicht.

Als sie losflog, schwieg er und starrte düster vor sich hin.

»Sag mal, kennst du Mäster-Bau?«

»Nein«, knurrte er in einem Tonfall, der deutlich machte, dass er eigentlich nicht reden wollte. Hellen ließ sich dadurch nicht entmutigen und sprach weiter.

»Scheint so, als hätten die irgendwie die Finger in dieser Giftsache.«

Jetzt wurde Lars doch hellhörig. »Was meinst du damit?«, wollte er wissen.

»Ich glaube, dass da ein ganz krummes Ding läuft, und wenn wir herausfinden, wer hinter Mäster-Bau steckt ...«

»Was ist das da unten?«, fiel Lars ihr ins Wort.

Sie hatten die Baustelle am Fjord erreicht. Zwei Wagen standen auf dem Gelände, unweit davon unterhielten sich zwei Männer.

Hellen flog einen Bogen, und sie beobachteten, wie die Männer sich trennten und in entgegengesetzte Richtungen davonfuhren. Der eine in Richtung Norrtälje, der andere einen schmalen Weg entlang, an dessen Ende sich ganz in der Nähe des Ufers eine kleine Hütte befand.

»Runter!«, stieß Lars hervor, aber das war unnötig. Hellen hatte die Nase der Maschine bereits gesenkt und setzte parallel zur Hütte zur Landung an.

Lars sprang aus dem Flugzeug und watete ans Ufer, und Hellen folgte ihm eilig. So leise wie möglich schlichen sie bis zur Hütte und versteckten sich im Unterholz. Es dauerte nicht lange, da kam der Fahrer heraus.

Hellen hatte ihn schon einmal gesehen, auf dem Polterabend. Die Gedanken rasten durch ihren Kopf. Dort hatten Erik und er sehr vertraut gewirkt, wie enge Freunde. Wie konnte es sein, dass er jetzt hier, in diesem Schuppen war? Plötzlich hörte sie ein Rascheln neben sich und sah, wie Lars sich anschickte, aus dem Gebüsch zu krabbeln. Hellen folgte ihm, ihr Herz klopfte wild vor Aufregung und Anspannung.

»Kalle! Für wen machst denn du hier die Drecksarbeit?« Lars' Stimme klang ungläubig und entsetzt zugleich.

Der Mann bemerkte ihn und Hellen erst jetzt. Die Situation war ebenso eindeutig wie das Etikett mit dem großen Totenkopf auf den Kanistern, die er rechts und links in der Hand hielt. Das Gesicht des Mannes war schneeweiß geworden.

Er schüttelte den Kopf, offensichtlich wollte er versuchen zu retten, was nicht mehr zu retten war. »Ich habe keine Ahnung, wovon du sprichst.«

»Du kannst lesen«, erwiderte Lars spöttisch und zeigte auf einen der Kanister. »Es steht drauf, was drin ist.«

»Ich weiß nicht, was das ist«, behauptete Kalle. »Ich habe nur den Auftrag, diese Kanister zu holen. Übrigens von deinem Bruder.« Kalle versuchte ein Lächeln, das aber misslang.

Obwohl Hellen diesen Mann nicht kannte, hatte sie das Gefühl, dass seine gesamte Haltung nichts als Schuldbewusstsein ausstrahlte.

»Ich verstehe dich nicht, Kalle«, sagte Lars kopfschüttelnd. »Erik hat in dir immer einen guten Freund gesehen. Er hat dich sogar gebeten, sein Trauzeuge zu sein!«

Kalle ließ den Kopf hängen, als könne er es nicht ertragen, Lars in die Augen zu sehen. Seine Brust hob und senkte sich in raschem Wechsel.

»Weißt du was, Kalle«, sagte Lars, »du kommst am besten gleich mal mit nach Hardingsholm, und wir fragen Erik, ob er wirklich weiß, was in den Kanistern ist.«

Kalle sagte kein Wort. Er schüttelte den Kopf, immer wieder, dann ließ er plötzlich beide Kanister fallen, drehte sich um und rannte los.

»Verdammt, Kalle!«, brüllte Lars und rannte dem Mann nach. Die beiden verschwanden hinter den Bäumen.

Hellen kam so schnell nicht nach. Sie hatte Angst und überlegte fieberhaft, was sie tun sollte. Dann vernahm sie einen Aufschrei und kurz darauf Schritte, die eilig auf sie zukamen. Plötzlich stand Kalle wieder vor ihr.

Sein Haar stand wild vom Kopf ab, seine Augen flackerten unstet, er hielt die Hände wie Krallen von sich gestreckt, kam einen Schritt näher ...

Hellen wich panisch zur Seite. Wo blieb Lars?

Kalle lief an ihr vorbei, als hätte er sie nicht gesehen, zurück zur Hütte, und Hellen eilte in die Richtung, aus der er gekommen war.

Sie fand Lars ein Stück abseits des Weges. Er lag auf der Seite auf dem Boden, reglos, mit geschlossenen Augen.

»Lars, was ist mit dir?« Hellen kniete neben ihm nieder, fasste ihn an der Schulter und drehte ihn auf den Rücken. An seiner Schläfe klaffte eine blutende Wunde.

Hellen hörte, wie ganz in der Nähe ein Auto gestartet wurde. Kalles Wagen?

Erneut wurde sie von Angst erfasst. Was, wenn er zurückkehrte, um die beiden Zeugen für immer zum Schweigen zu bringen? Es dauerte, bis sie begriff, dass sich das Motorgeräusch entfernte.

»Lars, bitte«, flehte sie. »Wach doch auf.«

Oder war er bereits tot?

Sie tastete nach seiner Halsschlagader. Nichts!

Und dann flackerten kaum merklich seine Augenlider, ein dumpfes Stöhnen entrang sich seiner Kehle, und endlich konnte Hellen auch seinen Puls fühlen. Flach und schnell zwar, aber immerhin. Er lebte. Fieberhaft fingerte sie nach ihrem Handy und informierte den Rettungsdienst sowie die Polizei.

Während sie wartete, tastete sie immer wieder nach Lars' Puls. Er schlug, sogar ein wenig kräftiger als zu Beginn, fand sie. Ansprechbar war er allerdings nicht.

Schließlich rief sie Erik an.

– 62 –

Ich werde nach vorn sehen! Ich werde da weitermachen, wo wir aufgehört haben, bevor Lars kam.

Immer wieder nahm Linn sich das vor. Immer wieder sagte sie es sich in Gedanken. Sie spürte selbst, dass es ihr nicht wirklich gelang, sich zu überzeugen. Möglicherweise hätte auch Erik bemerkt, dass mit ihr etwas nicht stimmte, wenn er nicht selber so sehr in Gedanken versunken gewesen wäre. Dann klingelte sein Handy. Er nahm den Anruf an und wirkte plötzlich sehr aufgeregt.

»Was ist mit ihm?«

Linn spürte Panik in sich aufsteigen. Sie sah Erik an, hing an seinen Lippen, aber er schien sie nicht einmal zu bemerken.

»Ja, ist gut«, hörte sie ihn sagen. »Ich komme gleich.«

Er schaltete das Handy aus, wollte aus dem Raum, aber Linn stellte sich ihm in den Weg. »Was ist passiert?«

Erik drängte ungeduldig an ihr vorbei. »Mach dir keine Sorgen«, war alles, was er sagte.

Linn hielt ihn am Arm fest. »Erik, sag mir, was los ist«, verlangte sie energisch.

»Lars ist verletzt. Hellen ist bei ihm.«

»Was ist denn passiert? Sind die beiden mit dem Flugzeug abgestürzt?« Linn bemerkte, dass sich ihre Stimme beinahe überschlug.

»Nein ... nein«, Erik schüttelte den Kopf. Er hatte die Brauen zusammengezogen, schaute sie nicht an, schien nur noch wegzuwollen.

Linn konnte ihn nicht einfach so gehen lassen. Sie hätte die Angst um Lars nicht ausgehalten. »Was ist mit Lars?«, hörte sie nicht auf zu fragen. »Ist er schwer verletzt?«

Endlich schien Erik zu spüren, dass sie selbst halb wahnsinnig war vor Angst. Er brachte sogar ein Lächeln zustande, als er den Kopf schüttelte. »Sie sind nicht mit dem Flugzeug abgestürzt, es gab wohl eine Schlägerei, und dabei ist Lars mit dem Kopf auf dem Boden aufgeschlagen. Genaues weiß ich auch noch nicht. Mach dir keine Sorgen, Lars ist zäh. Ich melde mich aus dem Krankenhaus, sobald ich mehr weiß.«

»Nein, ich komme mit«, sagte Linn entschlossen und war froh, dass Erik nicht einmal versuchte, sie abzuhalten.

– 63 –

Der Notarzt nahm an Ort und Stelle die Erstversorgung vor, bevor er Lars mithilfe des Sanitäters auf die Trage hob und ihn in den Rettungswagen schob.

Hellen fuhr mit nach Norrtälje ins Krankenhaus. Unterwegs rief sie Lara an, unterrichtete sie mit knappen Worten und bat sie, sich um das Flugzeug zu kümmern.

Beinahe gleichzeitig mit dem Rettungswagen trafen auch Erik und Linn vor dem Krankenhaus ein.

»Was ist mit meinem Bruder?«, stieß Erik hervor.

»Ich weiß es noch nicht genau«, erwiderte der Notarzt kurz angebunden. »Er muss erst gründlich untersucht werden. Im Moment ist er noch bewusstlos.« Er folgte dem Sanitäter und den Mitarbeitern des Krankenhauses, die den Patienten bereits ins Krankenhaus geschoben hatten. Linn ging hinterher, Erik blieb bei Hellen.

»Was ist denn nun genau passiert?«, fragte er.

»Es war Kalle«, sagte Hellen und registrierte das Entsetzen in Eriks Gesicht. »Wir haben ihn gestellt, als er die Kanister mit dem Gift entsorgen wollte.«

»Kalle?« Erik schüttelte fassungslos den Kopf, schien es nicht glauben zu wollen. »Kalle ist einer meiner besten Freunde, warum sollte ausgerechnet er so etwas machen?«

»Ich weiß es nicht«, sagte Hellen hilflos.

»Erik, kommst du?« Linn stand am Eingang des Krankenhauses. Ihre Stimme klang ungeduldig, und Erik drehte sich sofort um. »Ich muss da jetzt rein.«

»Ja«, sagte Hellen mit erstickter Stimme. Nichts zeigte ihr deutlicher als diese kleine Szene, zu wem Erik gehörte. Sie wandte sich ab und ging davon. Sie würde ein Taxi zurück zu Laras Basisstation nehmen, dort würde sie ihre Sachen abholen und dann zurück nach Stockholm fahren. Hier konnte sie nicht mehr bleiben.

»Kommst du wirklich ohne mich klar?«, fragte sie Lara, nachdem sie ihr alles erzählt hatte.

Lara legte einen Arm um ihre Schultern und drückte sie an sich. »Muss ich ja«, sagte sie. »Du wirst mir schrecklich fehlen, aber ich kann dich verstehen.« Sie warf Hellen einen fragenden Blick zu. »Aber du gehst nicht zurück zu Torsten?«

Hellen schüttelte den Kopf. Sie hatte noch keine Ahnung, wohin sie in Stockholm gehen, wo sie die nächsten Tage wohnen sollte. Vermutlich würde sie vorübergehend in ein Hotel ziehen.

»Nein, ich gehe nicht zurück zu Torsten«, beantwortete sie die Frage. »Ich liebe ihn nicht mehr, und er hat es nicht verdient, dass ich nur deshalb zu ihm zurückkehre, weil der Mann, den ich wirklich liebe, an eine andere gebunden ist.«

»Es tut mir so leid für dich«, sagte Lara leise.

Hellen schüttelte den Kopf, kämpfte mit den Tränen. Aber sie würde jetzt nicht anfangen zu weinen, denn dann würde sie damit nicht mehr aufhören können.

»Mach dir keine Sorgen um mich«, sagte sie zu Lara, nachdem sie sich gefasst hatte. »Ich komme schon klar, und spätestens wenn ich wieder arbeite, habe ich diesen Sommer hier vergessen.«

Obwohl ich eigentlich gar nicht alles vergessen will, dachte sie. Dieser erste Flug nach Norrtälje, als Lara ihr das Steuer überlassen hatte, als sie Erik zum ersten Mal gesehen hatte, der Kuss auf der Insel …

Das alles war unvergesslich. Es war das, was sie nach Stockholm mitnehmen, was sie in nächster Zeit begleiten würde, wohin immer sie ihre Arbeit auch führen würde.

»Soll ich dich nicht doch nach Stockholm fliegen?«, fragte Lara neben ihr.

Hellen schüttelte den Kopf. »Ich mache dir schon genug Umstände. Ich fahre mit dem Bus nach Hause.« Ihre Reisetasche stand bereits gepackt neben ihr, und das Taxi war auch schon bestellt.

»Pass auf dich auf«, sagte Lara traurig. »Lass mal was von dir hören, und wenn dir deine großen Maschinen irgendwann zu langweilig werden, kannst du jederzeit zu mir zurückkommen.«

»Ach, Lara«, seufzte Hellen. Die Freundin machte ihr den Abschied wahrlich nicht leicht. Hellen konnte sich tatsächlich vorstellen, für immer hierzubleiben, mit einer der kleinen Maschinen durch die Gegend zu fliegen, Kurieraufträge zu erledigen und in dieser schönen Landschaft zu leben. Warum nur musste sie sich ausgerechnet in einen Mann wie Erik verlieben?

»Ich würde dich sogar zur Teilhaberin machen«, ergänzte Lara und machte es ihr damit noch schwerer.

Hellen legte ihren Kopf auf Laras Schulter. »Ich würde so gerne ja sagen«, seufzte sie, »aber irgendwann werden Linn und Erik heiraten. Ganz ehrlich, ich wünsche den beiden sehr, dass sie miteinander glücklich werden, aber zusehen will ich ihnen dabei nicht.«

»Ja, ich weiß«, sagte Lara.

Das Taxi kam. Die beiden Frauen standen auf, umarmten sich ein letztes Mal mit dem Wissen, dass sie sich eine Weile nicht sehen würden. Jedenfalls nicht hier.

– 64 –

Flucht!

Das war der Gedanke, der Kalle beherrschte. Verdammt, warum hatte er nicht an die Fingerabdrücke gedacht? Dann hätte er diesen letzten Auftrag nicht ausführen müssen. Dann wäre das mit Lars nicht auch noch passiert. Hatte er zu der ganzen Schuld, die er sich ohnehin schon aufgeladen hatte, nun auch noch den Bruder seines besten Freundes umgebracht? Er wurde dieses Bild nicht mehr los. Wie Lars zu Boden gestürzt war, ausgerechnet auf diesen Stein. Wie er aufgeschrien hatte und dann reglos liegen geblieben war. Würde ihm ein Mensch glauben, dass er das nicht gewollt hatte, dass es nur ein Unfall gewesen war?

Kalle schluchzte trocken auf. Eigentlich war Lars doch auch sein Freund gewesen! Er trat das Gaspedal noch ein bisschen tiefer durch, sodass der Wagen auf dem unbefestigten Feldweg schlingerte.

Wie hatte er nur so dumm sein können? In ihm wüteten Panik, Verzweiflung und nicht zuletzt Scham. Sicher wusste sein Freund Erik jetzt schon, was er ihm angetan hatte.

Warum hatte er nicht einfach darauf bestanden, dass sein Auftraggeber ihn ausbezahlte? Er hätte mit dem Geld verschwinden und irgendwo mit Ulrika ein völlig neues Leben beginnen können. An einem Ort, wo er das alles vergessen konnte. Vor allem die Scham darüber, einen seiner besten Freunde hintergangen zu haben, um mit der Frau, die er liebte, glücklich zu werden.

Wenn er nur vorsichtiger gewesen wäre, hätte ihn sein Auftraggeber mit den Fingerabdrücken nicht in der Hand gehabt! Er war sich so sicher gewesen, dass nichts passieren konnte, dass er unvorsichtig gewesen war. Und jetzt verlor er alles, und wie das mit Ulrika weitergehen würde ...

Als Kalle an Ulrika dachte, spürte er, wie sich etwas in seinem Magen zusammenzog. Wenn sie erfuhr, worin er verwickelt war, würde sie zu ihm halten? Selbst jetzt wog die Angst, sie zu verlieren, schwerer als alles andere. Und doch spürte er mit tiefer Gewissheit, das sie sich von ihm abwenden würde.

Plötzlich sah er ein flackerndes Blaulicht hinter sich und wusste, dass es ihm galt. Er wusste, dass es keinen Sinn hatte, trotzdem trat er das Gaspedal tief durch. Sein alter Wagen beschleunigte mit aufheulendem Motor. Dann kamen auch von vorne Wagen mit Blaulicht auf ihn zu und schnitten ihm den Weg ab. Kalle war klar, dass er verloren hatte. Er bremste scharf, blieb hinter seinem Lenkrad sitzen. Es war vorbei. Es war endgültig vorbei, und plötzlich spürte er zu seiner Überraschung eine tiefe Erleichterung. Er musste nichts mehr vertuschen, nicht mehr betrügen, sich nicht mehr verstellen – und nicht mehr fliehen.

Die Fahrertür wurde aufgerissen. »Steigen Sie aus«, forderte Kommissar Stenlund ihn mit harter Stimme auf.

Zwei uniformierte Beamte öffneten den Kofferraum und fanden die beiden Kanister, die er aufgesammelt hatte, nachdem Lars außer Gefecht gesetzt war.

»Sie sind festgenommen«, sagte Kommissar Stenlund und klärte ihn über seine Rechte auf.

Kalle ließ alles über sich ergehen, er war fest entschlossen, jetzt reinen Tisch zu machen. Er würde aussagen und auch den Namen seines Auftraggebers preisgeben. Er hatte nichts mehr zu verlieren.

– 65 –

Linn presste ihre Hände gegeneinander in dem Versuch, den Druck in ihrem Innern zu verringern. Sie hielt die Angst kaum noch aus. Wenn Lars starb, wenn sie ihn nicht mehr sehen, nie mehr mit ihm reden und ihm nicht sagen konnte, wie sehr sie ihn liebte ... das würde sie nicht ertragen.

Sie bemerkte nicht, dass Erik zu ihr trat, bis er sich neben sie setzte.

»Du liebst ihn«, stellte er mit ruhiger Stimme fest.

Linn schaute ihn an, ihre Augen füllten sich mit Tränen. Sie wollte Erik nicht verletzen, aber sie konnte nicht anders, als ehrlich zu sein. »Ich war fest davon überzeugt, ich hätte ihn überwunden«, sagte sie. »Ich wollte wirklich mit dir glücklich werden.«

»Und dann ist Lars doch noch rechtzeitig zurückgekommen.« Erik lächelte. »Und du hast rechtzeitig die Salmonellenvergiftung bekommen.«

»Du bist nicht enttäuscht?« Linn war überrascht und erleichtert zugleich.

Erik schüttelte den Kopf und griff nach ihrer Hand. »Ich habe viel nachgedacht in letzter Zeit, auch über uns. Ich dachte, es wäre Liebe, was ich für dich empfinde, aber es ist wohl doch eher Freundschaft.«

»Ach, Erik, ich bin so froh, dass du das sagst«, sagte Linn. Sie spürte tiefe Erleichterung. »Wenn jetzt nur Lars wieder ganz gesund wird. Ich habe so große Angst um ihn.«

»Lars hat einen Dickschädel, das wissen wir doch beide«, versuchte Erik sie zu beruhigen, aber Linn spürte, dass er sich genauso um Lars sorgte wie sie.

Ein Arzt kam zu ihnen. Linn bemerkte erleichtert, dass er lächelte.

»Herr Torberg, Ihr Bruder ist wieder ansprechbar. Er hat zwar eine Gehirnerschütterung, aber er wird wieder ganz gesund werden.«

Linn nahm die Worte des Arztes zur Kenntnis und spürte, wie sich ein tiefes Glücksgefühl in ihr ausbreitete.

»Kann ich zu ihm?«, fragte sie hastig. »Ich bin seine ...« Sie brach ab. Ja, was bin ich eigentlich, dachte sie. Was bin ich für Lars? Will er mich überhaupt sehen?

»Sie wird ihm guttun«, kam Erik ihr zur Hilfe. Dankbar lächelte sie ihm zu.

»Ich bringe Sie zu ihm.« Der Arzt lächelte.

Linn umarmte Erik. »Danke«, flüsterte sie ihm zu. Dann machte sie sich los und lief hinter dem Arzt her.

Vorsichtig öffnete sie die Tür. Lars lag auf dem Bett. Er lag auf dem Rücken, sein Kopf war verbunden, aber er hatte die Augen geöffnet und starrte an die Decke. Er hatte sie noch nicht bemerkt.

»Hej«, sagte sie.

Er drehte den Kopf, was ihm offensichtlich Schmerzen verursachte. Er verzog das Gesicht, doch als er sie sah, lächelte er. »Hej«, sagte auch er.

Linn trat näher. Als sie neben seinem Bett stand, sagte sie: »Kann es sein, dass du jemanden brauchst, der auf dich aufpasst? Hiermit bewerbe ich mich um diese Stelle.«

Lars lächelte. »Du hast sie.«

Linn setzte sich zu ihm auf die Bettkante, beugte sich über ihn und küsste ihn vorsichtig auf den Mund. Als sie sich wieder erheben wollte, griff Lars mit einer Hand in ihr Haar und hielt ihren Kopf fest. Zärtlich küsste er sie.

»Was ist mit Erik?«, wollte er wissen, als sie sich endlich voneinander lösten.

»Er hat mir gesagt, dass er mich auch nicht liebt.« Linn lächelte. »Und dich lasse ich nie wieder gehen.«

»Ich wollte eigentlich auch gar nicht mehr gehen«, sagte Lars. »Ich hätte es nur nicht ertragen, dich zusammen mit meinem Bruder zu sehen.«

Linn beugte sich wieder über ihn, um ihn zu küssen. Am liebsten hätte sie ihn nicht mehr losgelassen.

– 66 –

Als Erik das Zimmer betrat, fand er Lars und Linn in einen innigen Kuss versunken. Er horchte tief in sich hinein und spürte nichts als Dankbarkeit. Kein Stachel der Eifersucht, nur Freude über das Glück der beiden Menschen, die ihm in seinem Leben am meisten bedeutet hatten. Er bat Linn um zwei Minuten mit seinem Bruder. Als sie den Raum verlassen hatte, zeigte Erik auf Lars' Verband. »Wenn ich gemein wäre, würde ich sagen, das kommt davon, dass du immer wegrennst, wenn es ernst wird.«

»Diesmal bin ich nicht weggerannt, sondern habe mich heldenhaft für deine Firma geprügelt«, erwiderte Lars schmunzelnd.

»Es ist auch deine Firma«, erinnerte Erik ihn ernst.

»Ich war ein solcher Idiot.« Lars stöhnte kurz auf, vermutlich nicht nur wegen der Kopfschmerzen. »Ich hätte schon damals nicht weglaufen sollen.«

Erik traute seinen Ohren kaum. »Heißt das, dass du jetzt bleibst?« Er wartete gespannt auf die Antwort.

»Wenn es dir nichts ausmacht!« Lars grinste.

»Ganz im Gegenteil«, sagte er ernst, »ich wollte dich schon immer an meiner Seite in der Firma haben, und was Linn anbelangt, freue ich mich für euch.«

Erik griff mit beiden Händen nach seiner Hand. »Und du bist wirklich nicht böse?«

Erik schüttelte lächelnd den Kopf. »Es ist alles gut und richtig so, wie es ist«, versicherte er.

Er überließ seinen Bruder in Linns Obhut und wusste ihn dort bestens aufgehoben. Er selber machte sich auf den Weg zum Polizeirevier.

Erik bekam Kalle nur kurz zu Gesicht, als der an ihm vorbeigeführt wurde.

»Warum?«, war alles, was Erik wissen wollte.

Kalle senkte den Kopf, sagte kein Wort.

»Und ich dachte, wir wären Freunde«, sagte Erik. Vor allem anderen, was passiert war, schmerzte ihn dieser Verlust am meisten. Eine Freundschaft, die seit seiner Kindheit bestanden hatte, war unwiderruflich zerstört.

Kommissar Stenlund klärte ihn später über die Hintergründe auf.

»Paul Warborg war der Anstifter«, sagte der Kommissar.

»Paul?«

Jetzt war Erik erschüttert. Also nicht nur Kalle, der einmal zu seinen engsten und besten Freunden gezählt hatte, sondern auch Paul! Das Verhältnis zwischen ihm und Paul war zwar nicht besonders innig gewesen, aber sie hatten sich verstanden, waren gute Geschäftspartner gewesen. Zumindest hatte Erik das immer geglaubt.

»Warum hat er das gemacht?«, wollte Erik wissen.

»Paul Warborg hat sich mit dem Kauf diverser Unternehmen hoch verschuldet und irgendwann den Überblick verloren. Er wollte nach Ihrem Ruin die Baustellen übernehmen, die er, da sie fast fertiggestellt waren, schnell zu Geld machen konnte.«

»Und Kalle?«, hakte Erik nach. »Wieso dreht er so ein krummes Ding?«

»Er hat sich in eine Frau verliebt und brauchte eine Menge Geld, um ihren Ansprüchen gerecht zu werden.«

»Dafür hat er sein Leben ruiniert?« Erik konnte es nicht fassen, und trotz aller Enttäuschung, trotz allem Ärger, empfand er tatsächlich so etwas wie Mitleid mit Kalle.

»Ich sag doch immer, dass die Liebe gefährlich ist.« Kommissar Stenlund, der Erik bis nach draußen zu seinem Wagen begleitet hatte, lachte auf. »Am besten geht man ihr aus dem Weg.«

Er winkte Erik zum Abschied zu und stieg in einen der Polizeiwagen.

Erik sah ihm nach, dann sagte er leise zu sich selbst: »Das sehe ich ganz anders.«

Lara saß auf ihrer Veranda, als Erik dort ankam. »Wo ist Hellen?«, wollte er wissen.

Lara sah ihn an, mit einem, wie er fand, seltsamen Blick. »Sie ist weg«, sagte sie.

»Weg? Wohin?«, fragte er und ahnte die Antwort, noch bevor sie etwas sagte.

»Zurück nach Stockholm«, erwiderte Lara.

Er schüttelte den Kopf, immer wieder, und alles, was er empfand, drückte er mit einem Wort aus: »Warum?«

»Sie lebt dort«, lautete Laras einfache Antwort.

»Seit wann ist sie weg?«, fragte er drängend.

Lara schaute auf ihre Armbanduhr. »Seit etwa zwanzig Minuten. Der nächste Bus kommt laut Fahrplan in zehn Minuten.« Lara lächelte. »Aber wie wir alle wissen, hat der Bus meistens Verspätung, und du hast ein schnelles Auto.«

Erik war bereits unterwegs zu seinem Wagen. »Lara, du bist ein Schatz«, rief er ihr über die Schulter zu.

»Ich weiß«, rief sie ihm nach.

– 67 –

Immer wieder sah Hellen auf die Uhr. Wann kam der Bus denn endlich? Jetzt hatte er schon fast fünf Minuten Verspätung.

War es richtig, was sie machte? Hätte sie nicht bleiben und um ihre Liebe kämpfen sollen? Zumal sie seit diesem Kuss wusste, dass sie Erik auch nicht gleichgültig war.

Dann sah sie Linn vor sich. Das laute Lachen der jungen Frau bei der gemeinsamen Anprobe. Ihr glückliches Gesicht, als sie ihr das Hochzeitskleid brachte.

Nein, sie konnte Linn das nicht antun, sie konnte ihr nicht den Mann wegnehmen. Sie konnte kein Glück zerstören und dann auch noch in enger Nachbarschaft mit dem Menschen leben, der ihretwegen unglücklich geworden war.

Endlich fuhr der Bus vor. Hellen atmete erleichtert auf. Sie ließ die ankommenden Fahrgäste aussteigen und griff gerade nach ihrer Reisetasche, als sie eine Stimme neben sich vernahm.

»Hej, schöne Frau, draußen steht mein Wagen. Kann ich Sie irgendwohin fahren?«

Hellen schaute Erik an, lächelte leicht. »Ich steige grundsätzlich nicht in Autos von fremden Männern.«

»Dann wird es unbedingt Zeit, dass Sie mich richtig kennenlernen.«

Er war ernst geworden, und auch sie lächelte nicht mehr.

»Warum sollte ich das tun?«, fragte sie.

»Weil ich dich liebe und weil ich will, dass du bei mir bleibst.«

»Und was ist mit Linn?«

»Linn liebt Lars, und Lars liebt Linn. So war es immer schon, nur hat es eine ganze Weile und eine Gehirnerschütterung gebraucht, damit die beiden das endlich einsehen.«

Hellen wagte es kaum, an ihr Glück zu glauben. »Sagst du das noch einmal?«, bat sie leise.

»Dass Linn und Lars sich lieben?«, fragte er verblüfft.

»Nein«, sie schüttelte den Kopf. »Dass du mich liebst.«

Erik zog sie in seine Arme. »Ich liebe dich«, hauchte er dicht an ihrem Ohr.

»Und ich liebe dich«, sagte Hellen und schloss die Augen, als seine Lippen sich auf ihren Mund senkten. Der Bus fuhr ab, aber das bemerkten sie nicht mehr.

– 68 –

Im letzten Jahr war so viel passiert! Hellen hatte ihre Stelle bei ScanAm abgesagt und war tatsächlich Laras Teilhaberin geworden. Erik und Lars hatten ihre Baufirma vergrößert, während Kalle und Paul Torberg zu Bewährungsstrafen verurteilt worden waren. Beide hatten Hardingsholm verlassen. Keiner hatte seitdem etwas von ihnen gehört.

Heute war ein strahlend schöner Sommertag. Im Garten waren Stühle in Reihen aufgebaut, überzogen mit weißen Hussen. Ganz vorn, vor dem provisorischen Altar, standen vier Stühle, je zwei und zwei dicht beieinander. Gedacht für vier Menschen, die hier heute ihr Glück krönen wollten.

Edda lief herum wie ein aufgescheuchtes Huhn. »Hoffentlich geht heute alles gut«, stieß sie alle paar Minuten hervor.

Die Gäste nahmen Platz, Pfarrer Munthe stand bereits vorne vor dem Altar, und dann spielte die Musik auf.

Zwei niedliche Mädchen, Töchter von Freunden der Torbergs, liefen in rosaweißen Kleidchen vorweg und streuten Blüten auf den Weg. Dahinter kam Linn in ihrem wunderschönen Brautkleid. An ihrer Seite Lars.

Hellen und Erik folgten ihnen Arm in Arm. Während Linn einen langen Schleier aufgesteckt hatte, trug Hellen weiße Blüten in ihrem dunklen Haar. Zwei wunderschöne Bräute auf dem Weg ins Glück.

Ein leichter Wind wehte Linns Kleid hoch. Hellen beugte sich zu Erik und sagte leise: »Was für ein Glück, dass das Kleid im letzten Jahr noch nicht zum Einsatz kam.«

Erik lächelte und drückte ganz fest ihren Arm. »Ja, was für ein Glück«, stimmte er ihr zu.

Hellen sah sich suchend um. Lara war nirgendwo zu sehen, dabei hatte sie versprochen, auf jeden Fall pünktlich zur Trauung zu erscheinen.

Dann hatten sie die vier Stühle erreicht und setzten sich. Hellen und Linn, die inzwischen auch gute Freundinnen geworden waren, lächelten sich zu.

Pfarrer Munthe wollte zur Begrüßung ansetzen, wurde jedoch durch das Geräusch eines Flugzeuges daran gehindert. Ein Wasserflugzeug flog tief über dem Fjord, und jetzt wusste Hellen, wieso sie Lara noch nicht zwischen den anderen Gästen gesehen hatte. Dennoch hatte sie ihr Versprechen gehalten, sie war pünktlich, mitsamt ihrem Flugzeug, hinter dem ein Banner flatterte mit der Aufschrift *Herzlichen Glückwunsch.*

Die Maschine nahm Kurs auf den Platz, auf dem sich Gäste und Brautpaare versammelt hatten. Dann regneten rote Rosenblätter auf sie herab, und Pfarrer Munthe begann zu sprechen: »Was für ein wunderschöner Tag, an dem vier Menschen, und diesmal die Richtigen, sich das Versprechen für ein gemeinsames Leben geben …«

Rezepte

Pannkakstårta
PFANNKUCHENTORTE

ZUTATEN:

Für den Teig:
5 Eier
250 g Mehl
2 TL Zucker
1 TL Salz
600 ml Milch
100 ml Wasser
etwas Butter

Für die Füllung:
1 Becher Schlagsahne
Vanillezucker
Marmelade

Für die Dekoration:
Frische Beeren

ZUBEREITUNG:

Für den Teig:
Zucker, Salz und Eier mit der Hälfte der Milch verrühren. Das Mehl klümpchenfrei unterrühren.
Die restliche Milch und das Wasser dazugeben, verrühren und eine Weile ruhen lassen.
Etwas Butter in der Pfanne zerlassen und verteilen. Dann etwas

Teig hineingießen und dünn ausbacken. Beim gewünschten Bräunungsgrad einmal wenden und fertig ausbacken.

Für die Füllung:
Die Sahne mit dem Vanillezucker steif schlagen.
Die abgekühlten Pfannkuchen im Wechsel mit Sahne und Marmelade bestreichen, zur Torte übereinanderschichten und mit Beeren und Sahne dekorieren.

Kanelbullar
SCHWEDISCHE ZIMTSCHNECKEN

ZUTATEN:

Für den Teig:
150 g Butter
500 ml Milch
1 Hefewürfel
150 g Zucker
½ TL Salz
780 g Weizenmehl

Für die Füllung:
100 g weiche Butter
200 g Zucker
gemahlener Ceylon-Zimt

Für die Dekoration:
1 Ei
2 TL Wasser
Hagelzucker

ZUBEREITUNG:

Für den Teig:
Das Fett in einem Topf schmelzen. Die Milch zugeben und auf 37 °C (fingerwarm) erwärmen.
Die Hefe in einer Rührschüssel zerbröseln. Die Flüssigkeit hineingeben und rühren, bis die Hefe aufgelöst ist. Zucker, Salz und

ca. 750 g Mehl zugeben. Den Teig etwa 4 Minuten kneten, bis er geschmeidig ist und sich vom Rand der Schüssel löst. In der Schüssel unter einem Tuch 40 Minuten gehen lassen.
Den Teig anschließend auf einer bemehlten Arbeitsfläche geschmeidig kneten und in zwei Teile teilen. Jeden Teigklumpen zu einem rechteckigen Fladen rollen (ca. 0,5 cm dick).

Für die Füllung:
Die Butter auf die Teigfladen streichen, Zucker und Zimt darüberstreuen. Fladen von der langen Seite zusammenrollen.
Jede Rolle in ca. 20 gleich dicke Scheiben schneiden. Jede Scheibe in ein Muffinförmchen aus Papier legen und diese auf ein Backblech stellen. Mit einem Tuch bedecken und 40 Minuten gehen lassen.

Für die Dekoration:
Die Zimtschnecken vor dem Backen mit verquirltem Ei bepinseln und mit Hagelzucker bestreuen.
Die Zimtschnecken in der Mitte des vorgeheizten Ofens bei 250 °C ca. 6–8 Minuten backen.
Auf einem Kuchengitter mit einem Tuch bedeckt abkühlen lassen.

Tomat – och apelsinsoppa
TOMATEN-ORANGENSUPPE

ZUTATEN:

600 g Tomaten
400 g Karotten
250 g Kartoffeln
1 große rote Paprika
1 Zwiebel
1 unbehandelte Orange
2 EL Rapsöl
1,5 l Gemüsebrühe
2 TL Honig
2 Lorbeerblätter
Salz, Pfeffer, Muskatnuss
100 ml Schlagsahne
Schnittlauch

ZUBEREITUNG:

Die Tomaten und die Paprika waschen und würfeln. Kartoffeln und Karotten schälen und würfeln.
Die Zwiebel schälen, fein hacken und im Rapsöl glasig dünsten. Das Gemüse sowie die Kartoffeln dazugeben und mit der Brühe auffüllen.
Die Orange waschen. Etwas Schale abreiben und die Orange anschließend auspressen. Etwa die Hälfte des Saftes in die Suppe

geben. Die Lorbeerblätter und den Honig hinzufügen. Etwa 10 Minuten köcheln lassen, dann die Lorbeerblätter entfernen und die Suppe pürieren.
Den restlichen Orangensaft und etwas abgeriebene Orangenschale hinzufügen. Mit Salz, Pfeffer und Muskatnuss pikant abschmecken.
Vor dem Servieren mit geschlagener Sahne und Schnittlauchröllchen verfeinern.

Laxrullar med fiskrom
LACHSRÖLLCHEN MIT FORELLENKAVIAR

ZUTATEN:

250 g Räucherlachs in Scheiben
2 TL Forellenkaviar
150 ml Sahne
250 g Mascarpone
2 EL Wodka
1 Bund Schnittlauch
Pfeffer
Salz
Saft einer Zitrone

ZUBEREITUNG:

Die Sahne steif schlagen und mit Mascarpone, Zitronensaft und Wodka verrühren. Den Schnittlauch (etwas zur Verzierung zurückbehalten) fein hacken und unter die Creme rühren. Mit Pfeffer und Salz abschmecken. Im Kühlschrank 3 Stunden ruhen lassen.
Die Lachsscheiben einzeln auf ein Stück Klarsichtfolie legen. Etwas von der Creme auf jede Scheibe geben und diese zu einer Rolle formen. Bis zum Servieren kaltstellen.
Vor dem Servieren nach Wunsch die Enden der Lachsröllchen mit einem scharfen Messer abtrennen. Die Lachsröllchen auf einer Platte anrichten, den Forellenkaviar darübergeben und mit Schnittlauch garnieren.

Sill tartare
MATJESTATAR

ZUTATEN:

400 g Matjesfilets
1 unbehandelte Zitrone
1 EL weißer Balsamicoessig
2 Gewürzgurken
1 EL Kapern
125 g Crème fraîche
20 Cracker
1 TL Senf
Salz
Pfeffer
Zucker

ZUBEREITUNG:

Die Matjesfilets trocken tupfen und in feine Würfel schneiden. Die Zitrone heiß abspülen, trocken reiben, dünn schälen und die Schale in Streifen schneiden.
1 EL Saft aus der Zitrone pressen, mit Essig, ½ TL Senf, Salz und Pfeffer verrühren und mit den Matjesstücken vermischen. Die Gewürzgurken fein würfeln und die Kapern hacken, beides unter die Matjesmasse mischen. Mit Zitronensaft, Salz und Pfeffer abschmecken. Tatar im Kühlschrank mindestens 1 Stunde ziehen lassen.
Crème fraîche mit etwas Zitronensaft, dem restlichen Senf, Salz, Pfeffer und einer Prise Zucker verrühren.

Das Matjestatar auf den Crackern anrichten. Den Dip mit den Zitronenschalenstreifen garnieren und dazu servieren.

Sjömannsbiff
SEEMANNSTOPF

ZUTATEN:

1 kg Kartoffeln
2 große Pastinaken
3 große Zwiebeln
Butter zum Braten
500 g Rindfleisch
200 ml Kalbsfond
1 TL Rinderbrühe (Instant)
400 ml Bier
½ EL Thymian, getrocknet
2 Zweige frischer Thymian
3 Lorbeerblätter
9 Wacholderbeeren
3 EL Petersilie
1 große Schalotte
1½ EL Speisestärke
2 EL Senf
Salz
Pfeffer
Zucker

ZUBEREITUNG:

Die Kartoffeln und die Pastinaken schälen, in etwa 5 mm dicke Scheiben schneiden oder hobeln. Die Zwiebeln schälen, längs halbieren, in dünne Halbringe schneiden. Ein wenig Butter in einem

Schmortopf erhitzen, die Zwiebelringe darin anbraten. In eine Schüssel geben und beiseitestellen.
Das Fleisch anbraten, herausnehmen und salzen und pfeffern. Den Bratensatz mit etwas Wasser loskochen und vom Herd nehmen.
Fleisch, Zwiebeln, Kartoffeln und Pastinaken abwechselnd im Schmortopf schichten. Den Kalbsfond separat erhitzen, die Rinderbrühe einrühren und Thymian, Lorbeerblätter und Wacholderbeeren hinzufügen. Anschließend die Brühe und das Bier in den Schmortopf gießen. Aufkochen lassen, dann die Hitze reduzieren und den Topf mit dem Deckel verschließen. Alles etwa 1 Stunde köcheln lassen.
Den Backofen auf 160 °C vorheizen.
Petersilie fein hacken, Schalotte schälen und würfeln. Wenn das Fleisch weich ist, den Garsud in einen separaten Topf seihen und den Bräter in den Backofen schieben. Den Garsud aufkochen und mit der in etwas Wasser verrührten Speisestärke leicht andicken. Die Soße mit Senf, Salz, Pfeffer und Zucker würzen und über das Fleisch gießen.
Zum Schluss das Gericht mit Petersilie und Schalottenwürfeln bestreuen und im Topf servieren.

Fiskgryta
FISCHTOPF

ZUTATEN:

600 g Fischfilet
100 ml Sahne
2 große Zwiebeln
4 EL Öl
600 g Tomaten
2 EL Tomatenmark
600 g Kartoffeln
4 TL Zucker
2 gehackte Knoblauchzehen
2 Lorbeerblätter
Brühe nach Bedarf
Salz und Pfeffer
Paprikapulver und Thymian

ZUBEREITUNG:

Die Zwiebeln fein hacken und in Öl goldgelb anschwitzen. Die Tomaten waschen, den Strunk entfernen und in kleine Würfel schneiden. Gemeinsam mit dem Tomatenmark zur Zwiebel geben und kurz anbraten.
Die Kartoffeln waschen, schälen und in Würfel schneiden. Zu den Tomaten geben. Den Zucker, den Knoblauch und das Lorbeerblatt hinzufügen und mit Brühe aufgießen. Gewürze darüberstreuen, umrühren und bei geschlossenem Deckel garen, bis die Kartoffeln fast weich sind.

Die Fischfilets waschen, in Würfel schneiden und zugeben. Bei kleiner Hitze garen und dabei aufpassen, dass der Fisch nicht zerfällt (vorsichtig umrühren). Abschließend mit Sahne verfeinern und nochmals abschmecken. Mit frischem Baguette oder Weißbrot servieren.

Hasselbackspotatis
KARTOFFELN NACH HASSELBACKEN-ART

ZUTATEN:

8 gleich große Kartoffeln (ca. 600 g)
3 EL geschmolzene Butter
1 TL Salz
1,5 EL Paniermehl

ZUBEREITUNG:

Die Kartoffeln schälen, waschen und mit 2–3 Millimeter dünnen Schnitten quer zur Längsachse so tief einschneiden, dass die Schnitte gerade die Kartoffel nicht durchtrennen.
Die Kartoffeln mit der eingeschnittenen Seite nach oben in eine Auflaufform setzen. Mit dem geschmolzenen Fett bepinseln. Bei 225 °C im vorgeheizten Backofen 30 Minuten garen.
Die Form aus dem Ofen nehmen, die Kartoffeln mit Butter übergießen und mit Paniermehl und Salz bestreuen. Weitere 10–15 Minuten im Ofen backen.
Als Hauptgericht mit Kräuterquark oder Crème fraîche und Salat oder als Beilage zu Räucherlachs reichen. Passt auch zu Braten mit Soße.

Flundra med champinjoner
SCHOLLE MIT CHAMPIGNONS

ZUTATEN:

500 g Schollenfilet
250 g frische Champignons
250 g Sahne
1 EL Stärke
Butter zum Einfetten
Salz

ZUBEREITUNG:

Den Fisch waschen, mit Küchenpapier trockentupfen, salzen. Die Champignons putzen und in Scheiben schneiden.
Eine Auflaufform mit Butter einfetten, den Fisch hineinlegen und die Champignonscheiben darauf verteilen.
Die Sahne mit der Stärke verrühren und über den Fisch und die Champignons gießen.
Den Backofen auf 200 °C vorheizen. Den Fisch ca. 20 Minuten backen. Die Oberfläche sollte eine goldbraune Farbe bekommen.
Dazu schmecken Salzkartoffeln und Kopfsalat.

Fläskstek med katrinplommon
SCHWEDISCHER SCHWEINERÜCKEN

ZUTATEN:

600 g Schweinerücken
150 g Trockenpflaumen
2 EL Crème fraîche
125 ml Weißwein
¼ TL Salz
Pfeffer
Olivenöl
2 EL Preiselbeermarmelade

ZUBEREITUNG:

Den Schweinerücken mit einem Messer der Länge nach aufschneiden, sodass eine Tasche entsteht. Die Trockenpflaumen hineinfüllen und andrücken, damit sich das Fleisch nicht zu hoch wölbt. Mit Salz und Pfeffer würzen, mit Olivenöl beträufeln und im Ofen bei 220 °C ca. 35 Minuten garen. Den Bratfond mit Weißwein ablöschen, umfüllen und mit Preiselbeeren und Crème fraîche verkochen. Mit Salz und Pfeffer würzen.

Kesellakaka
BODENLOSER KÄSEKUCHEN

ZUTATEN:

125 g Butter
200 g Zucker
1 Tütchen Vanillezucker
1 kg Sahnequark
4 Eier
Saft und Schale einer Zitrone
2 EL Grieß
1 Tütchen Backpulver
1 Päckchen Vanillepuddingpulver

ZUBEREITUNG:

Butter mit Zucker und Vanillezucker schaumig rühren. Nach und nach Quark, Eier, geriebene Zitronenschale und Zitronensaft zugeben. Grieß, Backpulver und Puddingpulver mischen, auf die Quarkmasse geben und gründlich verrühren.
Die Masse in eine gefettete Springform füllen.
Im vorgeheizten Ofen bei 175 °C ca. 1 Stunde backen. In der Form auskühlen lassen.

Ärtsoppa med fläsk
SCHWEDISCHE ERBSENSUPPE MIT SCHWEINEFLEISCH

ZUTATEN:

500 g gelbe Erbsen
400 g gepökelter Schweinenacken oder -bauch
3 l Fleischbrühe
2 Zwiebeln
1 TL Majoran
1 TL Thymian
1 kleine Ingwerknolle
Salz
Butter
1 Möhre
¼ Sellerie
½ Stange Lauch
Frisch gemahlener Pfeffer
½ Bund Petersilie (gehackt)
1 Knoblauchzehe
Süßer Senf

ZUBEREITUNG:

Die Erbsen einen Tag vorher in Wasser einweichen.
Zwiebeln und Knoblauch in kleine Stücke hacken, Möhre, Sellerie und Lauch klein schneiden und alles mit dem Ingwer in zerlassener Butter anschwitzen. Die abgetropften Erbsen kurz mit anschwitzen. Mit Brühe auffüllen.

Majoran, Thymian und das Fleisch zugeben.
Aufkochen lassen und ca. 3 Stunden bei mittlerer Hitze köcheln lassen, bis die Erbsen weich sind.
Achtung: immer wieder umrühren, die Erbsen brennen auch bei kleiner Hitze schnell an.
Das Fleisch aus der Suppe nehmen, in Scheiben schneiden und auf Schwarzbrot zur Suppe servieren. Nach Geschmack das Fleisch mit süßem Senf bestreichen.
Die Suppe mit Salz und Pfeffer abschmecken und mit Petersilie bestreut servieren.

Kaffegravad lax
GEBEIZTER KAFFEELACHS

ZUTATEN:

600 g frisches Lachsfilet
30 g Kaffeebohnen
1 EL schwarze Pfefferkörner
1 EL Pimentkörner
4 EL Meersalz
3 EL Zucker
2 EL Pflanzenöl
10 Safranfäden
¼ TL Salz
1 TL Zitronensaft
2 EL Mayonnaise
3 EL Joghurt
½ TL Akazienhonig
1 Prise Cayennepfeffer

ZUBEREITUNG:

Die Kaffeebohnen im vorgeheizten Backofen bei 75 °C etwa 30 Minuten erhitzen. Abkühlen lassen. Pfeffer- und Pimentkörner im Mörser zerstoßen. Die Kaffeebohnen ebenfalls grob zerstoßen und mit Pfeffer, Piment, Salz und Zucker mischen. Das Lachsfilet damit bestreuen, in Frischhaltefolie einwickeln und in eine geeignete Schale legen, da beim Beizen Flüssigkeit aus dem Lachs austritt. Etwa 12 Stunden im Kühlschrank ziehen lassen.
Für die Soße den Safran mit Salz im Mörser zerreiben, mit Zitro-

nensaft mischen und eine Weile stehen lassen. Mayonnaise und Joghurt mit Honig und Cayennepfeffer verrühren, den Safran untermischen.
Den Lachs aus der Folie nehmen, die Gewürze kurz unter fließendem kaltem Wasser abspülen. Den Fisch trockentupfen. Öl in einer Pfanne erhitzen und das Lachsfilet 2–3 Sekunden von jeder Seite anbraten. Dann in dünne Scheiben schneiden und mit der Soße servieren.
Dazu passen Salat und Weißbrot.

Julkaka
JULKUCHEN

ZUTATEN:

1 Ei
200 g Mehl
¼ TL Backpulver
1 Prise Salz
120 g kalte Butter
3 Tütchen Vanillezucker
50 g Rohrzucker
1 TL Zimtpulver

ZUBEREITUNG:

Das Ei trennen. Das Mehl mit dem Backpulver vermischen und auf die Arbeitsfläche häufen, in die Mitte eine Mulde drücken. Eigelb und Salz in die Mulde geben, am Rand die Butter in Flöckchen und den Vanillezucker verteilen. Alles gut durchkneten und rasch zu einem glatten Mürbeteig verarbeiten. Den Teig zu einer Rolle (ca. 4 cm /Ø) formen, in Folie wickeln und ca. 1 Stunde im Kühlschrank ruhen lassen.
Den Backofen auf 180 °C (Umluft 160 °C) vorheizen und ein Backblech mit Backpapier auslegen. Rohrzucker und Zimtpulver vermischen. Die Teigrolle mit dem Messer in ca. 5 mm dicke Scheiben schneiden. Die Teigscheiben nach und nach auf das Blech legen, mit Eiweiß dünn bepinseln, mit Zimtzucker bestreuen und in der Ofenmitte in ca. 8–10 Minuten goldgelb backen. Auf einem Kuchengitter auskühlen lassen.

Fylld forell
GEFÜLLTE LACHSFORELLE

ZUTATEN:

1 Lachsforelle (1 kg)
9 Kartoffeln
je 1 rote, gelbe und grüne Paprikaschote
3 Tomaten
1 Knoblauchzehe
Salz, Pfeffer
2 EL Olivenöl
100 ml Gemüsebrühe
Salz, Pfeffer
½ Zitrone
30 g Butter

ZUBEREITUNG:

Die Paprikaschoten waschen, putzen und in kleine Stücke schneiden. Die Knoblauchzehe schälen und fein hacken. Olivenöl in der Pfanne erhitzen, die Paprikawürfel mit dem Knoblauch anbraten, mit Salz und Pfeffer abschmecken.
Die Kartoffeln waschen, schälen und in Scheiben schneiden.
Die Kartoffelscheiben auf dem Boden eines Bräters verteilen und mit der Gemüsebrühe angießen.
Den Fisch unter fließendem Wasser abspülen, mit Salz und Pfeffer würzen und von innen und außen mit Zitronensaft beträufeln. Mit einem Teil der Paprika-/Knoblauchmasse füllen und auf die Kartoffelscheiben legen. Tomaten waschen, in Scheiben schneiden

und zusammen mit der restlichen Paprika-/Knoblauchmasse um den Fisch herum auf den Kartoffeln verteilen.
Die Butter in Flöckchen auf den Fisch und die Kartoffel-Gemüsemasse geben. Den Ofen auf 200 °C vorheizen. Auf mittlerer Schiene 45–50 Minuten garen.